MÉMOIRES

SECRETS

POUR SERVIR A L'HISTOIRE

DE LA

RÉPUBLIQUE DES LETTRES

EN FRANCE,

DEPUIS MDCCLXII JUSQU'A NOS JOURS;

OU

JOURNAL

D'UN OBSERVATEUR,

CONTENANT les Analyses des Pieces de Théatre qui ont paru durant cet intervalle ; les Relations des Assemblées Littéraires ; les notices des Livres nouveaux, clandestins, prohibés ; les Pieces fugitives, rares ou manuscrites, en prose ou en vers ; les Vaudevilles sur la Cour ; les Anecdotes & Bons Mots ; les Eloges des Savants, des Artistes, des Hommes de Lettres morts, &c. &c. &c.

TOME VINGT-DEUXIEME.

. . . . huc propius me,
. . . . vos ordine adite,
Hor. L. II. Sat. 3. ℣. 81 & 82.

A LONDRES,

CHEZ JOHN ADAMSON.

M. DCC. LXXXIV.

MÉMOIRES
SECRETS

POUR SERVIR A L'HISTOIRE DE LA RÉPUBLIQUE DÉS LETTRES EN FRANCE, DEPUIS MDCCLXII JUSQU'A NOS JOURS.

ANNÉE M. DCC. LXXXIII.

1 *Janvier* 1783. LE premier chapitre de *l'Espion dévalisé* renferme un conte affez plaifant, d'un homme qui avoit acheté une charge dans la maifon du roi, dont la fonction devoit être de crier *à boire au roi*.

Dans le fecond, on trouve plufieurs anecdotes du feu roi, relatives à l'élévation de *Silhouette* au contrôle général.

Dans le troifieme, autres anecdotes fur le chevalier *Turgot*, nommé gouverneur de Cayenne.

On lit dans le quatrieme des anecdotes sur la maniere dont *Louis XIV* disgracioit ses ministres, sur la méthode de *Louis XV* à cet égard, & sur le renvoi du chancelier, de l'abbé *Terrai*, de M. *de Boynes* sous *Louis XVI*.

Le cinquieme chapitre contient un dialogue entre le comte de *Maurepas* & M. *le Fevre d'Ame-court*, conseiller de grand'chambre, sur la rentrée du premier dans le ministere.

Au sixieme, on raconte quelques anecdotes relatives à l'intérieur de *Louis XVI*, qu'on met dans la bouche d'un nommé *Duret*, espece de garçon de la chambre.

Le septieme roule sur les émeutes de 1775.

Dans le huitieme, digression sur l'abbé *Ga-gliani*.

Petite historiette dans le chapitre neuf, narrée d'une maniere assez piquante sur une mistification de *Poincinet*, à qui l'on avoit fait accroire que S. M. l'avoit nommé son *Ecran*, & qu'ici l'on transporte à un seigneur navarrois.

Le chapitre dix roule sur les fêtes des taureaux en Espagne. Le onzieme traite de l'administration de M. *de Laverdy*: anecdote singuliere d'un ser-rurier mis à Vincennes, & dont M. *Bouldouin*, emprisonné, a reconnu le sort funeste & ignoré.

Au douzieme, mistification du bal de l'opéra, anecdote du banquier *Roixotte* avec Mad. *d'Ervieux*.

Le treizieme est sérieux & traite d'économie politique.

Le quatorzieme est un recueil de petites pieces de vers, les unes connues, les autres assez plates, & en général peu intéressantes.

Le quinzieme contient quelques anecdotes & traits détachés, entr'autres le fragment d'une lettre finguliere de *Diderot* , à l'impératrice des Ruffies , & un petit éloge de M. Turgot, miniftre d'état , prononcé dans la fociété royale d'agriculture d'Orléans, le vingt-deux mars 1781.

Au feizieme chapitre , on a inféré *avis aux Heffois* & autres peuples d'Allemagne , vendus par leurs princes à l'Angleterre. Il parut à Amfterdam lorfque le prince de Heff: amena fes fujets dans les vaiffeaux anglois. On l'a traduit en cinq langues , mais il n'eft point connu en France.

Au dix-feptieme , facétie fur le même fujet, diftribuée dans le même temps.

Le dernier chapitre eft une notice des maîtres des requêtes & intendants, affez vraie en général , où ces meffieurs font apréciés à leur valeur, trèspetite communément , & par un confrere connoiffeur.

Le ftyle de ce pamphlet eft négligé , vicieux ; mais cependant on y trouve quelquefois une tournure originale & piquante , fentant l'homme de bonne compagnie & le perfifleur de cour.

L'Efpion dévalifé , dont on prétend qu'il y a eu quelques exemplaires achetés un prix fou , commence à fe répandre beaucoup , & beaucoup plus que ne le defireroit le gouvernement ; mais le moyen de mettre un frein à la cupidité des colporteurs !

1 *Janvier.* On compte aujourd'hui jufqu'à foixante-cinq ex-jéfuites compris dans la banqueroute du prince de Guimené. Il vient d'en mourir trois : on ignore s'ils en groffiffoient la lifte.

Le premier eft le pere *Berthier.* En 1762 lors de l'expulfion des jéfuites , il avoit été nommé garde de la bibliotheque royale & adjoint à l'éducation de S. M. , & de *Monfieur*, frere du roi. La vie de la cour ne lui convenant point, & incapable de renier une fociété dont il étoit toujours membre dans le cœur, pour fe fouftraire aux perfécutions en 1764, il s'étoit retiré à Bourges, où il a expiré le 15 décembre dans fa foixante - dix - neuvieme année. Occupé d'abord à *l'Hiftoire de l'Eglife Gallicane*, où il a éclairci en même temps par des recherches favantes plufieurs points de notre hiftoire politique, il paffa enfuite au *Journal de Trevoux*, qu'il dirigea pendant dix-fept ans, avec un ton de critique toujours fage, impartiale & ferme. C'étoit un homme fimple & de mœurs fort douces. Le chapitre de la métropole a rendu un hommage public à fes vertus & à fes talents, en lui donnant une fépulture diftinguée dans fon églife. La derniere affemblée du clergé venoit de le gratifier à fon infu d'une penfion.

Le fecond eft le pere *Corfet*, connu par fon talent rare pour la chaire, ainfi que par fes travaux apoftoliques. Il étoit mort avant le pere Berthier, le 17 octobre, à la maifon royale de l'Enfant - Jefus, dans la quatre - vingt - unieme année de fon âge. Il avoit été défigné pour remplacer au college de Louis le Grand, le célebre pere Porée ; mais il préféra de fe vouer aux miffions de la Baffe-Bretagne, & fes talents lui ont mérité depuis, les chaires les plus diftinguées du royaume.

Enfin, le troifieme eft le pere *Geoffroy*, profeffeur de rhétorique au college de Louis le Grand, lors de la diffolution de l'ordre ; c'étoit un homme de beaucoup d'efprit, mais qui en ufoit trop, ou plutôt en abufoit quelquefois, & fouvent, ainfi qu'il eft aifé d'en juger par fes ouvrages imprimés.

1 *Janvier.* M. le nonce ayant reçu de Rome les langes bénits que le fouverain pontife eft dans l'ufage d'envoyer au roi à la naiffance d'un dauphin , doit en faire la préfentation mardi prochain à Verfailles. La cérémonie fe remplira *in fiocchi.* Le prélat a préparé à cet effet une livrée très-brillante , & l'on affure que le baudrier feul de fon fuiffe coûte 2,000 livres de broderie. Quoique les entrées d'ambaffadeurs foient fupprimées , il y en aura une pour cette occafion extraordinaire , & les badauds auront de quoi fe repaître les yeux d'un fpectacle qu'ils n'avoient pas vu depuis long-temps.

Il paroît affez bizarre que ces langes arrivent lorfque le prince , prêt à fortir des mains de la nourrice , femble n'en avoir plus de befoin ; mais tout cela eft étiquette pure. Du refte , M. le nonce montre aux curieux cette parure de la plus grande magnificence.

2 *Janvier.* Extrait d'une lettre de Befançon , du 27 décembre 1782. . . . . Notre premier préfident , après avoir paffé quelques jours ici à tâter le terrein , à chercher à intimider ou féduire les membres que redoute la cour , eft parti fans avoir réuffi : comme on n'a pas voulu communiquer avec lui hors du palais , il n'a pu intriguer beaucoup.

La cour a pris enfin le parti de mander une députation , qui doit être compofée de deux préfidents , non compris le premier , de quatre confeillers des plus anciens de la grand'chambre , & de deux de chacune des autres chambres , du greffier en chef , chargé d'apporter les regiftres

A 4

contenant tout ce qui s'eft paffé depuis le mois de feptembre, & des gens du roi. Il s'agit fans doute d'y annuller nos arrêtés. Mais qu'y gagnera-t-on? Nous avons établi nos principes, qui font tous ceux de la faine magiftrature, & dont nous ne pouvons nous départir.

Ce qui a fur-tout irrité la cour, c'eft de voir que nous avons les premiers déclaré que les parlements ne reconnoiffoient pas cet édit de 1774, dont on voudroit ériger en loi pour nous les difpofitions tyranniques & fubverfives de la liberté des fuffrages, parce qu'elle craint que les autres ne profitent de la circonftance pour élever auffi leur voix, & faire rentrer dans le néant ce monument de leur honte.

Le garde-des-fceaux & le miniftre des finances s'étoient flattés que la défunion pourroit fe mettre parmi nous : en effet, il y avoit encore dans notre fein des *Micholiftes* & des *Chifliftes*, c'eft-à dire, des membres de la faction du préfident *Micholet* en 1759, & de celle de M. *Chiflet*, le premier préfident du tribunal irrégulier de 1771 ; mais le péril imminent de la compagnie a réuni tout le monde, & nous efpérons que cela durera.

C'eft le 8 janvier prochain, que la députation doit être rendue à Verfailles fans s'arrêter à Paris, ou même fans y paffer.

3 *Janvier.* On annonce avec beaucoup d'affectation une *lettre à M. l'abbé Raynal, fur fon hiftoire de la révolution de l'Amérique*, où l'on en releve les erreurs les plus importantes. On prétend que cette brochure très-curieufe fur l'état actuel des chofes, a fait la plus grande fenfation à Londres, & même fur le cabinet britannique.

On dit qu'elle fort originairement de la plume de M. Paire, le célebre auteur *du fens commun*, qui occupe actuellement un des principaux emplois dans l'adminiftration *des Etats-Unis*.

3 Janvier. On apprend que les états d'Utrecht, fiege du délit, dociles à la réquifition du roi de Pruffe, ont promis, par un placard en date du 23 décembre, une recompenfe de quatorze cents florins à quiconque dénoncera l'auteur, imprimeur, diftributeur du libelle intitulé : *Lettre trouvée*, *&c.* dont on a parlé précédemment.

4 Janvier. Le fieur de *la Variniere* eft un artificier célebre : on fe rappelle les *Bouquets d'Apollon*, *le temple de Mars*, *le Fort*, *le temple mouvant*, *le palais de Diane* & autres feux qu'il a tirés tant à Saint-Cloud, qu'au Colifée, pendant neuf ans : il a même été employé pour la cour : en 1780, il donna à Trianon des feux & des illuminations de fon invention, fur lefquels leurs majeftés le féliciterent. Il a de plus foumis au jugement de l'académie des fciences fon procédé pour illuminer un parc, une façade, un pavillon, une perfpective, un bois, en un quart de minute, & il a reçu l'approbation de cette compagnie favante.

D'après la réputation de cet artifte, la ville en fit choix en 1781, pour compofer & exécuter la fête pyrrhique qu'elle fe propofoit de donner en l'honneur de la naiffance du dauphin ; mais defirant y mettre de l'économie, elle n'y voulut confacrer que 17,113 livres, prix du marché conclu le 14 décembre 1781, ce qui eft bien modique, relativement aux fêtes de pareille efpece, telles que le feu tiré en réjouiffance de la prife de Mahon, pour 32,000 livres ; celui de la

place *de Louis XV*, pour 50,000 ; celui du mariage du roi, pour 80,000.

Quoi qu'il en foit, il eſt certain que ce feu
n'étoit pas en proportion de la charpente énorme qui le décoroit, & a coûté 130,000 livres.
Pour ſurcroît de malheur, il n'a pas même produit l'effet foible qu'on en attendoit, & en général
a manqué abſolument.

La ville, courroucée, & s'en prenant aux mauvaiſes diſpoſitions ou à l'exécution mal-adroite du
fieur de *la Varinière*, ne lui a pas même voulu
donner le prix convenu. De là un procès qui,
retardé par des incidents de forme, par la prétention inouie du bureau, d'être juge & partie
dans ſa propre cauſe, dure encore & eſt au
parlement.

Il circule un *mémoire à conſulter*, ſuivi d'une
conſultation de M. Prévôt de Saint-Lucien, avocat,
en date du 5 décembre dernier, qui jette un
grand jour ſur l'affaire, & paroît mettre la ville
abſolument dans ſon tort, non · ſeulement pour
la meſquinerie qu'elle a apporté à la fête, mais
pour le défaut de ſecours promis à l'artificier,
& pour l'inſuffiſance de ceux qui lui ont été
accordés.

Dans ce mémoire inſtructif ſur l'art pyrrhique,
le défenſeur du fieur de *la Varinière* s'eſt exalté
l'imagination. On y trouve des digreſſions brillantes, très · analogues au genre de la cauſe,
qui s'en reſſentent peut-être un peu trop, mais
qui annoncent du moins beaucoup d'eſprit dans
l'orateur.

4 *Janvier.* On avoit prévu avec raiſon, que
M. *d'Epréméſnil*, en mettant en cauſe le marquis
de *Montmorenci* & le chevalier de *Crillon*, ſe

préparoit de nouveaux adversaires à combattre. Une lettre de celui-ci, au comte de *Tollendal*, rapportée en entier, prouve qu'il est totalement dans les intérêts du dernier. C'est ce dont il s'est prévalu dans des *observations sur la corres-pondance de M. d'Epremesnil avec le chevalier de Crillon*. De-là, *supplément au troisieme mémoire de M. d'Epremesnil à Dijon*; car il n'est jamais en reste. L'écrit est tout frais, n'étant imprimé qu'au mois de décembre 1782.

A travers ce fatras de dits, de contredits, de répliques, tout ce qu'on démêle, c'est que M. de *Tollendal* reproche à M. d'*Epremesnil*, si chaud à défendre son oncle, d'avoir été si froid, si taci-turne, si impassible sur les insultes faites à son pere dans les mémoires de la *Bourdonnais*, & de n'avoir cherché en rien à le vanger. De-là, une réponse, une grande digression sur ce pere qu'il nous apprend avoir été auteur, avoir composé un ouvrage sur la mythologie des gentils, & leurs cérémonies religieuses : de-là, un détail des alliances contractées entre sa famille & celle de la Bourdonnais, qui ont dû éteindre toute haine & toute réclamation.

Le reste du *factum* est un long commentaire d'une lettre du chevalier de Crillon au comte de Tollendal. Tout cela est assez ennuyeux & peu intéressant pour le lecteur. Le seul endroit qui puisse se lire avec plaisir, & où l'on retrouve l'éloquence de l'orateur, c'est la péroraison, où, partant d'une assertion de son rival, qui se glo-rifie d'avoir des appuis *au pied du trône*; *sur le trône même*, il s'éleve avec beaucoup de noblesse, il invoque, il apostrophe le roi, & récapitule la longue énumération des crimes du comte de

Lally , & fait voir que c'eft blafphémer la majefté, que d'ofer l'affocier à la défenfe d'une pareille
caufe.

5 *Janvier*. Extrait d'une lettre de Rennes, du
31 décembre 1782.... Bien loin que la crife
des états, comme on vous le dit à Paris, foit
paffée ou s'adouciffe, elle devient plus grave que
jamais. Vous favez que le concours des trois
ordres eft néceffaire pour l'accord des impofitions ;
& la réfiftance de la nobleffe en conféquence
arrêtoit tout. M. d'Aubeterre avoit pris le parti
de donner aux états un ordre de délibérer dans
quarante-huit heures fur les vingtiemes, ce qui
étoit inoui. Au lieu de s'occuper des vingtiemes,
l'affemblée délibéra fur le fecours extraordinaire,
& la nobleffe s'excufa de confentir cet impôt,
jufqu'à ce qu'il eût plu à S. M. de rétablir les
états dans leurs droits, franchifes & libertés, &c.
Quatre jours après l'ordre de délibérer dans quarante-huit heures, autre ordre du commandant,
au nom du roi, qui défend de s'occuper des
demandes de S. M

Les états ont d'abord demandé le retrait de
tous ces ordres contradictoires, & ont paffé à
d'autres affaires.

Le mardi 24 décembre, à dix heures du matin, M. *d'Aubeterre* reçut un courier extraordinaire : il manda les deux procureurs fyndics
des états, & leur dit d'annoncer à l'affemblée
qu'il alloit s'y rendre pour lui faire part des ordres du roi : il s'y rendit à midi & fit lire &
enrégiftrer en fa préfence l'ordre qui fuit.

DE PAR LE ROI. —— Très-chers & bien-
amés, convoqués pour délibérer fur les fecours
que nos fujets de notre province de Bretagne

doivent à l'état, ainsi que nos autres sujets, vous n'auriez pas dû perdre de vue que c'étoit pour vous un devoir dont rien ne pouvoit vous dispenser : cependant, bien loin de remplir cette obligation essentielle, non-seulement vous vous êtes refusés de consentir à la demande de la capitation, mais vous vous êtes permis de ne pas délibérer sur celle des vingtiemes, malgré la déclaration de nos commissaires : vous ne vous êtes ensuite occupés du secours extraordinaire, que pour vous excuser pareillement d'y consentir. Des délibérations aussi contraires à nos volontés & à vos obligations, nous auroient déterminés dès aujourd'hui à suspendre l'exercice des privileges & franchises dont vous jouissez sous notre protection, si notre bonté n'avoit arrêté l'effet de notre juste mécontentement ; mais notre affection pour notre province de Bretagne nous ayant engagés à vous donner un dernier délai, nous vous ordonnons très-expressément & vous enjoignons de délibérer de nouveau & définitivement sur les demandes de la capitation, des vingtiemes, du secours extraordinaire, & toutes autres, sans exception, qui vous ont été faites de notre part le 16 du mois de novembre dernier, & sur chacune d'icelles successivement, le tout avant le douze janvier prochain.

Donné à Versailles, le vingt-deux décembre 1782. Signé *Louis*, & plus bas *Amelet*.

Après cette lecture, & la transcription, monsieur d'Aubeterre, au nom du roi, ordonna aux trois présidents des ordres de signer les registre, ce qu'ils firent.

L'assemblée ne se sépara qu'à quatre heures du soir, & la séance fut renvoyée, malgré la solem-

nité de la fête de noël, à ce jour vingt-cinq, à
fix heures du foir.

Il a été depuis écrit une lettre au roi, très-
vigoureufe & bien propre à frapper S. M., fi
elle la lit, fur les furprifes faites à fa religion.
Elle n'eft malheufement foufcrite que de la
noblefîe.

Voilà M. d'Aubeterre dans un cruel embarras ;
on voit qu'il n'a plus de tête ; il eft facheux
pour lui que M. *Melon*, fon confeil & fon bras
droit, ne fe foit pas trouvé au commencement
des féances, & ne foit arrivé que lorfque ce commandant a eu mal enfourné.

5 *Janvier*. Malgré fon évafion, on continue
à s'intéreffer ici à M. *Linguet* & à s'en occuper.
On a appris de nouvelles particularités à fon fujet.
Avant de fe féparer de madame la comteffe de
Béthune, qui étoit avec lui à fa terre près de
Rhétel, elle lui demanda de s'expliquer fans dé-
tour fur une penfion de deux mille livres de
rente viagere qu'elle lui faifoit, & lui en propofa le remboursement, s'il le fouhaitoit. Il lui
répondit avec la franchife qu'elle defiroit, qu'il
préféroit en effet d'avoir le capital. Sur quoi
elle lui compta 20,000 livres. Il fe rendit enfuite
à Bruxelles pour y terminer fes affaires : on fit
l'impoffible pour l'y retenir : il répondit qu'il ne
feroit tranquille qu'après avoir mis la mer entre
la France & lui. Enfin, il eft allé en Angleterre,
comme on a fu. On affure qu'avec ce qu'il a
raffemblé à Bruxelles, il a environ 80,000 liv.
d'argent comptant.

On prétend qu'il s'eft rendu aux defirs de
M. Radix de Sainte-Foix, & qu'il eft occupé à
compofer un mémoire pour ce decrété.

Son frere, interrogé ici fur fon compte, ne diſconvient pas de ces différents faits Il déclare que les huit premiers jours après ſa ſortie de la Baſtille, M. Linguet étoit comme abaſourdi du coup ; mais qu'enſuite il a repris tout fon caractere de fougue & d'audace, toutefois mêlé de crainte que ſes ennemis ne lui jouaſſent de nouveau quelque mauvais tour. Au ſurplus, il n'a pas voulu ſuivre les conſeils de ce frere, & par ſon évaſion il s'eſt mis dans le cas du refus du gouvernement, qui ne veut pas conſentir à l'introduction de ſes feuilles en France : ce qui l'empêchera de s'acquitter envers ſes ſouſcripteurs.

M. Linguet écrit d'Angleterre qu'on a voulu y faire une ſouſcription en ſa faveur, à laquelle il s'eſt refuſé, n'en ayant pas beſoin.

5 *Janvier.* On rapporte une lettre de madame la vicomteſſe de *Laval* au marquis de *Ségur*, à cauſe d'un régiment refuſé par ce miniſtre de la guerre dans le mouvement qui vient de ſe faire en cette partie : elle étoit conçue ainſi :

« Si vous avez lu l'hiſtoire, M. le Marquis, » vous avez dû voir qu'il étoit plus aiſé autrefois » aux Montmorenci d'obtenir la charge de conné- » table, qu'aujourd'hui un chétif régiment. »

On cite auſſi la réponſe du marquis de Ségur, non moins fiere & d'une méchanceté plus fine dans ſon laconiſme.

« J'ai lu l'hiſtoire, Madame la Vicomteſſe, » & j'ai vu que les Montmorenci ont autrefois » comme aujourd'hui été mis à leur place. »

6 *Janvier.* Extrait d'une lettre d'Arras, du 8 janvier 1783... Les états d'Artois, qui ſe ſont tenus dans cette ville au mois de novembre dernier, très-ſatisfaits du ſavoir & de la diction de

l'*Histoire de Bordeaux* par dom de Vienne, bénédictin célebre dans ce genre d'ouvrage, l'ont invité par une délibération fpéciale, à s'occuper de l'hiftoire de notre province. Il a accepté, & en conféquence s'eft établi à Aire, où il recueille toutes les pieces & mémoires relatifs à fon entreprife.

6 *Janvier* Les comédiens italiens ne tardent pas à ouvrir l'année par quelque nouveauté. Ils annoncent pour jeudi neuf la premiere repréfentation d'*Ifabelle & Fernand*, ou l'*Alcade de Zalamet*, comédie en trois actes, mélée d'ariettes, imitée de l'Efpagnol.

6 *Janvier*. Extrait d'une lettre de Troyes, du 31 décembre 1783..... On a mis à Scellieres, abbaye en Champagne où eft enterré Voltaire, l'épitaphe latine fuivante :

> *Terra tenet cineres : mens altas pervolat auras ;*
> *Volturius vivet, fcriptaque vivificant.*

Le terme *vivificant*, fi profaïque, fi peu harmonieux, donne à cette infcription funéraire un air de reffemblance avec celles du douzieme ou treizieme fiecle, qu'on lit dans les églifes en caracteres gothiques. Un voyageur, indigné d'une telle platitude, & fur-tout qu'on eût célébré dans une langue morte un des plus grands poëtes de la nation, a gravé fur fa tombe en françois le diftique fuivant, auffi fimple, mais moins barbare que l'autre, dont il eft en quelque forte la traduction.

Son corps n'eft plus que cendre, & fon efprit a fui,
Sans fes écrits divins rien n'eût reflé de lui.

6 *Janvier*. Extrait d'une lettre d'Orléans, du 1 janvier.... Nous avons perdu ici le 21 décembre dernier M. l'abbé de *Reyrac*, homme de lettres, connu sur-tout par un *hymne au soleil*, poëme charmant, écrit en profe poëtique, avec une harmonie & une élégance qui approchent de celles de *Fénelon*.

7 *Janvier*. M. le baron de *Marivetz* est un homme de beaucoup d'esprit & de mérite, qui joint à toute l'érudition d'un savant l'aménité d'un courtisan aimable & d'un littérateur poli. Conjointement avec M. *Gouffier*, il a commencé un grand ouvrage dédié au roi, ayant pour titre *Physique du monde*, dont il paroît déjà trois volumes. Son objet est d'exposer *le plan de la nature, de développer la chaîne éternelle & indéfectible qui renferme tous les effets*; de détruire le newtonianisme élevé sur les débris du cartésianisme, & de rétablir celui-ci avec des modifications propres à leurs auteurs.

Ces messieurs ont encore pour but de marcher sur les traces de *Fontenelle*, de mettre la physique générale à la portée des lecteurs les moins instruits, de la présenter d'une manière très-élémentaire, en embrassant son universalité, de la dépouiller de l'obscurité, de la sécheresse, de l'aridité même qu'elle tient encore des temps de barbarie & d'ignorance ; enfin d'y répandre ces fleurs & cette grace qu'y répandoit le philosophe dont ils suivent les bannieres, & qu'y apportent aujourd'hui les *Buffon* & les *Bailly*.

Le projet de ces messieurs sembloit devoir alarmer presque toutes les compagnies savantes de France, aujourd'hui newtoniennes ; cependant, comme par un concours général, aucune ne leur

a répondu , M. le baron de *Marivetz* n'avoit
pu s'empêcher de se plaindre d'un semblable dé-
dain ; c'est ce qu'on voit dans ses observations
sur son ouvrage , insérées au journal de Paris,
N°. 153. Enfin , il a découvert la source d'un
silence aussi injurieux.

M. *Cara* , auteur d'un traité de la même nature , & ayant à peu près les mêmes principes ,
passant par Dijon , a appris que M. de *la Lande* ,
qu'il ne nomme pas , mais qu'il désigne assez sous
la forme de *petit singe satyre* , avoit écrit à l'académie de cette ville , lors de l'apparition de l'ouvrage de M. de *Marivetz* , de n'avoir aucun
égard aux opinions du dernier , par la raison que
messieurs de celle de Paris les regardoient comme
contraires au système qu'ils avoient adopté depuis long-temps , & sur lequel ils ne varieroient
jamais : il prétend que cet envieux en avoit fait
savoir autant aux principales sociétés savantes du
royaume : & voilà comme se conduisent les sciences aujourd'hui , par intrigues & par menées.

8 *Janvier.* Des lettres-patentes obtenues du
roi au mois de mai 1783 , registrées au parlement , malgré les oppositions subsistantes des
confreres pélerins , & sans qu'ils aient été appellés pour en déduire la cause , ont uni & in-
corporé à l'hôpital des Enfants-trouvés , les biens
& droits utiles de l'hôpital Saint - Jacques de
Paris , & ordonné que les revenus échus en vertu
du séquestre prononcé par les lettres-patentes du
cinq avril 1734 , seroient remis aux administrateurs. Cette surprise faite à la religion du roi a
produit dans le temps , de la part des pélerins ,
un mémoire à consulter & consultation en date
du 25 février 1782 , qui fit peu d'effet. Il est

queſtion aujourd'hui de remuer cette affaire , & d'en répandre un autre plus intéreſſant & plus actif.

8 *Janvier.* Extrait d'une lettre de Rennes , du 5 janvier.... A la lettre très-longue de la nobleſſe, ayant huit colonnes de minute , il a été fait la réponſe ſuivante , mais par le miniſtre, ſeulement & au commandant.

Lettre de M. Amelot, à M. le marquis d'Aube-terre. Verſailles , le deux janvier 1782. J'ai mis , Monſieur , ſous les yeux du roi la lettre que les états ont adreſſée à S. M. le cinq du mois der-nier ; & je lui ai auſſi mis en même temps ſous les yeux celle qui lui a été adreſſée par la no-bleſſe le 29.

S. M. a été très-mécontente des principes que l'on s'eſt permis d'avancer dans ces deux lettres , & des expreſſions dans leſquelles elles ſont con-çues.

Elle n'a pas été moins mécontente de ce que la chambre de la nobleſſe a pris ſur elle de lui écrire au nom des états , ſans l'aveu des autres ordres.

Elle a trouvé que cette conduite inconſidérée annonçoit aſſez que ceux qui compoſent en ce moment la chambre de la nobleſſe , oublioient les véritables intérêts de la province.

Elle eſpere qu'ils feront de ſages réflexions ſur les ſuites que pourroit avoir leur réſiſtance , & qu'ils ne s'occuperont plus qu'à faire oublier l'ir-régularité de leur conduite , en ſuivant l'exemple des deux autres ordres , & en ſe conformant avec reſpect , & ſans plus de délai , à ſon ordre du 22 décembre , qui leur a été notifié par les commiſſaires.

Cette lettre a été portée le 4 de ce mois par M. d'Aubeterre à l'assemblée des états, où il l'a fait lire, & enregiftrer. On attend à favoir le parti que prendront les états fur cette lettre, qui, n'étant adreffée qu'au commandant, & foufcrite feulement du miniftre, femble ne pas devoir être infcrite comme faifant loi ou réglement.

Une chofe finguliere qu'on remarque encore dans cette lettre, c'eft que celle des états du 5 décembre, que les miniftres avoient regardée comme ne pouvant être préfentée au roi, en a pourtant été lue par leur entremife.

8 *Janvier.* Les créanciers du prince de Gui- mené éprouvent déja les effets de la bonne vo- lonté & des facrifices de madame la comteffe de. *Marfan.* Me. *Marquantin*, notaire, a reçu des fonds. mais applicables d'abord aux gens de la maifon de Rohan, qui fe trouvent avoir confié leur pécule au banqueroutier, ou avoir leurs gages eu arriere.

8 *Janvier.* Extrait d'une lettre de Lille, du 5 janvier.... Les états de Flandre Wallonne, affemblés fur la recommandation du prince de Soubife, gouverneur, & de M. de Calonne inten- dant de la province, ont voté unanimement une penfion pour M. *Fioury*, homme de lettres de cette ville, inventeur de plufieurs machines, au- teur de différents projets utiles, & poëte d'une imagination vive, ardente & noire. C'eft la premiere fois que les états accordent une pareille diftinction : auffi les épîtres en vers & en profe ont été prodiguées de toutes parts à M. *Fioury*, meme par les confreres, qui cependant en lui accordant du talent, ne le trouvent pas affez

éminent pour lui mériter une faveur auffi carac-
térifée.

9 Janvier. Ces jours derniers M. le comte
d'*Artois*, après avoir joué à la paume chez le
fieur *Charlier*, attaché aux plaifirs de fon alteffe
royale en cette partie, fe fit fervir à dîner avec
les courtifans qui avoient eu l'honneur de faire
fa partie. Sur la fin du repas, il propofe de boire
à la fanté des Anglois.... Chacun fe regarde, ou
eft étonné de l'apoftrophe; quoi, Monfeigneur,
lui dit-on, eft-ce que nous ne fommes plus en
guerre avec eux? Je n'en puis dire davantage;
mais nous en verrons bientôt beaucoup ici. Ce
propos, répandu dès le foir dans Paris, n'a pas
manqué de réjouir le public, & on le regarde
comme confirmatif du traité de paix prochaine,
dont les plus incrédules commencent à ne plus
douter.

9 Janvier. Quoique le régime de l'opéra,
confié à fes membres mêmes, ait déja rempli
l'objet le plus difficile, le plus defiré & vaine-
ment tenté jufqu'à préfent, celui de l'économie,
non-feulement par la fuppreffion d'une place
effentiellement à charge, mais encore par des
retranchements & meilleurs marchés dans différentes parties; quoiqu'on ait lieu d'efpérer que
cette amélioration de la caiffe ne pourroit que fe
confolider & s'accroître, il eft bien à craindre
que l'adminiftration ne change encore à pâque,
& qu'on ne rétabliffe un directeur étranger. Du
moins, quatre concurrents font deja fur les rangs
M. de *Vifmes*, naguere éprouvé dans cette place,
& le plus capable de la remplir, en lui ôtant
le maniement & la difpofition des fonds. M. *Mezel*,
l'ami, le confident de M. de *la Ferré*, & fe

prétendant fort initié dans les matieres lyriques, parce qu'il a refait quelque chofe au poëme de *Théſée* de *Quinault* ; M. *Suard*, déja créé cenſeur des poëmes, quoique n'ayant jamais travaillé dans ce genre, mais fort ſouple, fort intrigant, & ayant capté l'oreille & la bienveillance du miniſtre ; enfin M. de *Leutre*, orateur d'une loge des francs-maçons, où il y a beaucoup de ſeigneurs & de grandes dames, s'étant fait un parti parmi eux, & à force de vanter ſon mérite, le leur ayant perſuadé. On ne ſauroit rendre toutes les menées de ces différentes cabales.

Le comité actuel de l'opéra, hors d'état de contrebalancer par lui-même les efforts de ces hommes cupides, actifs, préſentant avec art les défauts du régime ariſtocratique & les avantages du gouvernement d'un ſeul, n'a d'eſpoir que dans M. *Rochon de Chabannes*, qui, par unique amour du bien de la choſe, a envoyé ſur cette matiere à M. de *la Ferré*, un mémoire très-lumineux, très-propre à faire revenir monſieur *Amelot* des impreſſions fâcheuſes qu'on lui a données contre le comité, s'il lit ce manuſcrit, ou s'en fait rendre un compte fidele.

10 *Janvier.* On a parlé d'un paquet de la grandeur d'un mince in-8°., couvert en papier & cacheté, que Rouſſeau avoit confié à l'abbé de *Condillac*, ſon ancien éleve & ſon ami de tous les temps, en le priant de reſpecter ce dépôt & de ne l'ouvrir qu'en 1800. Celui-ci, avant de mourir, l'avoit remis à l'abbé de *Keyrac*, qui ne l'avoit accepté qu'en tremblant, & ſur l'aſſurance du malade qu'il ne contenoit rien de contraire à l'état, aux mœurs, ni à la religion ;

ue *Jean-Jacques* lui en avoit lu plufieurs pages
rifes au hafard ; que ce n'étoient que des pein-
ures de fes malheurs; qu'il étoit à genoux devant
ui & pleuroit à chaudes larmes en lui livrant
et écrit.

M. l'abbé de *Reyrac* a rendu ce manufcrit à
a famille de l'abbé de *Condillac* , & l'on ne dit
pas entre les mains de qui il eft refté.

10 *Janvier*. Extrait d'une lettre de Rennes ,
lu 8 janvier. . . . . Le lundi 6 on a entendu aux
Ctats le rapport de la commiffion des impofitions
fur la lettre de M. *Amelot* , enrégiftrée le famedi
précédent , dont le réfultat étoit de faire des repréfentations.

L'ordre de la nobleffe a propofé une députation vers meffieurs les commiffaires du roi , pour
folliciter le retrait de cette lettre. Les deux ordres ont long-temps voulu les chambres pour
délibérer fur les demandes du roi , & au furplus
charger meffieurs les préfidents des ordres de
demander à M. le marquis d'*Aubeterre* le retrait
de cette lettre.

Il a été fait différentes obfervations fur la fituation de l'affemblée ; & d'après les inftances de la
nobleffe , les deux autres ordres ont confenti à
la députation propofée pour le retrait de la lettre ,
en perfiftant dans leur avis de délibérer fur les
demandes du roi.

La commiffion des impofitions de retour , a
rapporté que M. le marquis d'*Aubeterre* avoit répondu , que cette lettre avoit été enrégiftrée par
ordre du roi , & qu'il ne pouvoit la retirer.

L'ordre du tiers ayant demandé les chambres
pour délibérer fur les demandes du roi , un membre de la nobleffe a dit , qu'il étoit néceffaire de

prendre un avis sur le rapport de M. le marquis, d'*Aubeterre*. A l'instant il a été représenté qu'un détachement de troupes étoit arrivé en cette ville, qu'en conséquence on ne pouvoit délibérer: l'assemblée s'est auss-tôt séparée environ vers trois heures.

Il faut savoir, pour l'intelligence de ceci, qu'un des privileges des états est que, pour conserver la liberté des suffrages, pendant leur tenue, il ne doit y avoir aucune troupe, à moins de dix lieues à la ronde.

Le mardi 7 janvier, à l'ouverture de la séance, il a été convenu de charger la commission des impositions, de rédiger une protestation contre l'enrégistrement fait par autorité de la lettre de M. *Amelot*.

L'ordre du tiers a ensuite demandé avec instance les chambres pour délibérer sur les demandes du roi: les ordres de l'églife & du tiers s'y font retirés en conséquence à cet effet.

L'ordre de la noblesse a nommé six commissaires de son ordre pour dresser un mémoire justificatif de sa conduite, depuis le commencement de la tenue.

L'ordre du tiers a envoyé son avis à deux heures sur la capitation qu'il a consentie, avec des réclamations sur le choix libre des députés en cour, & des instances à faire pour le retrait des ordres & lettres enrégistrées d'autorité.

A l'égard des trois vingtiemes & le secours extraordinaire, il les a également consentis conformément à la demande de S. M., dans la persuasion cependant que le troisieme vingtieme cesseroit à la paix.

Les

Les ordres se sont retirés par convention, environ sur les trois heures, chambres tenantes, & se sont rassemblés à six.

L'ordre de la noblesse étant occupé des moyens de prendre un avis, le tiers en a envoyé un par lequel il consent les milices de terre, les milices garde-côtes, & les dépenses du casernement, conformément aux demandes de S. M.

L'ordre de la noblesse a pris un avis, par lequel il a arrêté n'être plus dans l'état de liberté établie par la commission générale, depuis la lettre du roi du 22 décembre.

Considérant avec douleur les entraves mises à sa liberté & à son zele, malgré les représentations réitérées adressées à S. M. par les trois ordres le 5 décembre, & en particulier par l'ordre de la noblesse,

Est unanimement d'avis qu'il se trouve dans l'impossibilité de délibérer sur aucune demande de S. M., persistant en conséquence dans les représentations qu'il a adressées au roi dans la lettre du 28 décembre, & le suppliant de rendre à son zele toute l'activité qui naît de la liberté que reglent les loix & la constitution nationale, en réintégrant les états dans le plein exercice de leurs droits & de leur liberté.

Cet avis ayant été envoyé aux deux autres ordres, ils se sont rassemblés, par convention, chambres tenantes.

11 *Janvier*. Il a couru depuis quelque temps le vaudeville suivant, intitulé : *les Jeunes gens du siecle*.

Air : *avec les jeux dans le village.*

Beautés qui fuyez la licence,

Evitez tous nos jeunes gens :

L'Amour a déserté la France
A l'aspect de ces grands enfants.
Ils ont par leur ton, leur langage,
Effarouché la volupté,
Et gardé pour tout apanage
L'ignorance & la nullité.

Malgré leur tournure fragile,
A courir ils passent leur temps :
Il sont importuns à la ville,
A la cour ils sont importants.
Chacun d'eux sans appel décide :
Au spectacle ils ont l'air méchant.
Par-tout la sottise les guide :
Par-tout le mépris les attend.

Pour eux, les soins sont des vétilles
Et l'esprit n'est qu'un lourd bon sens ;
Ils sont gauches auprès des filles,
Auprès des femmes, indécents.
Leur jargon ne pouvant s'entendre,
Si leur jeunesse peut tenter
Ceux que le besoin a fait prendre,
L'ennui bientôt les fait quitter.

Sur leurs airs & sur leur figure,
Presque tous fondent leur espoir ;
Ils font entrer dans leur parure
Tout le goût qu'ils pensent avoir.
Dans le cercle de quelques belles
Ils vont s'établir en vainqueurs,
Mais ils ont toujours auprès d'elles,
Plus d'aisance que de faveurs.

De toutes leurs bonnes fortunes
Ils ne fe prévalent jamais ;
Leurs maîtreffes font fi communes
Que la honte les rend difcrets.
Ils préferent, dans leur ivreffe,
La débauche aux plus doux plaifirs ;
Ils goûtent fans délicateffe
Des jouiffances fans defirs.

Puiffent la volupté, les graces,
Les expulfer loin de leur cour,
Et favorifer en leurs *places*,
La gaieté, l'efprit & l'amour !
Les déferteurs de la tendreffe
Doïvent-ils goûter ces douceurs !
Quand ils dégradent la jeuneffe,
En doivent-ils cueillir les fleurs !

Cette chanfon, meilleure que celles que fait
ordinairement M. de *Champcenets*, mais cependant digne de lui par les incorrections, les pla-
titudes & les défauts de bon fens qu'on y trouve
en plufieurs endroits, par les expreffions impro-
pres, &c. après avoir été attribuée à MM. de
Boufflers & *Champfort*, lui refte décidément, &
on ne peut la lui contefter aujourd'hui.

M. le chevalier de *Roncherolles*, fe reconnoif-
fant à coup fûr dans ce portrait des jeunes-gens
du jour, dit en préfence de plufieurs officiers aux
gardes, que l'auteur du vaudeville en queftion méritoit des coups de bâton. Les camarades de
M. de *Champcenets*, n'ignorant pas qu'il paffoit

pour l'être & ne s'en défendoit pas , crurent devoir
l'avertir du propos.

M. de *Champcenets* en conséquence est allé
trouver M. de *Roncherolles* , & lui en a demandé
raison ; ils se sont battus & ont été blessés tous
deux avant-hier , mais légérement. M. de *Champcenets* tout glorieux , n'a pas manqué de se montrer aujourd'hui à l'opéra.

11 *Janvier.* La piece nouvelle d'*Isabelle* &
Fernand , jouée avant-hier aux Italiens , est imitée
d'une de Calderone , & traduite dans le théatre
espagnol de M. *Linguet.* C'est un sujet très-inté-
ressant , mais triste, noir & fait pour être mis
en drame & non en opéra comique. Aussi a-t-il
eu peu de succes. L'auteur des paroles a été obligé
de le gâter pour l'approprier à son genre , & lui
a ôté tout son caractere. C'est M. *Fort* , secretaire
de M. le duc de *Fronsac* : quant à la musique ,
elle est de M. *Champein* , foible & n'entrant nullement dans les motifs du poëte.

11 *Janvier.* Un M. *Cholet de Jesphar* , avocat ,
a entrepris un almanach sous le titre d'*Etrennes
lyriques* , *anacréontiques.* Il a ajouté à ce titre :
présentées à Madame, sœur du roi , pour la troisieme
fois le 25 décembre 1782.

On ne peut assez s'étonner de cette audace in-
décente en voyant à la tête du recueil une estampe
des plus licencieuses , & dans le recueil , des chansons du même genre , entr'autres celle de M. *Collet* :
L'arrangement au moral comme au physique.

12 *Janvier.* Le mémoire entrepris par M. *Rochon* ,
a pour objet de répondre à une lettre ministérielle
adressée au comité , où l'on lui enjoint de n'avoir
aucun égard à l'ordre de réception des ouvrages ;
mais de faire passer les premiers , ceux dont il y

aura lieu d'espérer une meilleure recette. Il fait voir
que ce seroit violer souvent gratuitement un
principe de justice, & sacrifier l'avenir au présent.

M. *Rochon* attaque ensuite la maniere de former
la décision dont il s'agit, & qu'on voudroit rapporter à un seul homme ; il milite en faveur du
comité, & prétend qu'il est le seul en état de
prononcer mieux que qui que ce soit, & sur la
musique & sur les poëmes ; (les auteurs dramatiques exceptés à l'égard de ces derniers).

Si cependant le ministre veut innover en ce
genre, il trouve qu'un conseil composé de quelques gens de lettres & musiciens choisis, qui as-
sisteroient aux dernieres répétitions d'un opéra
prêt à se jouer, pourroit être d'un grand secours
aux auteurs, non afin de les corriger, mais de
leur faire des objections dont ils profiteroient,
s'ils vouloient, & qu'ils seroient toujours maîtres
d'adopter ou de rejeter.

Ceux qui ont lu ce mémoire, le trouvent plein
d'honnêteté, de logique & de vues saines : mais
comme il est principalement dirigé contre M. *Suard*,
contre cet eunuque au milieu du serrail, qui n'y
fait rien & nuit à qui veut faire, celui - ci est
furieux & manœuvre sourdement pour rendre
M. *Rochon* désagréable au ministre, & empêcher
que la vérité ne lui parvienne.

12 *Janvier*. Le petit châtelet, espece de for-
teresse antique, composée d'une lourde masse
de bàtimens, située à l'extrêmité du Petit-Pont,
étoit autrefois la porte de Paris de ce côté-là,
comme le grand châtelet en étoit une autre du
côté opposé dans les temps où cette capitale
n'avoit d'autre étendue que l'isle du palais. Il
se trouvoit aujourd'hui au centre, qu'il gâtoit

B 3

& gênoit beaucoup. Comme il fervoit de prifon, il falloit avant de fupprimer cet édifice, en avoir une autre. Depuis l'inftitution de l'hôtel de la Force, il n'y a plus eu d'inconvénient; & par la vigilance & l'activité qu'y a fait apporter M. le lieutenant-général de police, ce travail s'eft effectué fans accident & auffi vîte qu'il a été poffible, c'eft-à-dire, en quatre mois environ. Le déblaiement eft achevé entiérement, la place nette, & l'œil perce à travers à perte de vue. Mais on fe flattoit qu'on profiteroit de la circonftance pour embellir & rendre plus aifée la circulation de ce quartier très-étranglé, quoique très-paffager. Point du tout, on en refte là, & fans doute la ville manque de fonds pour effectuer les beaux plans projetés à cet égard.

13 *Janvier.* Ce qu'on avoit prévu eft arrivé: la reine a voulu entendre M. *Garat.* Hier un carroffe à fix chevaux eft venu le prendre chez lui, d'après l'invitation qu'il en avoit reçue; & après s'être relayé à Seves, il eft arrivé à Verfailles, & eft defcendu chez madame la duchelfe de Polignac. Il a trouvé dans l'antichambre toute la mufique prête à recevoir les ordres de S. M. M. *Garat,* au contraire, a été introduit fur le champ. La reine étoit déja arrivée & l'attendoit avec le comte *d'Artois,* & une foule de feigneurs & dames. Il ne prévoyoit pas ce fpectacle, & la pompe de la majefté l'a frappé au point de l'interdire & de fufpendre fes facultés. La reine & M. le comte d'Artois, qui fe font apperçus de fon embarras, l'ont rafluré par un accueil rempli de bonté. Ils l'ont encouragé: il s'eft remis; il a eu l'honneur d'accompagner la reine & fon augufte frere; il a chanté feul; il a contrefait les

différentes voix de l'opéra , fur-tout de *Legros* ; & il a eu le bonheur de plaire , & de ne point tromper la haute idée qu'on avoit donnée à S. M. de fon talent naturel.

Durant la féance, M. *Garat* , ou enthoufiafiné ou tremblant du rôle qu'il jouoit , & fur - tout de la bouffonnerie à laquelle il venoit de fe livrer , s'eft écrié comme involontairement : *Ah ! fi mon pere me voyoit ici , qu'eft-ce qu'il diroit ?* Le ma-réchal de Duras lui a répondu : *Monfieur, on fera en forte qu'il n'aura pas lieu de s'en repentir.*

Du refte , M. de *Vaudreuil* avoit apporté toute forte de délicateffe dans fon invitation , jufqu'à lui écrire que la reine l'autorifoit à choifir le jour & l'heure qui lui convenoient.

13 *Janvier.* Depuis quelque temps, les négo-ciations pour la paix, qu'on croyoit , il y a fix femaines , fur le point de fe terminer , fans en rechercher les raifons politiques , femblent dans une forte de ftagnation. Un poëte envifageant ces lenteurs fous le point de vue peut-être le plus vrai, a fait les vers fuivants.

VERS *Sur le dernier armement des Anglois, qui ne peuvent plus continuer la guerre, & qui rougif-fent de faire la paix.*

Du poids de cent vaiffeaux la Tamife accablée ,
Raffure foiblement l'Angleterre ébranlée ;
Son peuple altier redoute & la guerre & la paix ,
Nos glaives font tirés , nos impromptus font faits ;

Le François fut toujours combattre, vaincre & rire ;
Son courage eft terrible, & vive eft fa fatire,
Sauvé de l'un, à l'autre on craint de s'expofer :
Frémis, fiere Albion, tous deux vont t'écrafer.

On attribue cette boutade à un homme de lettres, qui donnoit les plus grandes efpérances ;
mais retiré depuis long-temps du commerce des
mufes, & dont le patriotifme feul a ranimé la
verve en ce moment. On dit qu'un peu d'humeur
auffi contre les Anglois qui lui ont pris beaucoup
de denrées venant d'Amérique où il a de riches
habitations, n'a pas peu contribué à l'infpirer.
Ce transfuge du Parnaffe eft M. de *Porteirance*.

14 *Janvier*. Les lettres viennent de faire une
perte en Mad. *Elie de Beaumont*, femme de l'avocat de ce nom. Elle étoit principalement connue
par le roman en lettres du marquis de *Rozelle*,
ouvrage très-agréable, mais où l'on trouvoit
qu'elle étoit trop entrée dans le détail des intrigues
& du manege des courtifannes, chofes dont une
honnête femme ne fembleroit pas devoir être fi
bien inftruite.

Mad. *Elie de Beaumont* tenoit une forte de
bureau de bel efprit chaque foir, fuivi d'un fort
bon fouper, ce qui attiroit beaucoup de monde.
M. & Mad. *de la Harpe* y préfidoient fur-tout.

Il y avoit une liaifon très-intime entre cette
virtuofe & l'avocat *Target*, qui faifoit ménage
avec le mari & la femme, & animoit auffi cette
fociété.

14 *Janvier*. Extrait d'une lettre de Befançon,
du 8 janvier.... Le parlement, avant que fes
députés partent, a fait une bourfe commune,

& chacun y a mis vingt louis. Il en a réfulté une maffe de 30,000 livres fur laquelle feront pris les frais de la députation , ainfi que ceux des exilés , s'il y en avoit ; & , quand ces fonds feront épuifés , on recommencera. Tout cela n'eft pas de bon augure pour la cour. Comme dans les précédentes cataftrophes la fortune de plufieurs de meffieurs s'en eft reffentie , ils ont pris cette fage précaution qui ôte aux pufillanimes le prétexte du befoin.

Du refte , Meffieurs , avant de partir , ont auffi fait dreffer des procès-verbaux en regle de l'état de détreffe où fe trouve la province , dont les payfans en beaucoup d'endroits font obligés de fe nourrir de pain d'avoine à cinq fous la livre. Tous ces procès-verbaux , tant fur la nature du pain que fur les prix , font très en regle , & fignés des officiers de la juftice & des curés des lieux , en contradiction de ceux de l'intendant , extorqués de fes fubdélégués. Les députés ont dû porter auffi avec eux des échantillons de ce pain....

15 *Janvier*. Le clergé fent plus que jamais la néceffité de venir au fecours de la foi ébranlée dans ce fiecle , où non-feulement on en attaque les dogmes , mais où l'on a formé une ligue fi réelle & fi formidable pour anéantir l'effence même de la religion. C'eft ce qui a déterminé la derniere affemblée , qui vient de fe tenir à Paris , de donner des penfions à quelques-uns des auteurs qui fe font diftingués dans la lice chrétienne. En outre, elle a deftiné 30,000 liv. pour être diftribuées en penfions à ceux qui , par des productions vraiment utiles , fe rendront dignes de ces bienfaits. On a déja parlé du pere *Bertier* , infcrit fur la lifte de ceux qui ont eu part aux faveurs du clergé ; en

voici d'autres. Le pere *Houbigant*, prêtre de l'oratoire ; l'abbé *Pey*, chanoine de Saint-Louis du Louvre, auteur des *Mémoires du comte de Valmont* ; l'abbé *Clémence*, chanoine de Rouen, auteur de la *Réfutation de la Bible enfin expliquée de Voltaire* ; M. *Soret*, avocat en parlement, qui autrefois a travaillé en société avec le pere *Hayer*, récollet, à un ouvrage périodique, intitulé *la Religion vengée*, & M. l'abbé *Auger*, membre de l'académie des belles-lettres. Quoique celui-ci ne se soit fait connoître jusqu'à présent que par des traductions d'auteurs grecs, il a été distingué par l'assemblée à titre de savant propre à soutenir & rappeller le bon goût de la littérature. D'ailleurs, M. *Auger* se propose de publier incessamment la traduction des plus beaux morceaux de Saint-Chrisostôme, & des autres peres grecs.

16 *Janvier*. Les députés du parlement de Besançon sont arrivés à Versailles les 6, 7 & 8. On prétend que l'on avoit eu soin d'y tenir des auberges prêtes pour les recevoir, & qu'il y avoit eu ordre aux aubergistes de ne point admettre chez eux d'autres étrangers durant leur séjour, afin d'éviter toute communication avec des membres ou des émissaires du parlement de Paris ou d'ailleurs, qui voudroient s'établir-là. Quoi qu'il en soit, le 9 ces députés ont été introduits à l'audience du roi, qui a duré sept quarts d'heure.

S. M. s'étant fait représenter le registre qu'on appelle à Besançon, *le registre des actes importants*, a remarqué qu'il n'étoit pas signé de messieurs. Elle a demandé pourquoi ? On lui a répondu que c'étoit l'usage. Elle a dit que c'étoit un mauvais usage, & les a fait signer tous l'un après l'autre. Ensuite S. M. a fait biffer les arrêtés & arrêts qui lui ont déplu depuis les féances du comte *de Vaux*, & a fait tranfcrire en marge un arrêt du confeil qui les caffe; mais dans cet acte d'autorité on a rendu hommage aux formes, en le revêtant de lettres-patentes : on a d'ailleurs adouci le préambule, motivé principalement fur ce que le parlement s'eft conduit par des principes contraires à l'ordonnance du mois de mars 1775, qui le rétablit par cette phrafe où l'on fait dire au roi : « Perfuadé de la pureté de votre zele, il eft de » notre devoir d'en régler les effets par notre fageffe, & de vous ramener aux véritables princi-» pes, defquels nous ne préfumerons jamais que » vous puiffiez avoir intention de vous écarter. » Elle leur a ordonné de retourner à Befançon fans paffer par Paris, pour y recevoir fes ordres le 21 de ce mois.

Meffieurs les députés ne font pas extrêmement mécontents de leur réception. Le roi y a mis même de la bonté. Le greffier eft âgé, & comme pour écrire il étoit obligé de fe baiffer & de fatiguer beaucoup, S. M. a ordonné qu'on lui apportât un pliant.

Un de meffieurs fe trouvant mal de la longueur de la féance où ils font reftés débout, le roi s'en eft apperçu, & lui a fait figne qu'il pouvoit fortir.

16 *Janvier.* On a repréfenté aujourd'hui à Verfailles, *le roi Lear*, nouvelle tragédie de M. *Ducis*, imitée de l'Anglois, qu'il doit faire jouer inceffamment ici. On veut qu'elle ait eu beaucoup de fuccès malgré la bizarrerie du fujet qui eft un prince fou, ayant deux filles, l'une bonne, l'autre méchante, & fe trompant continuellement, les confondant d'une maniere dont réfultent des

E 6

effets très-pathétiques. On veut qu'il y ait un art infini dans la conduite de ce principal perfonnage, & que cela foit admirable. On fait qu'il faut beaucoup fe défier du goût & des louanges des courtifans en fait d'ouvrages d'efprit.

17 *Janvier.* Difcours du roi à la députation du parlement de Befançon, du 10 janvier....

Je vous ai mandés, afin que vous n'affectiez plus d'ignorer que tout ce qui fe fait en mon nom, fe fait par mes ordres.

J'ai fait biffer vos arrêts pour ne plus laiffer aucune trace d'actes, aufli contraires à la foumiffion dont vous devez donner l'exemple à mes fujets de votre reffort.

J'écouterai toujours ce que mon parlement me repréfentera pour le bien de mes fujets de Franche-Comté; mais il doit mieux s'affurer de l'exactitude des faits qu'il m'expofe.

Ses arrêts & fes arrêtés ne doivent jamais lui faire des titres pour défendre ce que j'ai ordonné, ou pour ordonner rien de contraire à mes volontés.

Mon peuple ne fait qu'un avec moi: fes droits & fes intérêts font les miens; c'eft dans ma main feule qu'ils repofent, & j'en fuis le gardien fuprême.

Si cette maxime, qui doit être gravée dans le cœur de tout fujet fidele, venoit à s'effacer, je compte que les officiers de mon parlement la rappelleroient à mes peuples.

Retournez à vos fonctions, rendez bonne juftice à mes fujets; « c'eft un droit précieux que » je vous ai confié, & dont vous ne fauriez » vous acquitter avec trop d'attention & de » zele. »

Le roi a ordonné que ce qu'il venoit de dire, feroit écrit fur les regiftres & lu aux chambres affemblées.

17 *Janvier*. L'académie françoife dans fon affemblée d'hier 16, a adjugé aux *converfations d'Emilie*, ouvrage de madame *d'Epinay*, le prix annuel fondé par un citoyen anonyme, en faveur de l'ouvrage le plus utile à la fociété. Ce prix eft une médaille d'or de la valeur de 1,200 liv.

17 *Janvier*. Extrait d'une lettre de Liege, du 25 décembre 1782.... M. *Gretry*, pour fe confoler un peu de l'échec qu'a reçu à Paris fon nouvel opéra de *l'Embarras des richeffes*, eft venu dans fa patrie recevoir des diftinctions flatteufes & dont il n'y a point d'exemple encore à l'egard d'artiftes de fon genre.

Le 21 décembre au foir, M. *Gretry* fe rendit à la falle des fpectacles & fut conduit à la loge magiftrale, où meffieurs nos bourguemeftres régents le placerent au milieu d'eux. Les comédiens donnoient fon charmant opéra de *l'Amant jaloux*, précédé d'un divertiffement analogue à la préfence de l'auteur, & compofé en partie de celui qui avoit été repréfenté il y a deux ans, à l'inauguration de fon bufte dans l'avant-fcene du théatre. A la fin de cette piece, un tranfparent où étoit écrit : *Vive Gretry*, traverfa le haut du théatre, s'arrêta au deffus de la loge magiftrale, & en s'entrouvrant, remit à meffieurs les bourguemeftres régents un bouquet, qui fut préfenté par eux, au nom de la patrie, à l'illuftre artifte : cérémonie qui eut lieu aux acclamations de l'affemblée la plus nombreufe qu'on eût encore vue à notre fpectacle.

Le 23, la fociété d'émulation tint une féance

publique extraordinaire à fon occafion ; elle le fit complimenter par fon fecretaire perpétuel , & elle remit à M. *Louis* , l'architecte du roi de Pologne , directeur général des bâtiments de M. le duc de Chartres , qui avoit fait le voyage de Liege avec M. *Gretry* , une patente d'affocié honoraire.

18 *Janvier*. Les comédiens italiens , auffi actifs cette année que les précédentes à montrer leur zele pour travailler aux plaifirs du public , quoiqu'ils aient déja trois nouveautés dont le cours n'eft pas fini , en ont joué hier une quatrieme. Elle a pour titre *le bon Ménage* , comédie en un acte & en profe. Cette bagatelle n'eft que la fuite des *deux Billets* du même auteur , M. de *Florian*. Il y a moins de piquant que dans la premiere , moins d'intrigue , mais beaucoup de fenfibilité auffi , & plus d'efprit , de gaieté , de naïveté. Car c'eft le mélange de toutes ces qualités qui en fait le mérite. Le poëte a eu l'heureufe hardieffe d'y mettre en fcene deux enfants qui y reviennent à plufieurs reprifes , & quoiqu'épifodiques , ne laiffent pas que d'intéreffer par des tableaux vrais & d'un naturel exquis. Le fieur *Carlin* brille principalement dans cette piece , & y joue avec tant d'onction le rôle du mari , qu'on perd fon mafque de vue , & qu'il fait répandre des larmes.

18 *Janvier*. Extrait d'une lettre de Lille , du 10 janvier..... On ne vous a point exagéré les honneurs rendus ici à M. *Gretry*. Il revenoit de Liege avec M. *Louis*. Il a paffé par cette ville & s'y eft arrêté pour entendre le concert qu'on y a nouvellement inftitué , ou plutôt rétabli. On en donna un extraordinaire en fon honneur , où l'on n'exécuta que les morceaux les plus intéref-

fants de *Céphale & Procis*, *d'Andromaque*, & du
Seigneur Bienfaifant. Quant à ce dernier, il s'en
feroit bien paffé ; on remarqua même que cet
artifte, très jaloux de fon naturel & fur-tout
d'un mérite naiffant comme celui de M. *Floquet*,
fit la grimace en entendant ces morceaux auxquels il ne s'attendoit pas. Quoi qu'il en foit,
on lui rendit enfuite tant d'honneurs qu'il en fut
comblé.

On avoit mis une couronne fur la ftatue d'Apollon qui eft au fond de la falle, & l'on avoit orné
de guirlandes fa lyre, où l'on lifoit le nom du
célèbre compofiteur.

Dès qu'il parut dans la falle, garnie d'un monde
immenfe, accompagné de deux commiffaires, au
milieu defquels il étoit placé, la joie publique
éclata par des battements de main longs & multipliés, qui ne furent interrompus que par une fan-
fare, qui produifit le plus grand effet.

M. *Feutry*, poëte, que cette ville fe glorifie
d'avoir vu naître, excellent pour les *impromptu*,
crayonna fur le champ le quatrain fuivant.

> Gretry paroît, la gloire l'environne ;
> Elle applaudit à fes divins accents :
> L'orcheftre brille, il enchante, il étonne ;
> L'œil du génie enflamme les talents.

19 *Janvier*. M. *Linguet* n'a pas manqué, après
être forti de prifon, de parcourir la foule de feuilles périodiques étrangeres qu'on lit à Paris, pour
voir comment elles avoient parlé de cet événement. Il a trouvé qu'elles l'avoient fait en général très-fuccinctement & avec peu d'intérêt ;

que presque toutes même , soit dans la crainte
d'être supprimées , soit dans leur joie secrete de
s'élever sur les débris de ses annales , avoient
gardé à son égard un profond & lâche silence ;
que le seul *courier du* Bas-Rhin contenoit beaucoup de détails à son sujet ; que pendant plusieurs
mois il étoit revenu sur lui , & avoit plaidé sa
cause avec une chaleur , une énergie , une éloquence vraiment touchante. Pénétré de recon-
naissance , il a voulu voir le rédacteur de cette
feuille , dans sa tournée ; après son évasion de
France , il est allé à Cleves où elle se compose ;
il y a admiré un écrivain philosophe , impartial ,
courageux , bien au dessus de son emploi , sachant féconder les matieres les plus arides , &
donner d'avance à une gazette seche & insipide
tous les caracteres , tout l'intérêt de l'histoire. Il
s'est flatté d'avoir rencontré l'homme qu'il lui
falloit ; il l'a choisi pour son confident ; il a versé
dans son sein les chagrins dont il étoit oppressé ;
& n'ayant pu obtenir encore la liberté de faire
passer directement en France la suite de ses annales
qu'il se propose de reprendre , il s'est servi de son
canal pour en indiquer au public la continuation. Il a adressé d'Angleterre à ce rédacteur une
lettre où il annonce son projet. Il doit commencer par une *Relation de sa détention à la bastille
depuis le* **27** *septembre* 1780 , *jusqu'au* 19 *mai*
1781. Pour esquisse il en donne le commencement. Le rédacteur y a joint des fragments de la
lettre qui accompagnoit ce morceau , & les a com-
mentés de quelques réflexions. Ce paragraphe est
si intéressant que le numéro du mercredi 1 janvier 1783 de cette gazette , est devenu extrêmement rare , & tellement mutilé dans les lieux

publics où l'on le lit & le demande encore aujourd'hui, qu'il a fallu le copier, & qu'on ne la plus que manuscrit.

19 *Janvier*. On ne finiroit point de rapporter tous les calambours qui continuent à pleuvoir fur M. le duc de *Chartres* & fes bâtiments : voici, pour juger des autres nouveaux, le moins mauvais : à l'occafion de la portion de bâtiments du côté de la rue des Bons-Enfants, qu'on vient de couvrir d'un énorme & ridicule *comble*, en terme d'architecture, on dit que ce prince a mis enfin le comble à fes fottifes.

Pour compenfer l'effet de tant de quolibets pitoyables qui ne laiffent pas que de fe répéter & d'entretenir la fermentation & la mauvaife humeur des mécontents contre ce prince, on publie un nouveau projet qui n'annonce que de la bienfaifance de fa part, & ne peut être que très-agréable au public.

On a commencé à faire les fouilles pour élever la portion d'édifice qui doit fermer le palais neuf. On a déja dit qu'il y auroit au rez-de-chauffée un principal promenoir enrichi de fix rangs de colonnes doriques, qui doit communiquer par la fuite à d'autres promenoirs pratiqués dans les parties confervées de l'ancien palais, dont on détruira pour cet effet les logements du rez de-chauffée & de l'entrefol. Tout cela fera très-commode & très-beau ; mais ce qui fera plus magnifique, plus agréable & plus utile encore, ce fera un *mufæum* auquel eft deftinée une partie du premier étage fur le jardin, où toutes les belles productions des arts, aujourd'hui éparfes dans les appartements du Palais-Royal, feront, ainfi que celles qu'on pourra acquérir encore,

réunies & disposées le plus avantageusemen
possible pour l'instruction des artistes & de
amateurs.

19 *Janvier*. Extrait d'une lettre de Vienne,
du 2 janvier..... Un jeune poëte Allemand, d'un
talent distingué, a fait imprimer un poëme contre
le clergé & le pape, sans en avoir obtenu la permission, & a eu la hardiesse de le dédier à l'empereur. S. M. impériale, dédaignant les louanges
à la faveur desquelles l'auteur espéroit faire passer
sa satire, a écrit la lettre suivante au chef de la
police.

« Vous signifierez à un particulier nommé
» *Waschke*, auteur du poëme indécent, la juste
» indignation que m'a causé la témérité qu'il
» a eue de me l'envoyer & de me le dédier. Je
» lui défends de faire publier à l'avenir ses écrits,
» & je veux que le libraire qui lui a prêté son
» ministere, soit puni suivant la sévérité de la
» loi. »

20 *Janvier*. *Le roi Lear* est une tragédie de
Shakespear, que les Anglois estiment comme une
de ses meilleures. Le fameux Garrick l'aimoit sur-
tout parce qu'il trouvoit de quoi y déployer
toute la supériorité de son talent. Cependant aux
yeux du bon sens, c'est le comble de l'extravagance, & il faut être bien hardi pour avoir osé
transporter ce sujet sur notre scene. A en juger
par ce qui s'est passé aujourd'hui, M. *Ducis* n'a
pas lieu de s'en repentir. Quoique les actes aient
paru excessivement longs, l'intrigue pénible,
compliquée, absurde; les détails souvent puériles
& ridicules; la versification tantôt boursouflée,
tantôt plate; que beaucoup de scenes aient été
reçues très-froidement; que plusieurs coups de

théatre aient abfolument manqué leur effet ; quelques morceaux & quelques fcenes , fur tout une du quatrieme acte , ont été trouvées d'un naturel fi fublime qu'ils ont produit une vive explofion , force bravo , braviffimo , & qu'ils ont valu à l'auteur un triomphe finon complet , au moins trèsbrillant en certaines parties.

Comme la piece en général a été mal jouée & mal entendue de la plupart des fpectateurs qui avouent n'en avoir pas compris la marche & l'ordonnance , il faut attendre encore quelques préfentations avant de prononcer en dernier reffort fur cet ouvrage , dont le fuccès , malgré les brouhaha , a paru fi équivoque à l'auteur même , qu'après s'être laiffé traîner fur le théatre aux acclamations d'une populace bruyante , il a demande fi c'étoit bien férieux , fi ces applaudiffements étoient bien finceres , en un mot fi tout cela n'étoit pas une dérifion.

M. Ducis s'eft d'autant plutôt repenti de fa complaifance , qu'il craint les reproches de fes confreres de l'académie , trouvant mauvais qu'un de leurs membres fe foit ainfi proftitué aux regards du public. En effet , il eft le premier de ce corps qui fe foit rendu à de telles inftances , & ait paru fur la fcene.

Le fieur Brizard joue fupérieurement le rôle du roi Lear ; il y eft fuperbe , & n'a pas peu contribué au fuccès. Il eft même le feul qui foit dans l'efprit de fon rôle : on dit qu'il doit quitter à pâque , & il fera bien , s'il veut fe faire regretter , car il commence à perdre la mémoire.

Après la tragédie & tout le fracas qui s'en eft fuivi , on a laiffé tomber la toile , qui s'eft relevée prefque auffi-tôt. Comme les comédiens ont jugé à propos, depuis qu'ils font à ce théatre de ne plus annoncer, on a cherché la raifon de l'apparition du fieur *Molé*, qui s'eft avancé & a bientôt fait connoître le fujet de fon meffage ; il a dit : « Meffieurs, nous aurons l'honneur de vous » donner mercredi la feconde repréfentation du » roi Lear, fuivie de la reprife de l'Anglois à » Bordeaux, *à l'occafion de la paix.* »

Dans *le Tuteur*, petite piece qu'on a jouée enfuite, le fieur *Dugazon* a chanté un couplet *impromptu* de M. *Imbert*, à M. *Molé* fur fon annonce, non moins miférable : ainfi voilà déja deux méchantes pieces de vers à compte de beaucoup d'autres fur ce grand événement.

20 *Janvier*. Mlle. *Quinault*, cadette, d'un nom fameux & ancien à la comédie françoife, retirée elle-même depuis 1742 de cette fcene, où elle jouoit fupérieurement les rôles de foubrette, vient de mourir âgée de quatre-vingt-trois ans. Elle voyoit très-bonne compagnie, fur-tout en hommes. M. *d'Alembert*, depuis la mort de mademoifelle *l'Efpinaffe*, & de madame *Geoffrin*, alloit habituellement chez elle ; il avoit fa confiance, & dans fon teftament elle lui laiffe un diamant.

Mlle. *Quinault* écrivoit beaucoup, on ne fait fur quelle matiere ; mais elle confultoit fouvent M. *d'Alembert*, & il y a apparence qu'il eft le dépofitaire de fes manufcrits. Elle eft morte avec fa préfence d'efprit, fans s'en douter, étant encore occupée à fe parer. M. le curé de Saint-Germain l'Auxerois avoit tenté de ramener cette ouaille, dont le philofophe fon ami a fi bien foutenu la fermeté qu'elle ne s'eft démentie en rien dans ce dernier inftant , & qu'elle fera infcrite au rang des héroïnes du parti.

20 *Janvier*. M. de *Kerguelin* , dont on ne parloit plus depuis long-temps , & qui , rayé des liftes de la marine avant la guerre , s'étoit mal-heureufement mis dans le cas de ne pouvoir plus fervir , recommence à faire parler de lui aujour-d'hui par une *relation de fes deux voyages dans les mers auftrales* , où il a commandé les bâti-ments du roi le *Kerryer* , *la Fortune* , *le Gros-Ventre* , *le Rolland* , *l'Oifeau* , & *la Dauphine* , avec des lettres ou mémoires fur la marine & un état de fes fervices.

21 *Janvier*. M. le curé de Saint Sulpice , per-fiftant à rendre fa bafilique une des plus belles de cette capitale , vient de faire baptifer des clo-ches énormes qui ont été mifes en branle depuis peu , & ont caufé une explofion fi violente dans le quartier , que les acteurs de la comédie françoife étant en fcene , ont été obligés de refter court & de s'arrêter tant que la fonnerie a duré : cet inconvénient pouvant fe répéter tous les jours , ils ont préfenté requête au confeil pour qu'il fût défendu aux marguilliers & fabrique de cette pa-roiffe de faire fonner les groffes cloches durant l'heure du fpectacle.

Les directeurs des *Variétés amufantes* , qui jouent aujourd'hui à la foire & n'avoient ofé tenter une pareille demande , ont profité de l'ou-verture , & fe font réunis aux comédiens françois. On attend inceffamment une décifion à cet égard.

21 *Janvier*. Madame la marquife de *Cabris* revient fur les rangs. On diftribue en profufion , on envoie même aux portes, *Mémoire à confulter & confultation pour la marquife de Cabris, appel-*

lante d'une fentence qui la déclare non - recevable
dans fa demande pour faire conftater l'état d'abandon de fon mari , & lui faire adminiftrer les remedes néceffaires à fa maladie.

La confultation eft du 20 décembre 1782 , &
fignée *Charpentier de Beaumont* & *la Croix.*

22 *Janvier.* On attend avec impatience des
nouvelles de ce qui fe fera paffé à Befançon le 21 ,
jour auquel les chambres devoient fe raffembler
pour entendre le rapport de leurs députés.

M. *Robert* , jeune confeiller au parlement de
Paris , fils du fameux *Robert* de *Saint-Vincent* ,
a demandé la relation de cette féance pour re-
nouveller à la troifieme chambre des enquêtes dont
il eft membre , la dénonciation qu'il y avoit com-
mencée des arrêts imprimés de cette cour & de
leur contenu. Il étoit queftion d'engager la chambre à demander l'affemblée des autres pour traiter
la matiere dans fon étendue & dans la forme convenable ; mais les pufillanimes écarterent fa dénonciation fous prétexte d'attendre le réfultat en
queftion.

22 *Janvier.* Le jour où l'on apprit la paix ,
on dit que l'affaire des deux Bretagnes étoit ar-
rangée , mais celle de la petite encore plus mal
que celle de la grande. En effet , il paroît que le
calme n'eft revenu dans la premiere que par une
foumiffion abfolument aveugle & paffive aux volontés du roi.

23 *Janvier. Le Chroniqueur défœuvré.* Tel eft
le titre du fecond tome de l'Efpion des boulevards
du temple , qui paroît malgré tous les efforts
des baladins pour s'y oppofer. Celui-ci contient
les annales fcandaleufes & véridiques des directeurs , acteurs & faltinbanques du boulevard , avec

un réfumé de leur vie & mœurs par ordre chro-
nologique. Ce nouveau libelle doit les défoler
plus que jamais.

Les hiftrions n'ayant point réuffi auprès du
magiftrat de la police, faute de pouvoir articuler
l'auteur, ou du moins donner des indices qu'on
pût fuivre, avoient voulu mettre l'affaire en juftice réglée. Ils avoient porté une plainte au châtelet, coté un procureur, nommé un avocat,
& defiroient qu'au moins on févît contre le livre
par la lacération & la brûlure. Mais on leur a
fait connoître que ce pamphlet ne contenant rien
de contraire ni à la religion, ni à l'état, ni aux
mœurs, n'attaquant perfonne de la famille royale,
ne portant que fur des perfonnages déja diffamés
par les loix, n'étoit fufceptible d'aucune flétriffure
juridique.

23 *Janvier.* M. le duc *de Fronfac* a eu une
maladie très-grave, il n'y a pas long-temps, dont
il eft rétabli. Il avoit pour médecins les docteurs
Bouvart & *Barthès* : ces meffieurs, un jour que
le malade étoit décidé hors d'affaire, fe compli-
mentoient entre eux du fuccès, & s'en renvoyoient
réciproquement la gloire avec modeftie. Le malade,
qui les entendoit de fon lit, s'écrie : *Afinus afi-
num fricat.* Les docteurs indignés tirent leur ré-
vérence & ne font pas revenus. Le docteur le
Preux, vengeur-né de la faculté, a compofé à cette
occafion un *conte hiftorique* en vers, intitulé :

Le Duc reconnoiffant & les deux Médecins.

Un petit duc, très-chétif avorton,
Bouffi d'orgueil & du plus mauvais ton,
Fait au mépris & fe riant du blâme,

Se préparoit non pas à rendre l'ame,
On ne rend pas ce qu'on n'a jamais eu ;
Sans plus de phrafe, il fe croyoit perdu.
Privé d'efpoir, épuifé de débauche,
Ce mannequin, cette fragile ébauche
Alloit partir, bien coufu dans un fac
(Ce mot eft mis pour rimer à Fronfac :)
Lors deux rivaux du grand dieu d'Epidaure,
Dont le talent mérite qu'on l'honore,
Vinrent foudain, quoiqu'appellés trop tard,
En le fauvant, prouver l'abus de l'art.
Les deux amis, jaloux de leur victoire ;
Modeftement s'en renvoyoient la gloire ;
Dans ce moment, du fond de fes rideaux,
Le duc, encore étendu fur le dos,
Glapit ces mots (injure fotte & vaine)
„ *Bravo*, docteurs : voilà de la Fontaine
„ Les deux baudets qui, fe faifant valoir,
„ Vont tour-à-tour ufer de l'encenfoir.
Bien, dit Barthès, je goûte cette fable.
Mais j'aime mieux l'hiftoire véritable
De ce dauphin qui voyant un vaiffeau,
Bien loin du port, difparoître dans l'eau,
Vint fur fon dos, à l'inftant du naufrage,
Sauver lui feul prefque tout l'équipage.
„ A terre il porta ce qu'il put,
„ Même un finge, en cette occurrence,
„ Profitant de fa reffemblance,
„ Lui penfa devoir fon falut.
„ Mais le dauphin tourna la tête,

„ Et

,, Et le magot confidéré ;

,, Il s'apperçoit qu'il n'a tiré

,, Du fond des eaux , rien qu'une bête.

,, Il le replonge , & va trouver

,, Quelqu'homme afin de le fauver.

Ces deux docteurs , après cette aventure,

Livrent le duc aux foins de la nature ,

Qui le fauva , par l'unique raifon

Qu'elle fait naître en la même faifon

Le noir *Cyprès* , la riante verdure ;

L'aigle & l'afpic , les fleurs & le poifon.

23 *Janvier.* C'étoit hier le bruit général à l'opéra que les comédiens françois avoient eu gain de caufe , & qu'un arrêt du confeil défendoit aux marguilliers & à la fabrique de Saint Sulpice de faire fonner les groffes cloches durant l'heure du fpectacle.

Le plus vraifemblable eft qu'il n'y aura pas eu de jugement , mais une infinuation verbale au curé de s'arranger de façon à ne pas troubler ce fpectacle.

24 *Janvier.* Le fecond volume du *Chroniqueur défœuvré* eft encore inférieur à l'autre & ne paroît pas de la même main. Les perfonnages n'en font pas affez intéreffants pour mériter des détails , qui d'ailleurs fe reffemblent tous. Le réfultat des portraits & aventures de tant de héros forains & héroïnes fubalternes , eft que ce n'eft qu'un affemblage de la plus vile & la plus infame canaille de l'un & de l'autre fexe , ce que perfonne n'ignoroit. Du refte , point d'anecdotes curieufes , de bons mots , de petites pieces de vers comme dans

la premiere partie, qui en fauvoient la monoto-
nie & y jetoient du piquant.

Le feul chapitre remarquable eft celui intitulé:
Projet d'adminiftration des fpectacles forains; encore ne remplit-il pas fon objet, ne contient-il
aucune idée neuve, aucun détail utile, aucun
plan fatisfaifant à cet égard.

Dans le titre du *Chroniqueur défœuvré* il eft dit:
*augmenté d'un plan d'ouvrage qui paroîtra incef-
famment fur les grands fpectacles*. Et en effet, on
trouve cette efpece de *Profpectus* à la fin du volume. C'eft de celui-ci feul qu'il tirera de la
vogue; l'efquiffe, déja très-méchante, alarme
tous les coriphées du théatre lyrique & des deux
autres, & ils remuent ciel & terre pour empêcher
que la diatribe annoncée ne fe répande & ne foit
imprimée.

24 *Janvier*. On parle d'un ouvrage nouveau,
dont toute l'édition a été arrêtée, de façon qu'il
n'en a percé aucun exemplaire. On dit feulement
qu'il étoit intitulé: *le Cocu imaginaire*, & l'on
juge de fon importance par la vigilance de la
police à en prévenir toute diftribution.

24 *Janvier*. Le théatre de *Nicolet* eft aujour-
d'hui l'école des phyficiens. On y voit un fpectacle intitulé: *les Forces d'Hercule*, qui attire
leur attention & leur admiration. Un feul homme
couché fur le dos en porte vingt-quatre en équi-
libre fur une table qu'il fouleve avec les pieds.
M. *Sue*, célebre profeffeur d'anatomie, attaché
fpécialement au mufée de M. *Pilâtre de Rofier*,
eft allé ces jours-ci avec fes écoliers *aux grands
écuriers du roi*, pour voir cette merveille & la
leur expliquer enfuite, s'il eft poffible; car les
plus anciens partifans de ce genre de fpectacle

conviennent n'avoir jamais rien vu de pareil. On a compulsé les chroniques littéraires de la foire sans en trouver d'exemple.

L'*Hercule* moderne est un Hollandois d'environ trente ans, il n'a guere que cinq pieds & demi : il est trapu, a quelque chose de féroce dans le regard & la physionomie, & ressemble plutôt à un sauvage échappé des forêts qu'à un humain de l'espece ordinaire.

25 *Janvier*. Le premier mémoire que la marquise de *Cabris* publia en 1779, tendoit à lui faire recouvrer sa liberté qu'elle avoit perdue par un ordre du roi, qui la retenoit au couvent à *Sisteron*. Le ministre, éclairé par les plaintes de l'innocence, nomma M. le Noir, conseiller d'état & lieutenant - général de police de la capitale, pour dévoiler ce mystere d'iniquité; & sur le rapport du magistrat integre & compatissant, la lettre de cachet fut levée.

Mais, durant cet intervalle, les instigateurs de la persécution étoient venus à bout de leur dessein principal, de s'emparer de la personne du marquis de *Cabris*, de celle de sa fille, & de tous les biens, en vertu d'un arrêt du parlement d'Aix. Il s'agit aujourd'hui de marier cette jeune personne, & quoiqu'elle n'ait pas encore douze ans, dans six mois elle sera sous l'empire d'un étranger, sans le concours de sa mere, si les loix ne viennent à son secours : en conséquence elle s'adresse aux jurisconsultes.

Ceux-ci décident que ses deux demandes de ravoir son époux & sa fille, sont conformes aux loix, aux principes reçus & au vœu de la nature; qu'on ne doit attribuer l'arrêt du parlement d'Aix qu'à la circonstance particuliere de la détention

où étoit alors la marquife de *Cabris* : ils lui indiquent en conféquence les différentes voies qui lui
reftent ouvertes pour fe faire réintégrer dans les
droits inhérents à fes titres. Quant au mariage
projeté, les jurifconfultes ne doutent pas que,
s'il s'effectuoit auffi illégalement, il ne fût déclaré nul , & n'expofât conféquemment à la
dégradation & au déshonneur l'époufe illégitime
& fa poftérité.

Tout cela feroit incroyable , fi on ne le lifoit
dans ce mémoire plein de fenfibilité & d'éloquence ; mais le comble de l'étonnement , c'eft
de voir le marquis de *Mirabeau* , l'auteur de
l'Ami des hommes , pere de la marquife de *Cabris*,
infenfible à fes maux , à fes plaintes , non-feulement ne prendre aucun intérêt à elle dans cette
grande affaire , mais ne pas lui répondre , lui
être contraire & fe ranger du côté de fes ennemis.

25 *Janvier*. Ce qui augmente l'indignation
de l'académie françoife contre M. *Ducis* , de s'être
laiffé traîner fur le théatre le jour de la premiere repréfentation du *Roi Lear* , c'eft l'anecdote
de la petite piece où l'on avoit inféré le pitoyable
couplet fur la paix dont on a parlé. Le public
par dérifion demanda l'auteur : le fieur *Dugazon* ,
qui étoit le coupable , fit beaucoup de fimagrées
dans la couliffe , & fe laiffa enfin amener fur la
fcene ; ce qu'on regarda comme une parodie affez
fenfible des petites façons qu'avoit fait l'académicien , & fit beaucoup rire.

26 *Janvier*. M. *Imbert* a inféré dans le Mercure
du 28 décembre dernier , un conte intitulé :
les Etrennes & le Bouquet. M. *Parifau* en a tout
de fuite fait une petite comédie , en un acte &

en vers. Les Italiens ont joué avant - hier cette bagatelle du moment, qui a eu un succès éphémere, le seul que l'auteur pût se promettre. C'est moins que rien.

16 *Janvier.* Extrait d'une lettre de Rennes, du 20 janvier. . . . . Je crois bien que les ministres ont été fort enchantés de la maniere heureuse dont les choses ont tourné, qu'ils n'ont pas manqué de répandre des bulletins favorables à leur systême. Mais ceux des états ne sont pas tout-à-fait conformes. Voici la relation exacte de ce qui s'est passé.

Le 12, les affaires n'étoient pas plus avancées qu'avant, & les bastionnaires s'attendoient fort à voir effectuer les menaces de la cour ; en conséquence ils avoient dressé des protestations contre tout ce qui arriveroit : cependant l'évêque de Rennes, absolument vendu au parti adverse, de concert avec le commandant, avoit manœuvré de façon à se former un parti considérable dans la noblesse, le seul ordre qu'il craignît : il avoit engagé nombre des gentilshommes qui avoient disparu des états, à y revenir ; on prétend même qu'il avoit distribué de l'argent aux plus pauvres, & promis des récompenses aux autres.

Quoi qu'il en soit, le 13 au matin, M. *d'Aubeterre* étant entré pour signifier les ordres du roi, dans la consternation générale, M. l'évêque de Rennes lui demanda, au nom des états, la permission de délibérer encore une heure. Le commandant parut y acquiescer & se retira.

Grand tumulte alors : M. l'évêque de Rennes qui avoit sa partie liée, fit accéder le tiers à l'avis de la noblesse à l'égard des octrois des villes, & à ce qu'elle en a dit dans sa lettre au roi du

29 décembre ; celui-ci à son tour exigea quelque déférence aux ordres de la cour pour arrêter les malheurs dont la province étoit menacée ; & l'on convint de faire une députation à M. *d'Aubeterre* pour lui annoncer les dispositions favorables & la résignation des états, s'il vouloit faire biffer les ordres inscrits sur les registres, qui gênoient les suffrages & leur ôtoient tout leur mérite.

M. *d'Aubeterre* répondit à cette tournure mielleuse, qu'il ne pouvoit rien faire sans des ordres préalables, qu'il n'avoit point le temps de les prendre ; qu'il s'en rapportoit au surplus à ce que feroient les présidents des ordres.

Sur cette réponse, M. l'évêque de Rennes, de son autorité, biffa sur les registres les ordres qui déplaisoient aux états, & fit sur le champ aller au scrutin, de sorte que la délibération fut d'accéder aux demandes de la cour, & de se soumettre.

Cinquante gentilshommes seulement se retirerent, sans vouloir prendre part à une délibération aussi irréguliere & aussi mendiée ; d'autres resterent, mais sans opiner.

Alois M. *d'Aubeterre* rentre très-satisfait, & dit qu'il alloit en rendre compte au roi, & qu'il ne doutoit pas que sa majesté ne confirmât ce qu'avoit fait M. le président des états, n'accordât même à ceux-ci leurs demandes antérieures sur la députation, objet ancien de la difficulté.

Depuis ce temps il ne s'est rien passé de remarquable, & l'on ne voit pas que la cour se soit pressée de confirmer les promesses du commandant ; en sorte qu'il regne encore une fermentation, mais sourde. Les membres vraiment attachés aux intérêts de la province , craignent fort d'avoir été joués.....

26 *Janvier*. M. *de Rochefort* , membre de l'académie des inscriptions & belles - lettres , traducteur d'Homere & l'un des plus intrépides , des plus fanatiques défenseurs de l'antiquité , mécontent des différentes Electres déja mises sur la scene françoise & à l'opéra , a remanié ce même sujet , & l'a fait exécuter à la cour le 19 décembre dernier. Ceux qui y ont assisté assurent que son ouvrage très - froid , quoiqu'enrichi de toutes les beautés de Sophocle , d'Eschyle , & d'Euripide ; quoiqu'accompagné de chœurs à la fin de chaque acte à la maniere des Grecs , n'a eu aucun succès , n'a produit aucune sensation.

27 *Janvier*. M. *Vissery de Boisvalé* , avocat en parlement, demeurant à Saint-Omer, au mois de mai 1780, fit élever un paratonnerre sur sa maison : cette nouveauté alarma son voisinage ; il y eut une requête présentée à ce sujet, où l'on demandoit la destruction du conducteur électrique ; & par sentence du 14 juin suivant, il fut ordonné à M. de *Vissery* de le supprimer dans vingt-quatre heures : le 21 , sur son opposition, la même sentence fut confirmée ; il en a appellé au conseil d'Artois , & l'affaire n'est point encore jugée.

En attendant, M. de Vissery publie un mémoire imprimé , qui est parvenu jusqu'ici, & qui contient tous les détails de l'origine & des suites de ce singulier procès, ainsi que l'historique du paratonnerre & des différentes applications qui en ont été faites , même chez le roi au château de la Muette.

A la fuite du mémoire figné *Benifart* , avocat de Saint-Omer , on lit une confultation foufcrite de quatre jurifconfultes connus de Paris , en date du 3 mai 1782 , qui eftiment l'appel bien fondé , mais croient que la fageffe des magiftrats ne rendra pas à M. de Viffery l'ufage de fon paratonnerre , fans préparer le peuple à cet événement par des lenteurs prudentes : ils eftiment qu'il faudroit avant fe pourvoir d'un examen & rapport favorables de l'académie des fciences , qu'on feroit imprimer & qu'on répandroit préalablement.

Cette confultation eft appuyée d'une autre de quatre jurifconfultes d'Arras , en date du 15 feptembre 1782 , qui font du même avis & blâment fort les échevins de Saint Omer , d'un jugement qui tend ouvertement à maintenir les préjugés & l'ignorance , contre le progrès des fciences & des arts.

Le mémoire , beaucoup trop long comme piece judiciaire , eft bien inftructif comme ouvrage de phyfique , & peut paffer pour un traité très-favant fur le *conducteur électrique* , *le garde-tonnerre* , *le paratonnerre* , ou *le parafoudre* , quatre mots fynonymes , entre lefquels les favans font encore partagés.

28 *Janvier*. M. *Pafquier* , confeiller de grand'-chambre , & doyen du parlement de Paris , eft mort le 14 dans fa quatre-vingt-feptieme année. Ce magiftrat d'un caractere rigide & févere en général , & qu'il déploya fur-tout dans le procès du comte de Lally , avoit fu cependant fe ployer à propos aux volontés de la cour , en forte qu'il jouiffoit de 36,000 liv. de rentes des bienfaits du roi ; il occupoit fa charge depuis le 20 mai

1718, & il avoit encore tenu le 10 l'audience
de la grand'chambre. C'étoit un vrai *Perrin-Dandin*, qui avoit la fureur de juger, & ne
pouvoit vivre hors du palais. Sa mort va mettre
plus à l'aise M. de *Tollendal*, quoiqu'il n'eût pas
déja trop épargné dans ses mémoires ce magistrat
de son vivant.

28 *Janvier*. M. de *Rochefort*, suivant l'usage,
a été obligé de faire imprimer sa piece avant
qu'elle sût jouée à la cour, en sorte que ceux
qui ne l'ont pas vu représenter, peuvent au moins
en juger dans le silence du cabinet. Elle est pré-
cédée d'une longue préface, où il motive son
audace de remanier un sujet déja traité par
plusieurs auteurs, & sur-tout par *Crébillon* &
Voltaire ; il s'en défend sur ce qu'il a eu pour
principal but de faire bien connoître l'Electre de
Sophocle, défigurée par les autres ; modele qu'il
a suivi d'aussi près qu'il lui a été possible pour
la marche & la conduite de la piece, & même
pour les discours ; & lorsqu'il a été obligé de
l'abandonner, il a eu recours à Eschyle & Euripide. En sorte que c'est une piece grecque absolument. Il a cru qu'il ne seroit pas inutile aux
jeunes gens de leur mettre sous les yeux dans
toute la vérité ce chef d'œuvre de sentiment &
de simplicité. La préface entiere est écrite avec
beaucoup de goût & de jugement.

Quant à la piece, elle est parfaitement bien
filée, mais on n'y rencontre rien de neuf que le
dénouement plus adroit, en ce qu'Oreste ne
poignarde point sa mere, que c'est celle-ci qui,
dans son désespoir, court au devant & se préci-
pite d'elle-même sur l'instrument funeste. La versification est assez correcte, assez saine ; mais il y

y manque ce je ne fais quoi qui fait le charme du style , & que n'a pas M. de Rochefort. Ses chœurs, de quelques vers feulement, font trop courts pour fe lier parfaitement à l'action , & produire l'effet qu'il en attend. Son ouvrage reftera donc comme claffique , mais non comme théatral. Il fera lu dans les colleges , & vraifemblablement ne fera jamais joué fur notre fcene.

29 *Janvier*. Le nouvel ouvrage de M. *de Mirabeau* le fils , contre les lettres de cachet & les détentions illégales, eft en deux volumes. A un chapitre près , où il maltraite fort M. de *Rougemont* , lieutenant de roi du château de Vincennes, auquel il reproche fa parcimonie & fa dureté envers les prifonniers, ceux qui l'ont lu affurent que l'ouvrage n'eft que contentieux. L'auteur y agite fort au long la queftion de droit , fi un fouverain peut, par le feul effet de fa volonté, priver un fujet de la liberté , avant qu'il ait été reconnu juridiquement s'il merite une purition ; & l'on fe doute fort qu'il la décide négativement contre le monarque ; ce qui fembleroit ne pas exiger beaucoup de difcuffion. Du refte, on dit ce livre parfaitement bien écrit.

30 *Janvier*. Le 14 de ce mois, un notaire, un commiffaire & autres gens de juftice étant entrés pour exercer leur miniftere dans une maifon de l'aile du Pont-Marie fur la place aux Veaux, dans un petit batiment en faillie fur la riviere, il s'eft effondré ; perfonne n'a péri , mais cinq font tombés à l'eau, & plufieurs ont été bleffés griévement. En conféquence le zele du bureau des finances de la généralité de Paris affemblé le 17 fuivant , a été excité , & il a ordonné qu'en exécution de l'édit de décembre 1607, on ne

pourroit plus conſtruire aucun petit bâtiment en
ſaillie & portant à faux , de quelque eſpece qu'il
ſoit , à peine de démolition & de 300 livres
d'amende ; & qu'à compter du jour de la préſente ordonnance , toutes pareilles ſaillies ſeroient
démolies & ſupprimées.

20 *Janvier.* Les comédiens italiens on joué
avant-hier *Céphis*, comédie nouvelle en proſe &
en deux actes , de M. *Marſollier.* Il s'agit d'une
femme qui donne dans le bel eſprit & conſé-
quemment ſe couvre de ridicule. Ce ſujet , déja
manié & remanié au théâtre , avoit ri à l'auteur,
qui avoit cru y voir un côté neuf : ſon ouvrage
exécuté dans la ſociété de M. *Dancour* , fermier
général , avoit été applaudi ; mais il y a loin d'un
ſuccès particulier à un ſuccès public. Les vrais
connoiſſeurs , à une ſcene près aſſez piquante,
avoient trouvé tout le reſte très-froid , très-long
& très-ennuyeux. Cependant ils ne l'auroient pas
cru ſuſceptible de l'exceſſive rigueur avec laquelle
le parterre l'a traité , au point qu'on n'en a pu
rien entendre. C'eſt pour la ſeconde fois qu'on
humilie ainſi l'auteur , à qui ſon *Vaporeux* devroit
faire trouver plus d'indulgence.

M. *Marſollier* eſt un très aimable homme de
ſociété ; il a 30,000 livres de rentes , & pourroit
ſe paſſer de s'expoſer à de pareilles ſcenes ; mais
il eſt entraîné par l'aſcendant de ſon génie ; &
malgré les diverſes chûtes, on ne peut lui con-
teſter du talent.

30 *Janvier. Vaucanſon* , par ſon teſtament , a
légué ſon cabinet de méchaniques à la reine.
S. M. , ſur le compte qu'on lui en a rendu,
a paru peu flattée du legs & diſpoſée à le refuſer.
En conſéquence , meſſieurs de l'académie des

sciences sont venus à la traverse, & ont fait in-
sinuer à la reine qu'elle pourroit tout de suite en
faire présent à cette compagnie, ce qui laisseroit
à S. M. la commodité d'en jouir quand elle voudroit, donneroit au public la même faculté, &
conserveroit cette collection précieuse de machines qui pourroient se disperser & se perdre
si elles tomboient en la possession de quelques
particuliers.

Messieurs les intendants du commerce, excités
par les inspecteurs, & avertis des dispositions de
la reine, avant que l'acte fût consommé, ont eu
recours au ministre des finances pour faire dis-
traire au moins de la donation toutes les machines relatives aux manufactures. M. de *Fleury* s'est
remué à cet effet, & l'académie, instruite de
l'opposition qu'elle trouvoit de sa part, a nommé
une députation vers lui pour lui faire connoître
qu'elle avoit le même but, & desiroit seulement avoir
en dépôt ces machines qui seroient toujours à sa
disposition & à celle de tous ceux qui en auroient
besoin. M. de *la Lande* étoit à la tête de la députation & portoit la parole. Cet académicien
dans son discours voulant discuter la question de
droit & prétendre qu'il n'y avoit rien que de
légal dans ce qu'on proposoit à la reine, ce mot
qui sembloit lui reprocher une injustice, a cho-
qué les oreilles de M. de Fleury, qui a relevé
brusquement l'orateur, & lui a dit que ce mot
n'étoit pas dans son dictionnaire. M. de *la Lande*,
étourdi de l'incartade, est resté court ; alors le
duc de *la Rochefoucault*, l'un des députés, &
que n'avoit point apperçu le ministre, s'est présenté, & a dit à M. de Fleury que si ce mot *légal*
n'étoit pas dans le dictionnaire du contrôleur-

général, il étoit dans celui de l'académie, & qu'il que s'il vouloit le confulter, il y en trouveroit le fens qu'il n'entendoit pas. M. de Fleury s'eſt confondu en excufes vis-à-vis le duc, & lui a promis de faire tout ce qui feroit agréable à la compagnie.

31 *Janvier*. Extrait d'une lettre de Cadix, du 14 janvier. ... Le *Fandango* eſt une danfe lafcive que les Efpagnols ont rapportée des Indes & qu'ils exécutent fréquemment fur leur théatre, comme autrefois on mettoit à vos fpectacles la *Fricaſſée* à toute fauce. Les officiers françois qui n'entendent pas la langue, fe plaifent fur-tout à ce *fandango* & ne veulent que cela ; car, malgré les horreurs de la guerre, on ne laiſſé pas que de fe réjouir ici, & d'aller à la comédie. M. le comte *d'oreilly* gouverneur de Cadix, qui n'aime point autant la danfe que nous, & dévot vraifemblablement, a trouvé mauvais qu'on donnât fi fouvent ce *fandango*, & par fes infinuations fans doute, 'es comédiens s'étant refufés de fe prêter aux defirs du public françois, tous les officiers étoient convenus de fe rendre à la comédie un certain jour, & de faire tapage, fi les acteurs n'accédoient à leur demande ; c'eſt à peu près comme fi à la comédie italienne Arlequin refufoit de danfer le menuet quand le parterre l'exige.

M. *Oreilly*, inſtruit du complot, avoit pris le parti de faire défenfe à tous les officiers à terre d'aller à la comédie au jour indiqué, & en même temps prévenu M. *d'Eſtaing*, pour l'engager à fe comporter de même envers les officiers de la marine.

M. *d'Eſtaing* a commencé par témoigner à

M. *Oreilly* qu'il trouvoit très-mauvais que, fans fa participation, il eût intimé de pareilles défen- fes à terre, puifqu'il ne devoit pas ignorer que lui comte *d'Eftaing* avoit les pouvoirs les plus amples, commandoit & la mer & la terre; il lui a ajouté que du refte il n'empêcheroit point les officiers d'aller à la *comédie* & de demander le *fandango*. M. Oreilly, voyant que cette tenta- tative tourneroit mal, a pris le parti de lever fes défenfes, & de faire donner le *fandango* deux fois au lieu d'une; mais madame *Oreilly* n'a point été au fpectacle ce jour-là, craignant d'être huée.

Tout cela prouve en paffant que les François & les Efpagnols ne font pas auffi bien enfemble qu'on voudroit l'infinuer, & fur-tout qu'il y a une grande jaloufie entre les chefs.

31 *Janvier*. On avoit craint qu'il ne s'élevât au parlement une difpute fur le décanat. On di- foit que M. *Angran*, confeiller-préfident par com- miffion de la troifieme chambre des enquêtes, mais l'ancien de réception de M. de *Chavannes*, voudroit fuccéder à M. *Pafquier*. M. de *Chavan- nes* répliquoit que M. *Angran*, en acceptant la préfidence qui lui étoit confiée, étoit forti de rang. Cette difpute, dont il n'y avoit pas d'exem- ple, n'a été agitée que dans le public, & l'on eft convenu dans la compagnie que pour que M. *Angran* fût autorifé dans fon onie, il auroit dû annoncer fon deffein de le faire valoir, un an avant la mort de M. *Pafquier*.

3 *Janvier*. Le parterre de la comédie ita- lienne, fort mal compofé depuis long-temps, donne de temps en temps des fcenes qui font accédée par leur indécence & leur atrocité, il eft

...infi que tout récemment il a mortifié deux ac-
...rices eftimables & qui ne le méritoient pas.

Le famedi 25 on jouoit à ce théatre *Soliman fecond* , dans lequel il y a un rôle de fultanne ,
beauté vive & pétulante , qu'on avoit donné pour
la premiere fois à Mlle. *Pitrot* , jeune actrice peu
propre à ce rôle par fa figure , par fon maintien
& par fa tournure ; mais fur-tout trop froide ,
trop timide , trop ingénue pour le bien rendre.
Dès qu'on l'a vu paroître , il s'eft élevé un tumulte
fi confidérable dans le parterre , qu'il a fallu baiffer la toile. Les comédiens ont tenu confeil , &
Mlle. *Pitrot* a été obligée de venir annoncer que
madame *Dugazon* qui fait ordinairement ce rôle ,
étoit incommodée & qu'on avoit exigé de fon
zele qu'elle s'en chargeât ; que fi elle avoit le
malheur de déplaire au public , ne pouvant être
fuppléée en cet inftant , on joueroit une autre
piece. Les gens cenfés du parterre étouffèrent
les murmures des mécontents qui ne s'en tin-
rent pas là & troublèrent encore fréquemment
le fpectacle.

Le mardi 28 , jour de *Céphife* , madame de
Verteuil étant en fcène avec madame *Dugazon* ,
nouveau tapage non moins fcandaleux au point
qu'elles furent obligées de s'arrêter , & que la
premiere vint dire aux mutins très-humblement :
Meffieurs , ai-je le malheur de vous indifpofer
contre moi ? faut-il que je me retire ? Même fé-
rénité de la part des honnêtes gens , de l'orcheftre & des loges , mais tant de brouhaha
durant le refte de la piece que perfonne n'en en-
tendit rien.

Ces fcènes qui fe répètent trop fréquemment ,
commencent à faire ouvrir les yeux à ceux qui

plaidoient pour le parterre debout , & ils font
fâchés aujourd'hui qu'on ait eu égard à leurs
raifons & qu'on n'ait pas mis des banquettes
dans celui de la nouvelle fale de la comédie
italienne.

1 *Février* 1783. L'académie françoife , dans
fon affemblée du jeudi 30 janvier , a adjugé ,
pour la feconde fois , à M. de la Cretelle , avocat
en parlement , le legs annuel de 1,200 liv. fait
par M. le comte de *Valbelle* , en faveur d'un
homme de lettres , au choix de cette compagnie.

M. de *la Cretelle* eft un des principaux coopérateurs du mercure , & il fait bon avoir des
amis par-tout. Voilà un des motifs déterminants de
la compagnie.

1 *Février.* Suivant les lettres de Befançon ,
M. de *Saint-Simeon*, qui commande en l'abfence
de M. le comte de Vaux , a tenu le 21 une
féance où meffieurs ont dû affifter par lettre de
cachet , & n'ont pu délibérer légalement ; on
prétend qu'ils avoient protefté d'avance contre
tout ce qui s'y feroit , & fe font ajournés au 29
janvier.

2. *Février.* Il court une fatire d'environ quatre
cents cinquante vers , attribuée à M Clément ,
ayant pour titre *Errenxes aux beaux efprits* ; elle
eft très-piquante , & fait beaucoup de bruit. Elle
eft remplie de traits faillants , de vers heureux
& bien tournés ; on eft fâché feulement que le
poëte , fe livrant trop à fon humeur , s'appefan-
tiffe fur certains détails & ne faffe qu'effleurer
d'autres objets non moins fufceptibles de fa critique. Des longueurs & une affectation de jouer
fréquemment fur le mot , font les principaux dé-

fauts qu'on reproche à cette piece toute en vers de huit syllabes.

Ce qui étonneroit, si l'on n'en avoit de fréquents exemples, ce seroit de voir M. *Clément*, autrefois l'ami & l'acolyte de M. *Palissot*, ayant fait avec lui un journal en commun, le tourner aujourd'hui en ridicule & le maltraiter autant que les philosophes contre lesquels ils avoient autrefois réuni leurs efforts.

3 *Février.* Extrait d'une lettre de Toulouse, du 10 janvier... Notre archevêque, s'il rit des miracles, des reliques & autres momeries de notre religion, est au moins un des meilleurs *prélats administrateurs* de la nouvelle école. Il a convoqué au mois de novembre dernier un synode, où, conformément aux desirs de l'assemblée du clergé de 1780, il s'occupe de l'amélioration du sort des curés & vicaires à portion congrue : ses soins n'ont pas été infructueux : il a vu tous les membres du synode applaudir à ses vues & à ses propositions. On a augmenté sur le champ la portion congrue de plusieurs curés ; on a établi des pensions pour ces mêmes curés, pour les vicaires & coopérateurs du saint ministere que la vieillesse ou les infirmités empêchent de continuer leurs fonctions. Le prélat a affecté pour eux quatre prébendes à sa nomination, qui ne pourront en aucun cas être données à d'autres.

A son exemple, le chapitre métropolitain de saint Etienne a affecté de la même maniere aux curés qui auront desservi leur paroisse pendant seize ans, ou à des vicaires & autres ecclésiastiques qui auront été approuvés pendant vingt-cinq ans dans le diocese, quatre prébendes sur quatorze qui sont à sa nomination, & les premieres vacan-

tes feront celles données fur le champ, & affec-
tées à cette deftination.

Il eft à fouhaiter que cet exemple foit fuivi
dans les autres diocefes.

4 *Février. Ardien de Clermont*, peintre,
éleve de Baptifte & fon rival dans le genre des
fleurs, quoiqu'il ne fût pas de l'académie, vient
de mourir très-âgé. Il avoit paffé quarante ans
en Angleterre, où il étoit très-recherché ; mais
il quitta ce royaume à la guerre de 1756, & ne
put fe réfoudre à vivre parmi les ennemis de la
France. On prétend que l'école des Baptifte
s'éteint avec lui.

4 *Février*. Extrait d'une lettre de Nantes, du
28 janvier.... Nous avons ici une manufacture
royale d'un nouveau doublage des vaiffeaux, &
d'un vernis métallique pour les ferrures.

Pour le premier ufage c'eft un métal incorrup-
tible; aucun infecte, aucune plante marine ne
peuvent s'y attacher. Il n'eft pas plus pefant que
le cuivre, & n'a aucun de fes inconvénients.
Les acides ne peuvent rien fur lui : il augmente
beaucoup le fillage des vaiffeaux, & peut même
être employé à couvrir les maifons fans charger
les charpentes.

Le vernis métallique pénetre le fer jufqu'au
centre, en remplit exactement les pores, &
l'empêche de fe rouiller. Tous les clous, chevilles,
& autres fers employés dans la conftruction des
vaiffeaux, ne prennent, par fon moyen, aucune
humidité, & ne fe rouillent jamais. Tous les
fers enduits de ce vernis changent de nature &
deviennent plus durs..... Il faut attendre qu'une
longue expérience ait manifefté les belles & excel-

lentes propriétés de ces deux secrets, dont on ne nomme pas encore l'inventeur.

4 *Février*. Nous nous sommes déja recriés dans le temps sur les défauts de la halle aux bleds : un des principaux est sa trop modique étendue. Ce qui se prouve aujourd'hui par la nécessité où l'on s'est trouvé de couvrir l'espace vuide qu'on avoit laissé au centre, pour y déposer les marchandises que se peut contenir son enceinte au pourtour.

Messieurs *le Grand* & *Molinos*, architectes, ont été chargés du nouveau travail, commencé le 10 septembre & terminé, quant à la construction, le 31 du mois dernier, jour où monsieur *le Noir*, le lieutenant de police, est allé visiter les ouvrages.

Cette coupole étant de 120 pieds de diametre, donne une circonférence de 376 pieds, ce qui ne fait que 13 pieds de diametre de moins que le fameux panthéon de Rome, la plus grande voûte connue. La hauteur de cette coupole est de cent pieds sous la lanterne, dont le diametre est de 24 pieds. Les entrepreneurs du travail ont eu la hardiesse de substituer des planches au bois de charpente, ce qui fait une économie prodigieuse, sans compter les avantages de la plus grande légéreté, jointe à la plus grande solidité.

L'invention de ce moyen ingénieux est due à *Philbert Delorme*, qui l'essaya pour le château de la Muette à St. Germain ; & il avoit été négligé dans ce pays depuis 1650. Messieurs *le Grand* & *Molinos* l'ont fait revivre au grand étonnement de tous les amateurs. Jamais il n'en a été fait une application aussi utile, vu la rareté du bois de construction, & jamais on ne l'a appliqué à une aussi vaste machine.

L'appareil pour les travaux n'étoit pas moins ingénieux, & il faifoit l'admiration de la foule qu'il attiroit : c'étoit devenu un fpectacle public.

Le fieur *Roubo* fils, chargé de la menuiferie, connu à l'académie des fciences par plufieurs mémoires fur fon art, ne s'eft pas moins diftingué dans fa partie. Il a porté fon exécution à une perfection fi grande, qu'il ne s'eft trouvé que trois lignes de différence pour arriver aux mefures fixées par les architectes fur un développement de quatre-vingts pieds de courbe, compofée de 21 longueurs de planches.

5 *Février*. Le *mufée de Paris* acquiert une fi grande célébrité, que les directeurs de ce fpectacle ont jugé à propos de l'affimiler aux académies pour leurs affemblées publiques : ils donnent des billets ; ils ont des Suiffes ; & même muni d'un paffe-port, on ne peut entrer, fi l'on n'eft vêtu avec une forte de propreté. Un jeune auteur s'étant préfenté en redingote, parce qu'il pleuvoit, a eu l'humiliation d'être refufé. Furieux, il eft allé chez lui s'habiller & eft revenu armé de l'épigramme fuivante, dont il avoit fait faire plufieurs copies qu'il a diftribuées dans la falle, & qui fe font bientôt multipliées à l'aide du crayon ; en forte que dès le lendemain elle s'eft répandue dans tout Paris, & il en eft réfulté fur ces directeurs un ridicule difficile à effacer.

> Autrefois, Meffieurs, un mufée
> Etoit un utile lycée,
> Où trente concurrents divers
> Venoient faire affaut de penfée,
> De favoir, de profe & de vers.

Ici nos maîtres font plus fages :
Parmi ces mufqués beaux efprits ,
Si vous defirez d'être admis ,
Ayez , comme dans leurs ouvrages ,
De l'oripeau fur vos habits.

5 Février. Un abbé *de Montefquiou* s'eft préfenté à M. de *Marbœuf,* chargé de la feuille des
bénéfices , & lui en a demandé un , prétendant
que fon nom étoit un titre fuffifant , meilleur
que toutes les recommandations. M. l'évêque
d'Autun l'a jugé tel ; cependant , avant d'avoir
égard à la demande du fuppliant , il a cru devoir
en parler à M. le marquis *de Montefquiou Fe-
enzac* , premier écuyer de *Monfieur.* Ce feigneur
s'eft récrié contre l'impofture , & a prétendu qu'il
n'y avoit pas d'abbé de fon nom.

Celui dont il s'agit , revenu à l'audience de
M. l'évêque d'Autun , en a effuyé de vifs reproches : le prélat lui a rendu le propos de monfieur de Montefquiou ; fur quoi l'abbé , fans
fe démonter , lui a répondu qu'il alloit prouver
en effet qu'ils n'étoient pas parents ; que c'étoit
lui qui étoit le véritable Montefquiou , & que
l'autre ne l'étoit pas. De-là un procès fort fingulier qui occupe & amufe Paris.

6 Février. Il fe répand des copies manufcrites
de la lettre annoncée , écrite au roi par la nobleffe
de Bretagne le 29 décembre 1782 : elle eft en
effet très-longue & ne peut être inférée ici dans
fon entier.

On y témoigne d'abord la douleur des états
à la réception de la lettre affligeante où le roi
manifefte fon mécontentement , lettre infcrite

par autorité fur le regiftre , & on fe plaint de cet
enregitrement même forcé, qui transforme en
monuments de haine , de vengeance , de defpo-
tifme du fouverain , ces recueils deftinés à ne
contenir que les actes de fa bienfaifance & de fa
juftice , de la foumiffion volontaire , du zele
inépuifable des Bretons.

On fe plaint encore que toutes les formes font
violées au point que les délibérations des états
n'ont plus aucun caractere de liberté ; on compare la tenue actuelle avec les précédentes , & il
en réfulte qu'il n'y a point de reffemblance. On
rapporte les expreffions propres de la commiffion
générale adreffée aux commiffaires du roi. « Nous
» vous avons (y eft-il dit) commis & députés à
» l'affemblée des trois ordres pour leur faire am-
» plement entendre l'état de nos affaires ; & les
» requérir que , continuant envers nous la bonne
» volonté & l'affection qu'ils ont toujours por-
» tées aux rois nos prédéceffeurs , & au bien pu-
» blic de notre royaume , ils nous *veuillent*
» *accorder* , &c. »

Dans la lettre qui excite la réclamation de la
nobleffe , on fait tenir au roi un langage tout
différent ; il ne follicite plus la bonne volonté
& l'affection des Bretons ; il exige leur confen-
tement , fous peine de défobéiffance ; ce qui
ôte toute faculté de délibérer , & anéantit dans
le fait les états qui ne font plus qu'un fimu-
lacre.

On entre enfuite dans le détail des difcuffions
qui ont amené cet acte d'autorité , & l'on marque la progreffion du mal : on rend compte des
divers ordres apportés au nom de S. M. prefque

us contradictoires , & mettant les états dans
impossibilité d'y obtempérer.

Les demandes nouvelles de S. M. à cette tenue
excedent de beaucoup les autres ; il a fallu examiner si & comment l'on pouvoit y acquiescer.
dans cette recherche on a trouvé une foule de
droits perçus sans la participation des états & à
leur insu, qui se prélevent avant tout, & em-
chent le contribuable de satisfaire aux impositions réparties par l'assemblée : tels sont les octrois
des villes.

Les états sont dans la possession ancienne &
immémoriale de donner leur consentement à ces
droits & de surveiller à leur emploi : ce n'est
pas un privilége, c'est un droit inhérent à leur
constitution : & en général, il ne peut se faire
aucune levée de deniers dans la province, qu'ils
aient acquiescé. Ce droit a été rendu inviolable
par le serment de *Louis XII* ; en signant le contrat qui l'unit à l'héritiere de la Bretagne , il le
termine par la disposition suivante. « Lesquelles
choses nous accordons, consentons, voulons,
promettons & jurons , par ces présentes signées
de notre main, en foi & parole de roi , tenir
& accomplir sans revenir à l'encontre.

» Ce serment, Sire, continue la lettre , non
moins sacré que ceux qui engagent à votre
couronne la foi de vos sujets, aussi respectable
pour eux, confirmé par votre majesté à son
sacre, cérémonie auguste, où le ciel est pris
à témoin de la protection promise aux peuples
selon les loix, resserre le nœud indissoluble qui
est le garant le plus assuré de votre souveraine
puissance. Que feroient en effet les sermens des

»-peuples , fi le ferment le plus folemnel des rois
» n'étoit rien ? »

Entre les droits que réclament les états , celui
d'avoir un accès libre au trône en eft un dont
ils font très - jaloux , & fa majefté ne peut les en
priver.

Le roi leur doit ce recours non-feulement par
le fentiment de bonté qui fait l'effence de fon
caractere , mais encore par l'efprit d'équité qui
l'anime ; il le leur doit fur-tout dans les circonftances actuelles , durant une guerre glorieufe où
tant d'actions éclatantes & généreufes rappellent
le nom Breton au cœur attendri du monarque ;
tels font ceux des *du Couëdic* & des *du Rumain*.

Voilà l'efquiffe de cette lettre qui finit , à
l'ordinaire , par l'efpoir qu'ont les états de voir
leurs griefs redreffés , & par tout le *Pathos* qu'em-
ploie en pareil cas l'art oratoire.

7 Février. M. *Grimod de la Reymiere* , ci-devant
fermier général , aujourd'hui adminiftrateur-géné-
ral des poftes , puiffamment riche , n'a qu'un fils
unique , difgracié de la nature en naiffant ; il a
les mains en pattes d'oies , ou plutôt des moi-
gnons , difformité qui l'oblige de porter toujours
des gants. Ce jeune homme , affez bien de figure ,
en a pourtant contracté un certain éloignement
des femmes & conféquemment de la fociété ; ce
qui le rend un peu fauvage , & l'on dit que c'eft
un *philofophe*. Du refte , il ne manque pas d'efprit ;
il a un attrait fingulier pour les lettres. Reçu
avocat , fuivant la marche générale de l'éducation
actuelle pour fe rendre fufceptible de toutes les
charges de robe & autres qui exigent cette qualité ,
il n'a jamais voulu en acquérir aucune ; il fuit le
barreau comme un homme qui en defire faire fa
profeffion ;

profeſſion ; il eſt très aſſidu à ſon ſtage , & s'exerce déja à plaider & à faire des mémoires. Du reſte, M. *de la Reyniere* met beaucoup de nobleſſe & d'humanité dans ſes fonctions ; il ne ſe charge que de la cauſe des malheureux , & affecte principalement de prendre celles des gens opprimés par les fermiers généraux.

Juſqu'à préſent on n'a remarqué que de la ſingularité dans ſa conduite ; mais il vient de ſe permettre une farce de carnaval qui , par certains traits de méchanceté , le fait aſſimiler au marquis de Brunoy , qu'on s'imagine voir revivre en lui. Il s'agit d'un ſouper qu'il a donné à des avocats ſes confreres , & des gens de lettres. La forme des billets & de l'invitation , la cérémonie de la réception des convives , l'ordre & la marche du repas , les propos qu'il y a tenus , tout en étoit ſi bizarre , que la fête , paſſée le ſamedi premier février , eſt aujourd'hui l'entretien de tout Paris. Comme les moindres détails méritent d'en être conſervés , il faut attendre qu'on les ait recueillis pour les conſigner ici. On aſſure que lui-même jugeant cette extravagance digne d'occuper la poſtérité , en a fait dreſſer procès-verbal.

8 *Février.* M. *Mallet Dupan* , ſoutenu d'une compagnie , ainſi qu'on l'a dit dans le temps, avoit entrepris de continuer les annales de monſieur *Linguet* durant ſa détention ; même depuis ſon élargiſſement le ſucceſſeur n'a point interrompu ; il a ſeulement annoncé avec emphaſe l'événement, en diſant qu'il continueroit juſqu'à ce qu'il plût à l'auteur de reprendre ; & qu'au cas où M. Linguet y renonceroit, il ſe flattoit qu'il voudroit bien enrichir les feuilles du continuateur de quelques fragments précieux. Juſqu'à

préfent le premier journalifte n'a point réclamé, n'a rien dit, & fans doute M. Mallet prend ce filence pour une approbation, puifqu'il a publié des numéros même cette année, & depuis l'annonce de la gazette de Cleves déja citée & ancienne, étant du premier janvier 1783.

8 *Février.* Outre les penfions accordées par la derniere affemblée du clergé à divers auteurs, elle a auffi donné une gratification de 3,000 liv. aux capucins de la rue Saint-Honoré, qui compofent l'école hébraïque, & dont les travaux font fpécialement dirigés fur l'écriture fainte.

9 *Février.* Jeudi dernier il y a eu une affemblée publique au *mufée de Paris.* Elle a toujours lieu le premier jeudi de chaque mois ; mais celle-ci a été plus nombreufe que de coutume par le bruit qui s'étoit répandu que M. *de la Reyniere,* le héros du jour, y feroit une lecture. En effet, il y a lu une *differtation fur les fpectacles.* Son but eft de prouver que le gouvernement devroit veiller avec plus de foin fur cette partie de la police publique. Il a fait voir combien les fpectacles influent fur les mœurs & fur le goût : il s'eft fur-tout élevé avec force contre les fpectacles forains fi propres à les corrompre. A une petite digreffion près, trop triviale & trop puérile, par où l'auteur a termi-né, on a trouvé fon ouvrage très-bien écrit ; & ceux qui ne le connoiffent pas bien fe deman-doient avec étonnement, eft-ce là cet original dont on parle tant ? Il a été très-applaudi, & on l'a fuivi, comme un homme rare, jufqu'à fon carroffe.

9 *Février.* Mlle. *Laguerre,* qui traînoit depuis une maladie grave, & ne s'étoit jamais rétablie, eft morte aujourd'hui. Malgré fa longue abfence

on ne l'avoit point encore oubliée. Elle est regret-
tée des amateurs de l'opéra pour la belle qualité
de sa voix & pour sa maniere de chanter pure
& flatteuse. Elle avoit brillé sur-tout dans *San-*
garide; mais comme son organe plus propre au
chant françois qu'à tout autre, s'étoit gâté par
la maniere italienne, on n'entendoit presque plus
ensuite sa prononciation.

10 *Février.* Le bureau de la ville, ne croyant
pas devoir entreprendre sa justification aux yeux
du public, en se mesurant dans l'arene avec le
sieur *de la Variniere*, s'est contenté de donner
aux magistrats un mémoire manuscrit, où il se
soumet à la jurisdiction du parlement, & se
désiste d'être juge dans sa propre cause. Du reste,
il se défend assez mal. Il paroît sur-tout offensé
de la publicité du mémoire de son adversaire,
répandu tant à Paris qu'à Versailles, au nombre
de trois mille exemplaires, & demande la sup-
pression des termes injurieux, diffamatoires, calomnieux, &c.

Me. *Prévot de Saint-Lucien*, l'avocat du sieur
de la Variniere, est parti de là pour faire une
nouvelle explosion contre ce bureau, pour le ter-
rasser tour-à-tour par ses raisonnemens & l'ac-
cabler de ses sarcasmes.

L'orateur, à l'occasion des plaintes du bureau
contre la profusion de son mémoire, traite la
grande question, si cette publicité, qui a ses
dangers, les compense par des avantages, & il
trouve si grands ceux-ci, qu'il regarderoit comme
un coup mortel porté à la liberté & à la propriété
des citoyens, la défense contraire. Il s'appuie
fort adroitement d'un passage des belles remontrances de la cour des aides de 1775, où elle réfute

fi victorieusement les partisans de la clandesti-
nité. De-là un éloge toujours nouveau , quoique
toujours répété , du magistrat patriote qui pré-
sidoit à la rédaction , qui eut le courage de les
porter aux pieds du trône , & le courage plus
grand encore d'en adopter les principes , lorsqu'il
fut élevé au ministere.

11 *Février*. Ce fut dans les derniers jours de
janvier que M. *de la Reyniere* invita plusieurs
magistrats , avocats & gens de lettres à une fete
qu'il devoit donner le premier février 1783.

Les billets d'invitation étoient dans la forme
des billets d'enterrement de la plus chere espece.
Au lieu de têtes de mort , c'étoient des gueules
béantes , & la teneur du billet que plusieurs curieux
ont conservé , étoit ainsi conçue :

« Vous êtes prié d'assister au convoi & enter-
» rement d'un guculeton, qui sera donné le samedi
» premier février par messire *Balthazar Grimod de*
» *la Reyniere* , écuyer, avocat au parlement , corres-
» pondant pour la partie dramatique du journal
» de Neuchâtel , en sa maison des Champs-
» Elysées.

» L'on se rassemblera à neuf heures du soir & le
» souper aura lieu à dix.

» Vous êtes prié de ne point amener de laquais,
» parce qu'il y aura des servantes en nombre
» suffisant.

» Le cochon & l'huile ne manqueront point à
» souper.

» Vous êtes prié de rapporter le présent billet ,
» sans lequel on ne pourra entrer. »

Lorsqu'on est venu au rendez-vous , on a d'abord
trouvé un premier suisse placé *ad hoc* , qui demandoit au convive s'il alloit chez M. de la

Reyniere, *l'oppreffeur du peuple*, ou chez M. de la Reyniere, *le défenfeur du peuple ?* Après avoir répondu qu'on alloit chez le défenfeur du peuple, il faifoit une premiere corne au billet, & vous paffiez dans un lieu en forme de corps-de-garde, où étoient des hommes armés & vêtus à l'antique comme des hérauts d'armes : ceux-ci vous introduifoient dans une premiere piece où étoit une efpece de *frere terrible*, un inconnu, le cafque en tête, la vifiere baiffée, la cotte d'arme endoffée, la dague au côté ; il faifoit une feconde corne au billet, & vous introduifoit dans une feconde falle. Là, fe préfentoit un homme en robe, en bonnet quarré, qui vous queftionnoit fur ce que vous vouliez, fur votre demeure, vos qualités, dreffoit du tout procès-verbal, & après avoir pris votre billet vous annonçoit dans la falle d'affemblée, où deux gagiftes vêtus en enfants de chœur commençoient par vous encenfer.

Les convives réunis au nombre de vingt-deux, dont deux femmes habillées en homme ; on a traverfé une piece noire, & enfuite s'eft levée rapidement une toile de théatre qui a laiffé voir la falle du feftin. Au milieu de la table pour furtout étoit un catafalque : du refte, des lampes à l'antique, des devifes & une illumination fuperbe de trois cents bougies environ.

On s'eft mis à table. Le fouper a été magnifique, au nombre de neuf fervices, dont un tout en cochon. A la fin de celui-ci, M. de la Reyniere a demandé aux convives s'ils le trouvoient bon : tout le monde ayant répondu en *chorus*, excellent, il a dit : Meffieurs, cette cochonaille eft de la façon du charcutier un tel,

D 3

demeurant à tel endroit , *& le coufin de mon pere.*

A un autre fervice, où tout étoit commandé à l'huile , l'Amphitrion ayant également demandé fi l'on étoit content de cette huile , il a dit : elle m'a été fournie par l'épicier un tel , demeurant à tel endroit , *& le coufin de mon pere* ; je vous le recommande , ainfi que le charcutier.

Autour de la falle du feftin , étoit une galerie deftinée aux fpectateurs qui voudroient jouir du coup d'œil de la fête. M. de la Reyniere avoit diftribué environ 300 billets de cette autre efpece , & à l'heure indiquée il a dit qu'on pouvoit laiffer entrer ; mais il n'étoit pas permis de refter ; on ne pouvoit que traverfer pour faire place à d'autres.

M. l'abbé *de Jarente* , le coadjuteur d'Orléans & l'oncle de l'Amphitrion, ayant eu la curiofité de juger par lui-même de cette folie , il ne lui a pas été libre de refter plus long-temps que les autres , & fon neveu a ordonné qu'on le fît fortir auffi.

Me. de Bonnieres , jeune avocat qui commence à acquérir de la réputation , qui étoit à table à côté de M. de la Reyniere , en voyant le public affifter ainfi au fouper , ne put s'empêcher de lui dire : en vérité , mon cher ami , cela devient trop farce , on va nous mettre aux petites maifons en fortant d'ici. Quoi ! lui a répondu l'Amphitrion avec inquiétude , cette plaifanterie m'empêcheroit-elle d'être mis fur le tableau ? J'en ferois au défefpoir.

La fin de cette fête , qui tenoit beaucoup d'une fête maçonique , n'a pas répondu au commenc

ment & n'a rien eu de fingulier : chacun s'eft
en allé après une féance de plufieurs heures à
table , trop longue & ennuyeufe conféquemment.

11 *Février.* Extrait d'une lettre de Pethiviers ,
du 8 février.... M. l'abbé *Ansker de Ponçol* eft
mort le 13 du mois dernier dans un château voifin
de cette ville. Il étoit connu dans la littérature
par deux ouvrages ; le premier avoit pour titre :
*Analyfe des traités des bienfaits & de la clémence
de Séneque , précédé de la vie de ce philofophe.*
Celle-ci eft fur-tout très-bien faite , & a trouvé
graces aux yeux même de M. *Diderot* , qui en
parle avec éloge dans fon effai fur les regnes *de
Claude* & *de Néron.*

Le fecond eft un *code de la raifon* , traité fait
à l'inftigation du comte de Saint-Germain , qui
l'avoit demandé à l'auteur : il parut en 1778.

M. l'abbé de Ponçol laiffe en outre quelques
manufcrits confidérables , entr'autres une traduction de Martial qui mériteroit d'être imprimée , à ce qu'affurent ceux qui la connoiffent ,
mais où le texte eft trop noyé dans le commentaire.

12 *Février.* Outre le procès contre le fieur *de
la Variniere* qu'a le bureau de la ville , il en
a un autre non moins honteux contre M. le
Paute , horloger du roi ; tous deux doivent être
jugés aujourd'hui. Voici le fujet du fecond.

Le bureau de la ville ayant formé le projet de
faire réparer l'ancienne horloge de fon hôtel ,
l'entreprife en fut accordée au fieur le Paute , qui
s'en chargea pour 24,000 livres par un devis,
du 13 juin 1780.

Lorfque cet artifte eut démonté les pieces de
l'ancienne horloge , il y trouva des vices dont
il ne s'étoit pas douté , & comprit qu'il ne feroit

rien de bien , & qu'il feroit plus expédient de
faire conftruire une horloge neuve. Alors , fur de
fimples infinuations du bureau de la ville qui lui
promettoit une gratification de 500 louis , il
commença ce grand ouvrage , qui dura prefque
deux années entières ; enfin , au mois d'avril
1781 , il fut placé en fon lieu aux acclamations
de tous les fpectateurs. En effet , l'artifte prétend
qu'il n'a pas encore été fait de machine de cette
grandeur & de cette perfection. Il la regardoit
comme tellement à l'abri de tout reproche , qu'il
vouloit que la ville l'expofat dans la grand'falle ,
dans une cage de verre , afin que les connoiffeurs
& les ignorants puffent en confidérer , en criti-
quer , ou plutôt en admirer l'arrangement , les
proportions & les favants détails , foit pour réduire
jufqu'à zéro la réfiftance des frottements , foit pour
fupprimer les inconvénients réfultant dans les machines ordinaires de la dilatation des métaux par la
chaleur , & de leur condenfation par le froid , &c.

M. *le Paute* , qui , entraîné , aveuglé lui-
même par l'enthoufiafme du génie , croyoit que
fon horloge n'excéderoit pas la valeur de 40,000 l.
fut effrayé lorfque , fe rendant compte de fes
débourfés feuls , il trouva qu'ils montoient à plus
de 74,000 livres , en forte qu'en y joignant l'intérêt de fes avances & le prix de la main d'œuvre ,
il fut forcé d'évaluer fa machine à près de
100,000 livres.

Comme l'artifte vit le bureau peu difpofé à
faire cette dépenfe , il lui offrit de lui laiffer la
jouiffance de cette horloge , & de revenir à l'ancien marché qu'il propofa d'exécuter dans les
termes convenus. Mais le bureau s'obftina à vouloir garder la machine pour 24,000 liv, ce qui

paroît d'une injuſtice criante , démontrée plus clairement encore dans le *mémoire du ſieur le Paute* , ſigné de Me. *Martineau.*

Pour ſurabondance , M. le Paute nous apprend qu'il a été fait , il y a quelque temps , une horloge pour la Ruſſie , non auſſi complete , qui a coûté 160,000 livres ; qu'il y a treize ans , le ſieur le Roi , l'un des horlogers célebres de la France , en fit exécuter pour le château de Verſailles une payée 16,000 livres , mais dont la maſſe eſt huit fois moins conſidérable que celle de la ſienne , qui , dans la même proportion , devroit valoir 128,000 livres.

13 *Février.* M. *Desparda* , l'un des caiſſiers des fermes ſous M. *Colin de Saint - Marc* , & gendre de la femme de celui-ci , a été arrêté ces jours-ci , & conduit à la baſtille ; il s'eſt trouvé dans ſa caiſſe un *déficit* de près de 1,500,000 liv. auquel M. Colin de Saint-Marc a ſatisfait ſur le champ.

13 *Février.* On ne ceſſe de s'entretenir de M. *de la Reyniere* & de toutes ſes ſingularités ; on lui trouve beaucoup de reſſemblance avec le marquis de Brunoy , excepté qu'il n'a ni ſa crapule , ni ſes vices , & ne voit point mauvaiſe compagnie ; cependant il n'aime point la ſociété de ſon pere & de ſa mere , tous deux fort vains ; il ſe moque ſur-tout des ridicules de cette derniere , rongée de vapeurs , & la traite quelquefois durement de propos.

M. de la Reyniere n'a point à ſe plaindre du premier , qui a fait de ſon mieux pour adoucir ſon ſort , & paie encore une penſion à un ſuiſſe , auteur des mains artificielles de ſon fils ; mains dont il ſe ſert , & avec leſquelles il écrit & peint

très-bien. Outre le logement que son pere lui
donne, très-vaste dans son hôtel, si superbe qu'il
a mérité la curiosité de l'empereur, & tout récemment du grand duc de Russie, il lui fait
15,000 livres de pension pour ses menus plaisirs
& lui accorde la liberté de donner deux soupers
par semaine à ses amis. Le reste du temps le fils
dîne avec sa mere, & ne paroît jamais le soir.
Les domestiques, peu accoutumés à de pareilles
singularités, l'appellent le fou.

M. de la Reyniere, pour écarter son pere de
la fête derniere, le prévint qu'il comptoit y faire
tirer un petit feu d'artifice en faveur de la paix,
qu'il avoit pour cet effet beaucoup de poudre
rassemblée, & l'en avertissoit afin que le bruit ne
l'effrayât pas. Il lui avoit fait adroitement cette
fausse confidence, connoissant la peur qu'a de la
foudre son pere, qui se cache dans la cave lorsqu'il tonne, & s'y est fait établir un appartement
ad hoc.

M. *de la Reyniere*, voulant aussi sans doute
singer Rousseau, fait un petit commerce de
différents objets qu'il vend lui-même à ses amis.
S'il les reconduit dans son carrosse, il se fait
payer le prix qu'on donneroit à un fiacre, &
applique ensuite ces profits à des œuvres de charité.

Interrogé sur le mêlange des cérémonies funéraires qu'il avoit introduites dans sa fête, M. de
la Reyniere a répondu, que c'étoit en l'honneur
de Mlle. *Quinault* qui vient de mourir, chez
laquelle il alloit beaucoup, & fort liée avec sa
mere ; il a dit qu'il avoit été honteux qu'on n'eût
rien fait pour honorer la mémoire de cette actrice
célebre ; qu'on n'eût point envoyé de billets d'en-

terrement , & que le journal de Paris , qui s'eſt
chargé du nécrologe de tous les perſonnages à
talents , l'eût abſolument paſſée ſous ſilence.

14 Février. Mizrim , ou le Sage à la cour ,
hiſtoire égyptienne , eſt un roman moral allégori-
que , qui n'a rien de neuf au fond , ni de piquant
dans la forme. On y trouve une foule de vérités
très-bonnes , mais très-rebattues. Le ſeul mérite
de l'ouvrage c'eſt d'avoir beaucoup de clarté ,
c'eſt de réduire à des analyſes ſimples des ſyſtê-
mes qu'on avoit embrouillés pour les rendre merveilleux.

On attribue cette brochure à M. Pelletier de
Morfontaine , intendant de Soiſſons , qu'on n'auroit pas cru capable de produire rien de pareil.
Il eſt fâcheux qu'il ne mette pas à profit dans ſon
département les bons principes dont il paroît imbu ;
mais c'eſt qu'écrire eſt un , & agir eſt un autre :
il eſt plus aiſé d'avoir de l'eſprit qu'une bonne
conduite.

14 Février. Si les pieces nouvelles aujourd'hui
ne ſont pas amuſantes au fond , il ſe paſſe preſque
toujours quelque anecdote à la premiere repréſentation qui dédommage les curieux : c'eſt ce qui
eſt arrivé hier à une comédie en trois actes mêlée
d'ariettes , que les Italiens ont jouée pour la premiere & derniere fois , ſous le titre des Trois
Inconnues. Les comédiens s'excuſent de l'avoir
offerte au public ſur ce qu'ils ont eu la main
forcée. L'auteur de la muſique eſt un nommé
Hinner , qui a eu l'honneur de montrer à jouer
de la harpe à la reine , & a employé la protection
de S. M. pour faire recevoir ſon ouvrage. L'auteur
des paroles eſt M. Desfontaines. Le poëme eſt d'un

galimatias rare : quant à la mufique , elle a paru monotone & pleine de contre-fens.

Dans un quatuor , où le fieur Menier fait une tenue à l'italienne fur la fyllabe *a a a* , tandis que les autres chanteurs vont leur train , le parterre l'a fuivi en *chorus a a a* , &c. & il en a réfulté une cacophonie fi plaifante , qu'on a crié *bis* ; mais les acteurs n'ont pas jugé à propos de recommencer ; de-là un tumulte confidérable qui n'a plus permis de rien entendre, & qui s'eft accru jufqu'à la fin.

14 *Février.* On parle d'une nouvelle banqueroute qui a finguliérement furpris tout le monde : c'eft celle de M. *Clément de Barville*, premier avocat - général de la cour des aides. C'eft un homme fans luxe , fans fafte , de très - bonnes mœurs, qui ne jouoit point. Il paroît qu'il s'eft ruiné par de fauffes fpéculations : il empruntoit beaucoup , & fur-tout en rentes viageres, & de cet argent achetoit des terres qui ne rapportoient pas à beaucoup près le même denier. On dit qu'il doit de cette derniere efpece de rentes annuelles environ cent mille francs : on évalue fa banqueroute à trois millions.

Ce Clément eft d'une famille très-riche , qui avoit loué le fuperbe hôtel de Vendôme, où logeoit madame la comteffe de Touloufe , & s'y étoit colloquée ; ce qu'on avoit trouvé affez ridicule. Cette famille eft renommée dans le parti janfénifte : elle avoit pour fouche un accoucheur de la reine , & ne laiffoit pas que d'avoir acquis de la confidération dans la magiftrature.

14 *Février.* Un fieur *Thomin* avoit obtenu un arrêt du confeil le 21 juin dernier , qui lui permettoit d'établir à Paris un dépôt de

tables alphabétiques des noms des notaires actuels du royaume, des noms de leurs prédécesseurs & des années de leur exercice : il vient de s'en publier un nouveau en date du 27 qui n'étoit pas encore divulgué.

Il paroît que, sur les plaintes des notaires de Paris, il a été fait quelques changements aux dispositions du premier, & que ceux-ci, attendu l'ordre qui regne dans leurs minutes & la facilité d'en faire la recherche, ont été exceptées.

Le sieur Thoumin, du reste, a ce privilege pour trente ans ; il peut établir dans chaque province des bureaux de correspondance relatifs à ce même objet, & il est autorisé à recevoir le prix de trois livres pour son droit de recherche, toutes les fois seulement qu'il indiquera le détempteur de l'acte recherché.

15 Février. La lettre de M. Carra, insérée au courier de l'Europe, ayant fait bruit, elle a été dénoncée à l'académie de Dijon dans la séance du 9 janvier, & l'on a chargé M. Maved, secretaire perpétuel de cette académie, d'écrire au rédacteur du journal en question, que la compagnie n'avoit point reçu la lettre dont M. Carra fait mention, & que tous ses membres ont affirmé ne lui avoir rien dit qui ait pu l'autoriser à l'avancer.

En conséquence, le courier de l'Europe a inséré dans son Nº. 11 cette lettre, ainsi qu'une de M. *de la Lande*, en date du 17 janvier, où il leve la visiere de son casque & déclare s'être reconnu au portrait de M. Carra, mais désavoue toutes les démarches, toutes les menées qu'il lui impute, comme autant de calomnies. Il attribue toute cette rage de son ennemi au refus que lui, la Lande , a fait de parler dans le journal des favants du fyftème de M. Carra , qu'il regarde comme les abfurdités & les rêveries d'un imbécille. Ce n'eft donc que par égard pour le baron *de Marivetz* qu'il prend la plume , & afin de ne pas fe brouiller avec ce gentilhomme.

Il faut voir ce que répondra M. Carra , & ce que va devenir cette guerre polémique , étrange & incroyable.

15 *Février*. Depuis la paix les artiftes s'évertuent en projets pour célebrer ce grand événement , fur-tout les architectes. On prétend qu'on va réalifer celui d'établir un pont en face des invalides, & qu'il fera nommé *le Pont de la Paix*. Comme M. *Perronnet* eft le grand faifeur aujourd'hui & le mérite , fes confreres cherchent à le décrier afin de l'écarter pour concurrent dans cette nouvelle entreprife. C'eft vraifemblablement l'origine des bruits , fourds d'abord , & accédités depuis , que le pont de Neuilly avoit manqué ; & voici ce qui fûrement y a donné lieu.

Un M. *de Fer*, connu par différents ouvrages lus à l'académie des fciences , s'y eft préfenté il y a quelques jours , & a demandé à être introduit pour lui communiquer un mémoire intéreffant la fûreté publique. Il a été admis & a lu ce mémoire contre le pont de Neuilly , dans lequel il prétendoit en démontrer les vices & le danger ; il y a fait obferver des mouvements qui méritoient la plus férieufe attention , & indiqué les moyens pour arrêter ces mouvements pendant qu'il étoit poffible de le faire. M. *Perronnet* n'étoit point à la féance durant la lecture du mémoire; il arriva comme M. *de Fer* finiffoit : il vit beaucoup d'embarras fur les figures ; il voulut favoir

e dont il s'agiſſoit ; on fit retirer l'étranger , &
on le lui apprit. Ses confreres en général lui pa-
rurent peu contents des difficultés du critique &
de ſon écrit, ſuivant eux très-mal fait. M. Perronnet , malgré la forte d'indignation générale
qu'on lui témoigna contre le ſieur *de Fer* , dit
que lui perſonnellement mépriſoit une pareille attaque : mais que comme la choſe intéreſſoit la
ſûreté publique , il deſiroit que l'académie nom-
mât des commiſſaires pour vérifier les faits avancés
par ſon adverſaire , pour examiner l'état du pont
& lui en rendre compte.

En conſéquence , il a été nommé quatre commiſſaires ; ſavoir , l'abbé *Boſſut* , *Bezout* , *le Roi*
& un autre.

Ce même M. *de Fer*, dans un mémoire imprimé
& diſtribué dès les premiers jours de novembre ,
avoit annoncé la chûte du pont de la Mulatiere ,
ſitué à Lyon , au confluent du Rhône & de la
Saône , en pierres , ayant cinq arches , & n'étant
pas encore achevé entiérement ; & elle eſt en
effet arrivée le 15 janvier dernier.

16 *Février.* Mlle. *Laguerre* a dans ſes derniers
inſtants appellé le curé de Saint - Nicolas-des-
Champs, ſa paroiſſe, pour mourir en bonne chrétienne. Ce paſteur s'y eſt tranſporté , l'a trouvée
dans une malpropreté dégoûtante & dans une eſpece de dénuement qui ſembloit marquer une vraie
miſere. Après avoir rempli ſon miniſtere , il s'eſt
retiré, s'imaginant qu'il n'avoit plus rien à faire ,
& qu'il ne pourroit tirer aucun parti utile pour
l'égliſe des dernieres volontés de cette courtiſanne,
il a été très-ſurpris d'apprendre qu'elle laiſſoit à
la mort pour 400,000 livres de billets noirs, &
30,000 liv. de rentes.

Mlle. Laguerre étoit fort avare & faisoit de temps en temps la vente de ses meubles & bijoux, pour en avoir d'autres du premier amant qu'elle enlaceroit. Il n'y avoit pas long-temps qu'elle avoit fait cette opération, lorsque la maladie l'a surprise. Du reste, c'étoit au moral un très-mauvais sujet, ayant outre les défauts, les vices dont on a parlé plusieurs fois, celui de voler, qu'on ne pouvoit croire, mais constaté par le témoignage de toutes ses camarades, & dont elle ne s'étoit pas corrigée, même dans la plus grande opulence.

16 *Février*. M. *d'Arçon* a en effet un mémoire pour sa justification; mais il n'est que manuscrit; il le lit à ses amis, & n'a pu encore obtenir la permission de le faire imprimer. On assure qu'il y inculpe fortement M. le duc de Crillon, ce qui est un nouvel obstacle à sa publicité.

16 *Février*. Extrait d'une lettre de Besançon, du 8 février.... Ne croyez pas, parce que vous n'entendez plus parler de notre parlement, que tout soit tranquille : outre les protestations d'usage contre l'enrégistrement des nouvelles lettres-patentes, fait de force par M. le comte de *St. Simon*, il y a dans le discours du roi du 1e janvier à la députation de cette compagnie, des phrases injurieuses au parlement & des maximes erronées, qui font la matiere d'un nouveau travail, dont s'occupent les commissaires nommés dans l'assemblée du 29 janvier.

Du reste, on continue le schisme avec le premier président, & on l'oblige de tenir au palais les bureaux qu'il tenoit ci-devant chez lui par une complaisance de messieurs. Quand il siege, on

écarte de lui, & on le laisse seul à son bureau ;
n un mot, c'est la bête noire de la compagnie.

Ce qui transpire du travail des commissaires,
est que, pour éviter des reproches pareils à ceux
ui sont dans le discours du roi, on va deman-
er à S. M. l'assemblée des états de la province, seule
n état de statuer sur les grandes questions dont il
'agit.

On parle d'un M. *Bourgon*, comme du magis-
rat de toute la compagnie le plus zélé, le plus
instruit, le plus . . .

17 Février. C'est M. le comte d'*Adhémar*, minis-
re plénipotentiaire du roi à Bruxelles, qui passe
Londres, avec le caractère d'ambassadeur extraor-
inaire. C'est un gentilhomme qui n'a pas mal
ait son chemin : on a vu ce qu'on en a dit. On
joute aujourd'hui qu'il étoit lieutenant de milice
ans nos provinces méridionales, où il eut occa-
ion de s'initier chez quelque descendant de la
maison dont il porte le nom, qu'il lui persuada
tre son parent, obtint, sous quelque prétexte,
ommunication de ses titres & se les appropria ;
u moyen de quoi, il descend aujourd'hui de la
maison de Charlemagne. On sait, du reste, comment il est devenu agréable à la reine ; mais ce
jui lui a sur-tout donné la confiance de S. M.,
'est un mémoire qu'il fit, dans le temps où l'em-
ereur son frere entroit en guerre avec le roi de
Prusse, pour prouver la nécessité que la France lui
ournît le contingent stipulé par le traité dernier
avec la maison d'Autriche. Ce mémoire étoit
pécieux, & le roi s'en trouvoit embarrassé, lors-
jue le comte de Maurepas & le comte de Vergennes consultés, le détournèrent d'une pareille
démarche.

Le roi , en faifant part à la reine de fa réfolution , loua cependant beaucoup le mémoire , &
voulut en connoître l'auteur. S. M. voyant fon
augufte époux auffi bien difpofé , n'héfita pas de
lui nommer le comte d'Adhémar. Alors M. de
Maurepas confeilla au roi de prendre le prétexte
de faire valoir les talents de ce feigneur pour la
politique & les négociations , de l'éloigner, & il
fut envoyé à Bruxelles. On affure que c'eft la
même protection de la reine qui le porte à Londres pour lui faire obtenir le cordon bleu , indifpenfable dans un pareil pofte.

17 *Février.* Le quatorze de ce mois la grand'-
chambre a en effet jugé les deux procès de
la ville dont on a parlé. Elle les a perdus tous
deux.

La ville a été condamnée à payer à l'artificier
toutes les fommes convenues , & aux dépens. Du
refte , les termes de la page 11 du mémoire du
fieur *de la Variniere,* fupprimés , &c.

Quant à l'horloge du fieur *le paute* , il a été
donné acte à cet artifte de fon offre de la retirer
après l'avoir laiffée à la ville tout le temps qu'il
fera à raccommoder l'ancienne , fuivant le marché
fait avec lui : dépens compenfés.

On doit à M. le prévôt des marchands la juftice de publier que ces deux vilains procès n'étoient
nullement de fon goût , & qu'il l'a déclaré plufieurs fois avant le jugement, notamment au préfident d'*Ormeffon* ; mais quoique chef , il n'a que
fa voix, & eft obligé de fe conformer à la pluralité
des avis du bureau , qui lui-même eft dirigé par
fes confeils.

18 *Février.* Ceux qui ont lu le mémoire manufcrit de M. d'Arçon en font fort contents ,

& le trouvent très-grave contre M. le duc de Crillon.

L'auteur reproche à ce général de s'être attribué à la cour de Madrid l'invention des batteries flottantes, quoique ce fût lui, d'Arçon, qui lui en eût donné le plan, qu'il convient n'être même pas de lui, & être ancien. Ce qu'il réclame, c'est l'idée d'avoir parsemé l'intérieur des bordages de canaux sans cesse remplis d'eau, par le moyen des pompes. Il les compare aux veines dans le corps humain, qu'on ne peut pas piquer que le sang n'en jaillisse, & en plus grande abondance à mesure que l'ouverture est plus grande, en sorte que le boulet rouge devoit nécessairement s'éteindre aussi long-temps qu'on auroit pu faire jouer les pompes.

M. d'Arçon reproche au général de l'avoir laissé dans l'inaction depuis le mois de février, où le projet a été arrêté & adopté, jusqu'en mai ; en sorte qu'il n'a eu que trois mois environ pour employer 350,000 pieds cubes de bois qui devoient entrer dans ces batteries, & les mettre à perfection.

Il se plaint qu'on n'ait pas suivi son idée de ne point faire emboffer ces batteries, mais de les tenir toujours à la voile, service auquel il vouloit les destiner par l'épreuve qu'il avoit fait faire d'une, dont on avoit admiré la légéreté, la docilité & la vîtesse, qualités qu'elle sembloit posséder comme une frégate.

Il se plaint encore que M. le duc de Crillon, qui avoit voulu se faire honneur des batteries flottantes pendant un certain temps, ait ensuite été le premier à les décrier ; il se plaint enfin, que, dans un conseil de guerre tenu en présence

du *comte d'Artois* lorfqu'il fut queſtion de prendre
une derniere réſolution , & il oſe invoquer le témoignage de ſon alteſſe royale ; il ſe plaint que
M. de Crillon lui ait déclaré que ſa miſſion étoit
remplie , & que le reſte de l'opération rouloit dé-
ſormais ſur lui , commandant ; qu'en conſéquence
il ait diſpoſé de ces machines ſans l'aveu de l'auteur , ſans les faire appuyer comme le deſiroit
M. d'Arçon & comme on en étoit convenu ; &
qu'après avoir , par ſes mauvaiſes diſpoſitions ,
par ſon défaut de précaution , cauſé leur déſaſtre ,
il ait eu l'injuſtice de le lui imputer , & de déclarer qu'il ne comptoit pour le ſuccès du ſiege
que foiblement ſur cette reſſource.

D'après cet apperçu vague , il eſt aiſé de juger
combien M. de Crillon , ſa famille & ſes partiſans
doivent travailler à empêcher que le mémoire de
M. d'Arçon ne ſe répande trop dans le public par
la voie de l'impreſſion.

18 *Février.* Aujourd'hui les comédiens italiens
avoient commencé de jouer pour la premiere fois
une comédie nouvelle en cinq actes & en proſe,
du *Marquis de la Salle* , ayant pour titre *Sophie
Francour :* les deux premiers actes étoient finis ,
lorſqu'après un intervalle déja aſſez long , le
ſieur *Granger* eſt venu annoncer que Mlle. *Pitrot*
s'étoit trouvée très-incommodée , qu'on travailloit à la faire revenir , & qu'on prioit le public
de patienter.

Au bout d'un demi - quart d'heure , ſecond
meſſage où il déclare que Mlle. *Pitrot* eſt hors
d'état de jouer , & que ſi le public veut s'en contenter , on va donner *l'Officieux.* Grand tumulte
alors , les uns crioient oui , d'autres , non. L'acteur répond que c'eſt la ſeule piece qu'on ſoit en

tat d'exécuter dans le moment. Quelques voix demandent *qu'on life le rôle*. Le fieur *Granger* fe retire ; il revient pour la troifieme fois , & déclare qu'on eft allé chercher le fieur Carlin, & qu'on jouera *les deux jumeaux de Bergame* : c'étoit une tournure heureufe imaginée par les comédiens pour fe tirer d'affaire. Cependant le tumulte croiffoit, lorfqu'enfin le fieur Carlin a paru; & après être refté en préfence du parterre avec une patience refpectueufe, il a faifi le premier moment de faire quelques lazzis, qui lui ont conciliés es mutins, & il a eu le bonheur & la gloire de out pacifier.

Les comédiens étoient d'autant plus dans leur ort, qu'aux termes du réglement, ils ne doivent as jouer une piece nouvelle que les acteurs ne oient doublés, & que les doubles ne foient préents pour prendre fur le champ le rôle qui manqueroit par quelque accident. Les acceffoires, lont les journaux ne rendent jamais bien compte, ont très-fouvent beaucoup plus amufants que la iouveauté même.

Cependant aujourd'hui les amateurs ont vu avec peine un fujet auffi diftingué , auffi honnête que le fieur Granger, baloté ainfi dans fa triple imbaffade vers le parterre, & effuyer une mauvaife iumeur & des rebuffades qu'il ne méritoit pas.

18 *Février*. L'affaire des *Montefquiou* commence à fe plaider aux requetes du palais ,&c. il paroît déja deux mémoires des fieurs de *Montefquiou de la Boulbenne*, auxquels on difpute le nom, contre le marquis de Montefquiou , premier écuyer de *Monfieur*, & autres qui veulent le leur faire juitter.

Jufqu'à préfent la défenfe des premiers eft qu'avant de pouvoir leur contefter leur nom, il faut que ceux-ci commencent par prouver le droit qu'ils en ont, en établiffant qu'ils font les vrais Montefquiou, les Fezenzac, rejetons de Clovis.

C'eft Me. *de la Malle* qui eft l'avocat de meffieurs de la Boulbenne, & qui femble avoir bien pris le fens de la caufe en leur faveur.

19 *Février.* Ce qui excufe un peu M. *de la Reyniere* dans fa farce tenant à la folie & à la méchanceté, c'eft qu'il avoit pour ordonnateur de la fête le fieur *Dugazon*, qui fe fera amufé à fes dépens. On affure que cette fête coûte à M. de la Reyniere plus de 10,000 liv.

19 *Février.* Extrait d'une lettre de Londres, du 7 février.... J'ai vu ici une piece nouvelle, intitulée *Mifterious husband* (le mari myftericux), qui a le plus grand fuccès; que le roi & la reine ont honorée de leur préfence, & dont plufieurs fituations pathétiques ont fait couler des larmes. C'eft un drame dans le genre des nôtres; mais les Anglois ne connoiffent point ce genre mixte, & n'adoptent que deux claffes de pieces, la tragédie & la comédie. Ils appellent donc celle-ci une tragédie; quoique le fujet en foit trop compliqué, l'intérêt en eft très-vif. L'auteur a eu l'art de bien foutenir fes caracteres, de conduire fon intrigue avec une régularité peu commune fur le théatre anglois, enfin d'amener un dénouement fatisfaifant pour le fpectateur par la punition du crime.

Ce qui caractérife encore cette piece comme drame, c'eft qu'elle eft en profe. Le ftyle en eft admire des connoiffeurs. Le poëte eft M. *Cum-*

...berland, fils du docteur *Cumberland*, évêque de Kilmore, & petit-fils du célebre critique *Richard Bentley*. Depuis vingt ans il brille fur la fcene. On lui reproche cependant une trop grande facilité, dont il abufe; il en réfulte beaucoup d'inégalité dans fes productions, qui ne font pas en général affez travaillées.

20 *Février*. M. *Linguet* reprend en effet à Londres la continuation de fes annales politiques, civiles & littéraires du dix-huitieme fiecle, N°. 73 & fuivants. Il en a fait faire l'annonce dans les gazettes étrangeres. Il en paroîtra réguliérement deux numéros par mois : il fait payer d'avance vingt-fix florins de Hollande.

Du refte, il a percé ici un *avis à fes foufcripteurs* très volumineux, par le talent rare qu'a cet écrivain de féconder les matieres les plus arides. C'eft une piece curieufe à lire, mais encore difficile à voir, parce qu'il paroît que ce journalifte ne trouvera pas les mêmes facilités que ci-devant à faire percer fes productions en France.

21 *Février*. Mardi dernier un M. de *Choifeul-Meuze* étant en cabriolet, & par une mauvaife manœuvre s'étant embarraflé dans un fiacre, ce qui a penfé faire cuibuter fa voiture légere, s'eft vengé fur ce malheureux de fa propre maladreffe, & a commencé par lui affener vingt à vingt-cinq coups de canne, ce qui à la fin mettant le fiacre hors de lui-même & l'obligeant à une défenfe naturelle, pour ne pas fe laiffer affommer tout-à-fait, il s'eft fervi de fon arme habituelle qui étoit fon fouet, & en a coupé le vifage de ce jeune feigneur; alors celui-ci a tiré le dard renfermé dans fa canne & en a lardé le

fiacre à coups répétés, qui l'ont enfin fait tomber de son siege.

La populace s'est amassée & n'a pas permis au meutrier de s'en aller, comme il le desiroit; on l'a forcé de venir chez le commissaire. Cet officier de police a fait constater le délit par une premiere déposition des témoins, dont il a pris les noms, surnoms & qualités; & cependant, par une condescendance coupable, au lieu d'envoyer le meurtrier en prison, s'est contenté de lui faire donner sur le champ une somme pour les premiers secours à fournir au blessé, & de prendre les renseignements nécessaires pour retrouver au besoin M. de Choiseul; il l'a prévenu que le délit étoit grave & le seroit beaucoup plus, si l'homme mouroit, ce qu'on regarde comme inévitable.

22 *Février.* C'est le ving-neuf janvier que M. *de Fer*, ingénieur des ponts & chaussées, a lu son mémoire contre le pont de Neuilly. Il a prétendu donner plus de confiance à ses assertions en annonçant qu'il avoit prédit la chûte du pont de la Mulatiere à Lyon. Quoiqu'en disent les partisans de M. *Perronnet*, il paroît qu'il y a eu quelque chose, & cet artiste, à ce qu'on assure, fait maçonner & remplir en entier les petites arcades vuides qu'il avoit laissées à chacune des extrémités du pont pour le passage des chevaux tirant les bateaux.

Du reste, le gouvernement a trouvé mauvais que l'académie, sans avoir pris ses ordres, ait nommé des commissaires pour visiter ce pont. En conséquence, M. le contrôleur général a adressé une lettre assez dure à cette compagnie, pour qu'elle eut à ne point se mêler d'un examen

qui

qui ne la regarderoit que lorfqu'elle feroit con-
fultée. Cette lettre a bleſſé la délicateſſe de cette
compagnie, & ſon ſecretaire a dû être chargé
d'y répondre.

22 *Février.* M. le comte de Vergennes eſt
nommé *Chef du conſeil royal des finances*, place
honorifique, que la mort du comte de Maurepas avoit laiſſée vacante. M. de Fleuri, qui ſe
trouve ainſi ſubordonné à M. de Vergennes,
fait de néceſſité vertu : il dit qu'il en eſt enchanté, & que c'eſt lui-même qui a ſupplié le roi
de le faire correſpondre avec un miniſtre auſſi
éclairé.

22 *Février.* Il y a une grande fermentation
dans le parlement à l'occaſion de la ſévere vengeance qu'a pris le jeune Choiſeul en mulctant
ſi étrangement le fiacre, ſuivant le bruit général,
mort ce matin. La ſeconde chambre des enquêtes
a ſur-tout pris la choſe en conſidération. Pluſieurs
événements de cette nature arrivés récemment, &
qu'ont rapporté différents membres, les ont déterminés à chercher à mettre un frein au deſpotiſme
cruel de ces arrogants ſeigneurs. Ils ont chargé
unanimement le préſident de l'engager à ſavoir
du procureur du chatelet s'il avoit rendu plainte
d'un délit qui avoit dû parvenir à ſa connoiſſance,
& à mettre l'affaire en regle de façon que le
coupable ſoit au moins dans le cas d'obtenir des
lettres de grace.

C'eſt là où meſſieurs attendent M. de Choiſeul,
& ſe propoſent de former des repréſentations au
roi ſur la néceſſité de faire un exemple, au
moins en commuant la peine en une priſon
très-longue.

22 *Février.* Extrait d'une lettre de Cadix, du

4 février... Nous ne faurions trop nous féliciter pour les deux nations d'avoir la paix. La campagne qui fe préparoit, auroit, fuivant les apparences, tourné de nouveau à la honte de ces deux puiffances par la méfintelligence qui régnoit entre les François & les Efpagnols d'abord, enfuite entre les chefs des deux nations, puis entre le commandant des François & toute la marine....

Un des nouveaux réglements, en date du vingt octobre 1781, apporté par M. le comte d'Eftaing, a fur-tout excité une révolte éclatante.

D'après ce réglement, le vice-amiral avoit voulu introduire parmi les officiers de la marine un nouveau grade fous le nom de *capitaines* & *Lieutenants d'équipage*. Les premiers devoient avoir rang fur tous les enfeignes de vaiffeau, & les commander par conféquent. Ceux-ci ont adreffé le 2c janvier une lettre à M. de la Motte-Piquet, conçue en ces termes.

‟ Monfieur le Comte, —— votre rang de fecond chef ici, la connoiffance parfaite que vous avez de la conftitution de la marine, votre réputation établie dans tous les cœurs françois, l'intérêt enfin que vous avez témoigné derniérement dans la caufe commune ; tout nous fait un devoir de nous adreffer à vous, pour porter les reprefentations refpectueufes que nous faifons à M. le vice-amiral, reprefentations fondées fur la juftice, fur l'honneur, fur la vérité, fur les fervices.

Le grade des enfeignes de vaiffean eft compofé de trois cents & quelques gentilshommes. Depuis huit ans entrés dans la marine, un grand tiers a fervi la guerre entiere dans ce grade, tous commandant des quarts depuis 1778, & particuliérement à votre bord : la plupart fe font trouvés aux actions les plus remarquables : un grand nombre en a vu six, plusieurs en ont vu quatre, & tous au moins trois. Jamais compte rendu à la cour par aucun amiral françois, par aucun officier supérieur, n'a porté plainte contre la maniere de servir des enseignes de vaisseau. Le roi, au contraire, a daigné nous donner plusieurs fois, par l'organe de nos chefs, des marques de sa satisfaction : vous-même, monsieur le Comte, vous, dont le témoignage nous sera toujours précieux jusqu'à la mort, vous avez dit, vous avez répété, vous avez écrit, *que les jeunes gens avoient par-tout montré une bravoure, un zele & une intelligence, dignes d'être cités.* Un pareil aveu, joint à celui de nos braves capitaines, sembloit sans doute nous promettre une perspective bien brillante ; & pourtant aujourd'hui le roi paroît mécontent de nous : il ordonne qu'à notre place on substitue ceux qui servoient directement sous nos ordres, bien plus ceux qui n'ont jamais servi, & qui, en leur supposant même des talents naturels, ne peuvent certainement pas avoir ceux de l'expérience militaire.

Eh ! en quel temps, en quel lieu, où pareille réforme est-elle exécutée ? & devant qui ? L'ordonnance est signée du 20 octobre 1782, jour même où nous eûmes le bonheur de faire au roi & à l'état un nouveau sacrifice de nos vies; elle paroît dans le temps que le roi d'Espagne récompense par une promotion nombreuse & sa marine, & ses troupes. On la met en vigueur à Cadix, chez nos alliés : devant qui ? Devant la face des nations assemblées, lorsqu'on ouvre une campagne. Nous seuls enfin, nous sommes punis, quand tous les militaires sont récompensés. Nous

E 2

tous enfemble, nous vous prions, M. le Comte, avec une ardeur dont une ambition honnête ; & la confiance que nous infpirent votre mérite & votre façon de penfer fur nous , de repré-fenter à M. le comte d'Eftaing nos fervices, notre zele & notre foumiffion aux volontés du roi. Nous le fupplions d'employer en notre faveur fon crédit auprès du fouverain , de changer la forme du fervice qui nous place après les capi-taines d'équipage, de daigner fe rappeller que uous avons combattu & que nous allons com-battre fous lui. De quelque genre que foit le fervice qu'on veut établir à bord des vaiffeaux, nous nous fentons également propres pour tous, & nous jurons de l'exécuter avec tout le zele, toute l'activité , toute la fubordination qu'on doit attendre de jeunes gentilshommes fran-çois , à la mer depuis fept années , accou-tumés à combattre fous des chefs comme vous. ,,

M. de la Motte-Piquet a accepté la miffion : il ne s'eft pas feulement contenté de préfenter cette lettre à M. le comte d'Eftaing ; il a encore écrit à M. le marquis de Caftries , miniftre de la marine , une lettre très-preffante , & lui a té-moigné combien ce nouveau réglement lui paroît contraire au bien du fervice & de l'état.

23 *Février.* M. l'abbé *Noel* , garde , démonf-trateur du cabinet de phyfique de S. M. eft mort à la fin de janvier dernier. Ce religieux défroqué avoit un grand talent pour la méchanique. Louis XV l'aimoit beaucoup, & lui avoit fait un fort très-agréable. On a parlé fur-tout d'un télefcope très-exellent & fupérieur à ceux connus de fon invention.

23 *Février.* Extrait d'une lettre de Rennes, du

vingt février..... Les états de Bretagne , lorſqu'ils s'aſſemblerent , & durant le cours de leur
tenue, avoient trois griefs : le premier, ancien ,
concernant ſes députés ; le ſecond , récemment
agité , concernant les octrois des villes, levés ſans
leur conſentement ; le troiſieme, tous les ordres
illégaux arrivés durant la ſeſſion.

M. d'Aubeterre avoit donné aux états les plus
belles paroles du monde , ſur le premier point.
Vous avez vu qu'il ſembloit entrer dans la juſtice
de leurs demandes , & reconnoître leur droit ; il
paroît qu'ils ſe ſont leurrés d'un vain eſpoir ; &
nulle ſatisfaction à cet égard.

Quant au ſecond point , vous avez également
vu que le tiers , convaincu qu'il avoit eu tort,
s'eſt réuni à la nobleſſe à cet égard ; dont eſt ré-
ſultée l'acceſſion de celle-ci aux demandes de la
cour ; & la cour ſatisfaite n'a eu aucune conſidération pour les plaintes des états ſur un objet
qu'elle regarde comme fini , puiſque ces impôts
vont leur train.

Enfin , les ordres illégaux ont bien été biffés
par l'évêque de Rennes ; mais cette maniere
même de l'avoir fait eſt illégale. Nulle autoriſa-
tion de la cour ; nul arrêt du conſeil qui motive
la conduite du prélat ; nul aveu par écrit du
commandant qui lui lie les mains pour revenir
contre & faire revivre ces ordres.

C'eſt au milieu de cette fluctuation d'eſpoir &
d'opinions que les états ont fini à la fin de janvier
de la façon la plus défavantageuſe : en effet, il
n'y a point d'exemple de ſeſſions où il n'y ait eu
de modération ſur aucun point. On en peut
juger par les adjudications ; elles avoient été
augmentées, il y a deux ans, de 700,000 liv.

& cette fois, malgré la paix qui devoit les faire
baisser, puisqu'elle doit entraîner une diminution sensible sur les boissons, elles ont encore
accru de 1,100,000 liv. Jugez par-là de l'excès
des impositions & de nos maux.

24 *Février.* On ne conçoit pas quel génie
infernal souffle sur les courtisans : il paroît encore
des couplets affreux & calomnieux contre la reine ;
& cependant quelle princesse mérita moins cette
audace sacrilege, fut plus digne des hommages &
de l'amour de tous les ordres de l'état ? Aux charmes
de la figure, à la noblesse du maintien, aux graces
répandues sur sa personne, elle joint les qualités les
plus précieuses, la bienfaisance, la bonté, l'humanité, l'amitié, vertu si rare chez ses pareilles ;
elle oublie ses injures personnelles ; elle n'a jamais
fait de mal à qui que ce soit. On ne cite personne
dont elle ait exigé le châtiment. Si elle a quelques
défauts inséparables de notre nature, ils sont
aimables en quelque sorte comme elle : ils tiennent à son sexe, au goût national ; & venue extrêmement jeune en France, elle en a sans doute
contracté ici le plus grand nombre. Elle aime
excessivement la parure, les frivolités, les spectacles, la dépense : elle prodigue souvent ses dons
à des gens qui en sont indignes ; elle est quelquefois légere dans ses affections ; elle plaisante
de la mauvaise tournure, des gaucheries des
femmes présentées : mais ces sarcasmes partent
de sa gaieté & non de son cœur, dont se louent
tous ceux qui ont l'honneur d'approcher de S. M.
& d'en voir l'intérieur.

24 *Février.* On ne peut assez admirer la sou-
plesse avec laquelle M. le garde-des-sceaux s'est
tiré, depuis qu'il est en place, de tous les pas

difficiles où il s'eft trouvé fréquemment. Aujout-
d'hui il s'eft mis mieux que jamais en cour par
fon adreffe à fe rapprocher du comte de Vergennes,
qu'il a prévu devoir infenfiblement remplacer
M. le comte de Maurepas. Il a même pris un
long tour pour y mettre moins d'affectation :
il a commencé par faire fa cour à madame de
Vergennes, par la voir affiduement, par faire
fon piquet. M. de Vergennes, vivant beaucoup
dans fon intérieur, l'a trouvé fouvent chez fa
femme, lui a fu gré de cette complaifance, &
il en eft peu à peu réfulté de l'intimité entre ces
deux miniftres.

24 *Février.* Les comédiens françois jouent aujourd'hui une nouveauté. C'eft une petite piece
en un acte & en vers, ayant pour titre : *les Aveux
difficiles.* Elle eft d'un M. *Vigée*, fils d'un peintre
médiocre de ce nom, & d'une coëffeufe célebre.
Il a pour fœur une madame *le Brun*, qui vaut
mieux que fon pere pour fon talent, & auroit
été reçue de l'académie, fi elle n'avoit époufé un
marchand de tabléaux. Celui-ci eft riche; ce qui
met fa femme en état de recevoir beaucoup de
gens comme il faut, & même des gens de cour.
Elle eft jolie; elle a de l'efprit; elle eft très-aima-
ble : en voilà plus qu'il n'en faut pour lui procurer une brillante fociété. Derniérement elle avoit
un concert où chantoit M. *Garat*; MM. de *Vaudreuil*, de *Galifet*, de *Polignac*, grand nombre
des agréables de la cour y étoient; c'étoit le jour
du bal de la reine. Ces meffieurs convinrent qu'on
s'amufoit infiniment plus chez Mad. le Brun
qu'à Verfailles, qu'ils refteroient chez elle tant
qu'elle voudroit; & en effet ils ne fe rendirent
chez S. M. qu'à deux ou trois heures du matin;

ee qui avoit formé pour ce jour-là un vuide dans
la fête.

25 *Février*. Depuis les derniers mémoires de
M. *d'Epremefnil*, il a paru *Réflexions préliminaires
fur le troifieme mémoire* de cet intervenant à
Dijon. Ces réflexions de M. de *Tollendal* font
datées de Paris le 23 décembre 1782, & roulent
principalement fur les deux correfpondances de
MM. de *Montmorenci* & de *Crillon*. Il en réfulte
de plus en plus que M. d'Epremefnil s'eft aliéné
ces deux feigneurs. M. de Tollendal joint à ces
réflexions un imprimé de fa lettre au chevalier
de *Crillon*, en date du 21 décembre, & la réponfe de celui-ci extrêmement ameie contre monfieur *d'Epremefnil*.

25 *Février*. On affure que le congrès, après
avoir dreffé les loix & les réglements de l'union
des états refpectifs, l'a envoyé à M. l'abbé de Mably,
pour qu'il l'examine & le corrige.

C'eft cet abbé qui vient de publier un traité
de la maniere d'écrire l'hiftoire, où il maltraite
à peu près tous nos hiftoriens & fur-tout Voltaire; ce qui a finguliérement fcandalifé tout
le parti de ce grand homme. Il pourroit bien être
comme l'abbé *d'Aubignac*, qui, après avoir
donné des regles pour la tragédie, fit une
tragédie déteftable. Il y a à parier que quelqu'un
du moins qui s'aftreindroit fervilement aux do-
cuments de ce pédagogue, compoferoit une hiftoire très-ennuyeufe, très-inutile par conféquent,
puifque perfonne ne la liroit & ne pourroit la
lire.

26 *Février*. Il a percé ici un nouveau livre
anglois, ayant pour titre : *Eftimation de la force
comparative de la Grande-Bretagne, pendant le*

regne actuel & les quatre précédents, & des pertes
occasionées au commerce par chaque guerre, depuis
la révolution.

M. Chalmers, l'auteur de l'ouvrage, cherche
à y raſſurer les eſprits effrayés par le tableau
déplorable de l'état de l'Angleterre qu'a tracé le
docteur Price. En voici les aſſertions les plus
conſolantes.

1°. Le commerce qui décline momentané-
ment pendant la guerre, double au retour de la
paix.

2°. Au milieu des horreurs de l'avant-derniere
guerre, les exportations de l'année 1761 ſe trouvent égales à celles des années 1749, 50, 51, où
l'on étoit en paix.

3°. C'eſt dans l'année 1774 que la gloire de
l'Angleterre étoit à ſon méridien. Les exportations monterent à plus de quinze millions ſterlings.
Les revenus annuels donnerent dix millions, &
le nombre des matelots, dans les vaiſſeaux du roi,
étoit plus conſidérable que celui des matelots
de tout le royaume au commencement du ſiecle.

4°. Les exportations faites pendant la guerre
qui vient de ſe terminer, comparées à celles des
plus brillantes époques du commerce anglois,
eſt dans le rapport de onze à ſeize ; elles ont
doublé celles faites durant la guerre précédente.

5°. Suivant ſes calculs, en mettant à part les
factoreries & les colonies, la Grande-Bretagne
gagne par an ſur ſon commerce extérieur trois
millions & demi ſterlings ; ſur le commerce des
colonies, 260,000 liv. : avec l'Ecoſſe, 430,000 liv.
& en déduiſant la perte pour les factoreries de
448,912 liv., le produit net du commerce annuel
de la Grande-Bretagne eſt de 3,884,844 liv.

E 5

Monsieur *Chalmers* établit encore que l'or & l'argent monnoyés existant en Angleterre, sont de 20,000,000 liv. Enfin, il porte la population des trois royaumes à plus de huit millions d'hommes.

26 *Février. Les Aveux difficiles*, joués avant-hier aux François, ont eu un plein succès. Cependant l'intrigue, qui est assez fournie, même trop forte pour une piece en un acte, est ressemblante à beaucoup d'autres, & d'ailleurs trop symmétrique, invraisemblable & absurde en bien des points; mais le jeu des acteurs l'a fait valoir infiniment. La versification en est agréable, facile & d'un bon ton. Il est fâcheux pour M. Vigée qu'on lui conteste l'ouvrage. Un autre auteur prétend avoir fait antérieurement une comédie semblable, en avoir donné communication à plusieurs personnes, & conséquemment l'accuse de plagiat : il faut attendre, pour bien en juger, que les pieces du procès aient été produites devant le public.

27 *Février.* Par des lettres-patentes données à Versailles le 28 novembre 1782, & registrées en parlement le 14 janvier 1783, le roi autorise la chambre du commerce de Picardie à faire un emprunt de 934,000 liv. pour le rétablissement du port de Saint-Valery, & à lever un octroi pendant vingt ans pour en payer les ouvrages & rembourser le capital, sur les marchandises dénommées dans un tarif annexé, entrant dans les ports de Saint-Valery, de Crotoy & d'Abbeville, ou en sortant.

L'objet de cette dépense est encore d'augmenter l'utilité dudit port, en y faisant arriver & réunissant dans un seul canal les eaux de la riviere de Somme.

Il a été aussi question du port du Havre. Suivant un projet donné à la cour, il étoit susceptible de devenir port de roi & de contenir des vaisseaux de ligne. Il s'agissoit d'affecter le bassin actuel uniquement aux navires marchands, & d'y pratiquer une autre ouverture, d'où il auroit résulté un second bassin plus profond & capable de la destination qu'on vouloit lui procurer.

On a envoyé sur les lieux des membres de l'académie des sciences, entr'autres monsieur de *Borry*, chef d'escadre, & monsieur le marquis de *Condorcet*.

On parle beaucoup d'un mémoire donné par ce dernier à la cour, où il fait une digression sur le commerce, où il établit que l'Amérique, depuis la formation des Etats-Unis, pese sur l'Europe par le midi; & la Russie, depuis le traité de la neutralité armée, y pese par le nord; en sorte que le commerce de la France, bien-loin de s'agrandir durant la paix qui vient de se signer, ne pourra que diminuer, se détériorer : d'où l'auteur conclut l'inutilité de tant s'occuper de ports & d'établissemens maritimes nouveaux.

27 *Février*. Le drame de M. le marquis de la Salle, suspendu le mardi 18 après la fin du second acte, par l'attaque de nerfs survenue à Mlle. *Pitrot*, a été repris mardi 25. L'auteur n'ayant pas profité de cet intervalle pour adoucir un caractere atroce, dont les premieres nuances avoient déja révolté le parterre, a éprouvé aujourd'hui une chûte complete.

Les gens au fait de la filiation de ce drame, assurent du reste qu'il est pris d'un roman du même auteur, portant le même titre, ayant les

E 6

mêmes défauts; en sorte qu'il n'a fait que re-
mâcher son propre ouvrage, sans l'améliorer.

Hier 26 , autre chûte encore aux Italiens
d'une nouveauté ayant pour titre : *Henri d'Albret*
ou *le Roi de Navarre*. Cette comédie en un acte
en prose avoit été imaginée par un M. *Dorfeuille*
à l'occasion de la paix. C'est une allégorie perpé-
tuelle relative à cet événement ; mais si plate,
si fade, si dégoûtante, que le public mécontent
a plusieurs fois déterminé les comédiens de le
retirer de la scene, que les rieurs ont forcé d'y
revenir, afin de tirer au moins quelque parti du
ridicule de l'ouvrage.

Le sieur *Granger*, qui y joue le principal rôle ,
excusoit dans le foyer, après la piece, ses camarades
de l'avoir reçue sur le débit enchanteur du poëte
qui les avoit séduits à la lecture.

27 Février. C'est un baron d'*Estat* qui prétend
avoir fait , il y a deux ans , & lu , il y a dix-huit
mois, aux comédiens italiens , une piece en un
acte , en vers , portant le titre des *Aveux difficiles,*
admise dès-lors à correction : il a été très-surpris
de retrouver à la premiere représentation de celle
de M. *Vigée* le même fonds & plusieurs de ses
scenes; il en prévient le public par une lettre du
lundi 24 février , adressée aux journalistes de Paris.

Par une réponse datée de Paris le 27 février,
M. *Vigée*, sans désavouer formellement le plagiat ,
assure que c'est à M. *Mariguié* , auteur d'une
tragédie tombée il y a un an qu'il doit son sujet.
Mais il ne déclare pas n'avoir eu aucune connoissance directement ou indirectement de la piece du
baron.

28 Février. M. *Sacchini* , suivant le marché
fait avec lui , devoit fournir trois opéra à raison

de 30,000 liv. pour les trois. Comme on n'a pas été content du premier, on parloit de lui donner 10,000 liv. faifant le tiers de la fomme convenue, & de le renvoyer : les partifans de ce grand homme font venus le défendre, & enfin ont obtenu qu'on exécuteroit fon premier opéra, qui eft *Renaud*, qu'on doit jouer aujourd'hui pour la premiere fois.

C'eft un M. *le Bœuf* qui eft auteur du poëme, ou plutôt c'eft *Pellegrin*, fuivant fon propre aveu. En effet, cet ancien poëte a traité en 1682 le même fujet, tiré du *Taffe* : le moderne l'a réduit en trois actes, mefure reçue & defirée par les muficiens étrangers ; il en a conféquemment changé la coupe, & rendu la marche plus rapide ; mais trouvant que fon devancier avoit heureufement traduit plufieurs morceaux du Taffe, & défefpérant de les traduire mieux, il fe les eft appropriés, & s'eft même fervi des propres vers de *Pellegrin*.

Renaud, après avoir pris *Solime*, offre la paix aux infideles ; ceux-ci font fur le point de l'accepter, lorfque furvient *Armide* qui leur reproche leur lâcheté & les ramene au combat.

Les monarques amoureux d'*Armide* & rivaux de Renaud, qui ont remarqué renaître dans le cœur de leur amante la paffion qu'elle a toujours eue pour ce héros, ne pouvant en triompher, complotent de l'affaffiner : Armide en eft inftruite & prend la défenfe du prince croifé : elle le délivre de cette trahifon ; mais pénétré de reconnoiffance, il n'en réfifte pas moins à fes charmes, & retourne à fon camp pour fe mettre à la tête des fiens.

Bientôt *Renaud* fait fuir devant lui tout ce qui s'oppofe à fon paffage : il défait les indignes rivaux qui avoient voulu le prendre en traîtres. *Armide*, qui voit tout son parti en déroute, se croit perdue. Cependant *Renaud*, non-seulement épargne la vie du pere de cette princesse, mais lui déclare qu'il l'aime, qu'il l'a toujours aimée, & qu'en ce moment où sa gloire est satisfaite, il est prêt à se livrer à tous les transports de sa tendresse ; il l'épouse.

Tel est le sujet de cet opéra, dont la musique aux répétitions a essuyé beaucoup de contradictions par les fortes cabales qui luttoient contre l'auteur ; mais les juges impartiaux y ont retrouvé le génie de ce grand homme, dont la réputation est faite, est au-dessus des menées de ses envieux.

1 *Mars* 1783. M. le baron d'Espagnac, gouverneur de l'hôtel royal des invalides, vient de mourir. Il étoit connu parmi les littérateurs, comme auteur d'une *Histoire du maréchal de Saxe*, dont il avoit été le compagnon d'arme & l'ami. Elle est assez exacte conséquemment sur les faits ; mais ce n'est proprement qu'une gazette : cependant *Voltaire* avoit eu la bassesse de la prôner, en reconnoissance de l'adulation de ce militaire envers lui. Son histoire parut en 1775. Il avoit donné précédemment un *Essai sur la science de la guerre*, & un *Supplément aux Rêveries du maréchal de saxe*, où il développe les principes & les maximes de ce grand général sur les diverses parties de la guerre, & principalement sur la tactique.

1 *Mars*. Le sieur *Augé*, comédien françois excellent dans les rôles de valets de la vieille comédie, c'est-à-dire hypocrites, fourbes, scélérats, qui avoit eu le bon esprit de se retirer l'an passé avec sa réputation toute entiere, n'a pas

oui long-temps de fon repos; il eſt mort le 26
de février.

1 *Mars.* On ne regarde point la premiere
repréſentation de *Renaud* comme ſuffiſamment
complete , comme ſuffiſamment bien exécutée,
pour pouvoir prononcer ſur la muſique. Une
nouvelle maniere exigeroit en quelque ſorte de
nouvelles oreilles. Les *Gluckiſtes* ont trouvé qu'il
n'y avoit pas aſſez de force ; les *Picciniſtes*, aſſez
de gracieux. Ce qui a paru caractériſer principalement cette compoſition de M. de *Sacchini*,
c'eſt la délicateſſe , la pureté , la nobleſſe , la
facilité. Le ſerment des rois & des chevaliers au
premier acte, eſt le morceau ſur lequel on s'accorde
le plus ; tout le monde convient qu'il eſt ſublime.
Il eſt fâcheux qu'il ſoit dans le premier acte ,
& qu'on ne rencontre rien enſuite d'auſſi frap-
pant.

2 *Mars.* Aujourd'hui que le *Roi Lear* eſt à ſa
quatorzieme repréſentation , qu'on a eu tout le
loiſir de voir & de revoir cette tragédie , que
même imprimée depuis quelque temps , on a pu
la lire & la relire dans le ſang froid du cabinet ,
ce ne ſera point la juger témérairement que de
l'apprécier & de dévoiler toute la difformité de
ce monſtre dramatique.

Lear a trois filles, il en exhérede une trompée
par des accuſations calomnieuſes qu'il a crues
trop légérement ; il partage ſes états entre les
deux autres. *Volnerille*, la premiere , le chaſſe de
ſon palais & l'oblige de ſe refugier chez *Regane* ,
la ſeconde. Celle-ci l'accueille avec une grande
piété filiale , mais, ſous ces dehors hypocrites ,
recele le deſſein le plus noir. On en inſtruit le
pere , qui abandonne cet enfant dénaturé , va

chercher dans les forêts une retraite où il rencontre
sa troisieme fille Helmonde, vertueuse, lui con-
servant les sentimens qu'elle lui doit, & sur le
point de causer une révolution à l'aide d'un héros
qui l'aime, qui est touché de son sort, & a mis
dans son parti les plus valeureux & les plus fideles.
Cependant Regane, instruite de l'évasion de son
pere, le fait chercher. On le découvre ainsi que
sa fille ; on les arrête. Durant cet intervalle, la
conjuration éclate ; & Edgar (c'est le nom du
héros) quoique vaincu, harangue si éloquemment
les soldats du duc de Cornouailles, le mari de
Regane, & entrant dans les vues criminelles &
parricides de la duchesse, qu'ils l'abandonnent,
en sorte que Lear remonte sur le trône, & unissant le vainqueur & Helmonde, en redescend une
seconde fois pour les couronner. Tel est le sujet
assez simple de la piece, mais que M. Ducis, à
l'exemple de Shakespear, a horriblement compliqué en multipliant les incidens & les acteurs.
Il y a quinze de ces derniers qui pourroient se
réduire à quatre essentiels ; savoir, une fille dé-
naturée pour former l'intrigue, le pere & la bonne
fille qui en sont le nœud & occasionent l'intérêt, enfin le héros libérateur qui en opere le
dénouement.

Dans le premier acte, quoique très-long, l'exposition est si mal faite, que chacun est obligé
d'y suppléer par des suppositions : il auroit fallu au moins motiver l'excès de barbarie de Volnerille & ensuite de Regane sur quelque raison
d'état qui efface, chez les souverains, jusqu'aux
sentimens de la nature : mais M. Ducis ne nous
représente Volnerille & Regane que comme deux
de ces monstres inadmissibles sur la scene, &

qu'*Horace* preferit d'écarter avec foin des yeux du fpectateur. Pour contrafter , il peint le duc *d'Albanie* , le mari de la premiere , fous des couleurs plus douces & oppofées à celles du duc *de Cornouailles* , l'époux *de Regane* , & auffi fcélérat qu'elle. Il le place à la cour de fon beau - frere , concertant avec lui leurs intérêts politiques , ce qui permet à *Volnerille* de profiter de fon abfence & de développer fon caractere abominable en obligeant fon pere de fuir de fa cour ; mais la vertu du duc *d'Albanie* eft fi foible , agit fi peu , que ce perfonnage devient froid , nul , & un reffort poftiche feulement entre les mains du poëte. Le comte *de Kent* , un ancien miniftre de *Lear* , renvoyé pour avoir défendu trop chaudement Helvonde , intervient fur la fin de l'acte ; il cherche fes fils qui l'ont abandonné , qu'il veut emmener avec lui , & qui lui réfiftent ; ce qui forme une cacophonie d'intérêts du même genre , ainfi qu'une multiplicité de trois acteurs qui vont concourir au même but , & qu'il eût par conféquent fallu réunir en en feul auffi.

Au fecond acte , *Lear* , dont le poëte a jugé à propos d'aliéner l'efprit , afin de le rendre plus intéreffant , rencontre d'abord fon ami *Kent* ; il eft bientôt environné de toute la cour , & fe perfuade , aux démonftrations de tendreffe de *Regane* & du duc *Cornouailles* , avoir trouvé une fille plus fenfible. Le duc *d'Albanie* préfent défavoue la conduite de fon époufe , & fe contente de vouloir ramener *Lear* avec lui : celui-ci tombe dans un accès de démence , & croyant voir dans *Regane* , *Volnerille* , fe livre à toutes fes fureurs. Il revient à lui , reconnoît fon erreur , lorfque le comte , qui étoit allé aux informations , vient apprendre à *Lear* , en préfence du duc & de la duchesse même , que cette fille ne vaut pas mieux que l'autre ; qu'il ait à craindre de nouvelles perfécutions : & ces deux fouverains fi atroces , qui avoient d'abord ordonné d'arrêter *Kent* , finissent par fe retirer tranquillement , & laissent *Lear* & *Kent* devifer enfemble & s'affurer une retraite.

Le théatre , qui , durant les deux premiers actes , n'avoit repréfenté qu'un château fortifié du duc de Cornouailles , change au commencement du troifieme. On voit une forêt hériffée de rochers ; dans le fond , une caverne auprès de laquelle eft un vieux chêne : il eft nuit ; le temps eft difpofé à un orage épouvantable. C'eft là & en ce moment qu'Edgard affemble les conjurés , & leur montre *Helmonde* pour les mieux difpofer. Cependant les éclairs & le tonnerre éclatent. La princeffe & fon amant fe réfugient dans l'antre voifin. Alors *Lear* , quoique forti avec *Kent* , furvient feul. On le voit à la lueur des éclairs , à ce que nous apprend l'auteur , à travers les arbres de la forêt , feul , égaré & promenant fa vue avec douleur & inquiétude. Le tonnerre éclate , continue-t-il ; les éclairs embraffent l'horizon , les vents fifflent , la grêle tombe fur la tête chauve & nue du roi *Lear*. *Kent* enfin le retrouve & l'engage à fe retirer dans une caverne qu'il apperçoit. On croiroit qu'ils y vont entrer : point du tout ; *Helmonde* & *Edgard* en fortent au contraire. *Lear* retombe encore dans fon égarement , il prend tour-à-tour *Helmonde* pour *Volnerille* , pour *Regane* ; il l'accable d'injures : elle ofe fe déclarer. Cette reconnoiffance redouble la douleur du pere & sa rage ; il veut se tuer ; il s'évanouit, & on l'emporte dans la caverne.

Le quatrieme acte commence par l'aveu d'*Edgard* à *Kent* du projet de la conjuration, que le pere approuve. Cependant *Helmonde* cherche à ranimer son pere ; on l'apporte endormi sur un lit de roseaux : il ouvre les yeux ; il a perdu toute sa mémoire. S'ensuit un interrogatoire qui a produit beaucoup d'effet par la gradation avec laquelle le sentiment faisant revivre le cœur de *Lear*, lui rend par degrés les idées relatives à sa situation ; enfin, la reconnoissance de sa fille s'opere dans toute son étendue, & c'est dans ces doux momens qu'on vient les arrêter.

Au cinquieme acte le duc *de Cornouailles* a découvert la conspiration. Celui d'*Albanie* cherche en vain à le calmer ; les ordres sont donnés pour faire périr *Lear* & *Helmonde*; *Edgard* est défait ; il paroît enchaîné sur la scene ; un miracle seul peut les sauver, & il s'opere par les reproches du vaincu aux soldats du vainqueur, auxquels il fait connoître la mauvaise cause qu'ils défendent. Ils se révoltent contre des souverains dénaturés ; ils reconnoissent de nouveau *Lear* pour leur roi, qui ne prend le sceptre que pour le donner à sa troisieme fille en l'unissant à *Edgard*.

On a déja, dans le cours de cette analyse, fait sentir plusieurs défauts de la piece, sur-tout de l'exposition. Ceux de l'intrigue & du nœud ne sont pas moins saillants. L'auteur a voulu faire porter spécialement l'intérêt sur la situation du roi *Lear*, dont le cœur trop tendre succombant à l'excès de son infortune, de l'ingratitude de ses deux filles, en perd la tête. Mais ce n'est

qu'une mal-adreſſe ; car qu'eſt-ce que l'intérêt tra
gique ? C'eſt la diſpoſition du ſpectateur à ſe
mettre à la place du perſonnage qu'il aime ; c'eſt
le deſir de s'identifier en quelque ſorte avec lui,
de penſer, de ſentir, d'agir comme lui ; or,
qui voudroit reſſembler à un fou ? Qui n'a pas
l'amour-propre au contraire de dire : cela ne me
ſeroit pas arrivé ainſi, je n'aurois pas été ſi ſot;
j'aurois eu plus de force d'eſprit, plus d'énergie
dans l'ame ? L'intérêt qui réſulte donc de cet accident phyſique, que le poëte d'ailleurs fait naître
& arrête quand il veut, n'eſt plus qu'un intérêt
de pitié, de commiſération, tel que celui qu'on
éprouve en entrant aux petites maiſons. Il ne peut
être que tel, ſur-tout d'après le caractere donné
du principe qui, par ce qu'il a fait précédemment, s'annonce pour crédule & foible, & par
la concluſion y met en quelque ſorte le dernier
trait en donnant de nouveau ſa couronne avec
non moins d'imprudence que de légéreté.

La maniere dont le dénoucment s'opere n'eſt
pas moins défectueuſe ; & il a paru ſi invraiſem-
blable, ſi forcé, ſi abſurde aux enthouſiaſtes
même de monſieur *Ducis*, qu'il eſt inutile de
s'appeſantir deſſus & d'entrer dans aucun détail.
Quant à la pluie, à la grêle, aux éclairs, au
tonnerre, toutes ces calamités de la nature ſont
excellentes dans un opéra, & ridicules dans une
tragédie où les orages doivent ſe paſſer non dans
les airs, mais dans le cœur des perſonnages, &
par contre-coup dans celui des ſpectateurs.

Quant au ſtyle, quoiqu'il nous ait paru à la
lecture moins vicieux que nous ne l'avions jugé,
il y a encore aſſez de bouffiſſure & de platitude,

pour que nous nous en référions à ce que nous en avons d'abord prononcé.

3 *Mars*. Tout se dispose pour l'ouverture de la nouvelle salle de la comédie italienne à la rentrée d'après pâque. Ce théatre ayant acquis une solidité qu'il n'avoit pas avant, mérite qu'on entre dans quelques détails de son historique & de sa confistance actuelle.

Ce fut en 1716, sous la régence, que se forma dans Paris la troupe des comédiens italiens; mais, malgré la protection royale, malgré les talents & le zele de ceux qui la composoient, ils n'eurent qu'une foible réussite, & ce spectacle ne s'est jamais soutenu que par des moyens étrangers & bientôt insuffisants, tels que les feux d'artifice, les ballets, &c. jusqu'au moment où en 1762 on y a réuni l'opéra comique.

Cette réunion, leur ouvrant une nouvelle carriere, a fait tomber absolument les comédies en langue italienne, & quand on les représentoit, le produit de la recette ne suffisoit pas même pour payer la moitié des frais journaliers.

D'ailleurs, les tentatives reitérées de faire venir à grands frais des acteurs d'Italie, n'ayant produit aucun effet, il n'étoit plus possible de remplacer les bons acteurs morts, ni ceux que leurs longs services mettoient dans le cas de se retirer.

Vu le dépérissement de ce spectacle & l'impossibilité d'y remédier, on n'a trouvé d'autre moyen de le revivifier, que de supprimer entièrement le genre italien, de pourvoir au traitement des acteurs & des actrices qui le représentoient, & d'établir une nouvelle troupe qui, sous le titre ancien de *comédiens italiens*, représentât des comédies françoises, des pieces de chant, soit à vaudevilles, soit à ariettes, & des parodies.

En conféquence, le roi a permis aux adminiftrateurs de l'académie de mufique, de faire à cette troupe un bail pour trente années du privilege de l'opéra comique.

C'eft cet opéra comique, qui eft en effet la fource véritable de la propriété actuelle de ce fpectacle. Le genre des pieces de chant y a fait des progrès auffi rapides qu'étonnants, au point que la mufique françoife, jadis l'objet de l'indifférence ou du mépris des étrangers, eft répandue aujourd'hui dans toute l'Europe. On exécute les opéra bouffons françois dans toutes les cours du nord, & même en Italie, où les plus grands muficiens de Rome & de Naples applaudiffent aux talents de nos compofiteurs françois. Ce font les ouvrages de ce genre qui ont formé le goût en France, & qui y ont accoutumé les oreilles à une mufique plus favante & plus expreffive, & qui ont enfin préparé la révolution arrivée fur le théatre lyrique même, en y faifant applaudir aujourd'hui des chef-d'œuvres, dont, il y a vingt-cinq ans, on n'auroit ni connu, ni goûté le mérite.

Tant de fervices rendus à l'art de la mufique ont dû déterminer le gouvernement à donner aux comédiens italiens une exiftence folide & légale, par un arrêt du confeil du vingt-cinq décembre 1779, qui fupprime les comédiens en langue italienne, & autorife les autres à faire un nouveau traité de fociété, &c.

Cet arrêt du confeil a bientôt été revêtu de lettres-patentes en date du trente-un mars 1780, fuivies de l'acte de fociété de la nouvelle troupe,

& le tout a été enrégiftré au parlement le premier mai fuivant.

Les lettres-patentes contiennent douze articles.
Le dernier eft remarquable.

En renouvellant, en tant que de befoin, les
difpofitions de la déclaration donnée par *Louis
XIII*, en faveur des comédiens, le 16 avril 1641,
S. M. y enjoint très-expreflément aux comédiens,
italiens de régler tellement leurs repréfentations
théatrales, que la religion, les bonnes mœurs &
l'honnêteté publique n'en puiffent fouffrir la moin-
dre atteinte ; & elle ajoute : « En ce faifant, nous
» voulons & entendons que l'exercice de leur pro-
» feffion ne puiffe leur être imputé à blâme, ni
» préjudicier à leur réputation dans le commerce
» public. »

4 *Mars.* Il paroît que le gouvernement, la guerre
étant ceffée, s'apprête à chercher les moyens les
plus falutaires pour remédier aux dépenfes excef-
fives & au défordre qu'elle a portés dans les finances. En conféquence, deux comités de différente
nature doivent s'affembler fréquemment fur cet
objet ; le grand, où fe traiteront les plans &
projets de finance, fera compofé du roi, lorfque
S. M. voudra y affifter, du comte de *Vergennes*,
du garde-des-fceaux & de M. *de Fleuri.*

Le petit comité concernant les opérations jour-
nalieres & ce méchanifme de charlatanerie politique propre à foutenir le crédit public en
maintenant celui de la place, aura pour membres les fieurs de *Bourgade*, *le Clerc*, ancien premier commis des finances, *d'Hervelay*, garde
du tréfor royal, & *Darney*, agent de change du
tréfor royal.

4 *Mars.* M. le duc de *Coigny* a reçu le lundi

gras la faveur finguliere d'avoir à fouper à Paris dans fon hôtel le roi & la reine : il y avoit une table de cent couverts.

A la fuite du repas il y a eu un bal divifé en deux falles ; l'une des jeunes femmes , c'eft-à-dire , de celles au deffous de vingt-cinq ans , & l'autre des vieilles au deffus , dans laquelle la reine étoit comprife. Elle a paru s'y amufer beaucoup : à la fin les deux falles fe font réunies en une.

Il y avoit en outre une falle de jeu.

4 *Mars*. C'eft le fils de M. *de Choifeul-Meuze*. très-jeune homme , auquel eft arrivée l'aventure du cabriolet. Tous les Choifeul , inftruits de la fenfation qu'elle avoit produite au parlement , fe font remués pour en empêcher les fuites. On veut aujourd'hui que le fiacre ne foit pas mort de fes bleffures , & qu'on ait profité de cette circonftance heureufe pour en obtenir un défiftement à force d'argent , avant que la dénonciation eût été faite.

On ajoute qu'elle a eu lieu le vendredi 28 février aux chambres affemblées , où M. d'Epremefnil l'a jointe à plufieurs autres.

5 *Mars*. On attend inceffamment le *mémoire fur la Baftille* par Me. Linguet , morceau qui a dû fervir d'ouverture à la fuite de fes annales , & que fans doute il fait imprimer feparément pour le public de France , où il lui fera difficile de faire percer les premieres périodiquement.

5 *Mars*. La famille des Veftris , quoique remarquable par beaucoup de ridicules qu'on a fans doute exagérés dans le public , vit dans une grande union , & ne fe permet point de ces vilenies

nies trop communes parmi les gens de théatre. Ils font fur-tout très-rangés : un des freres qu'on appelle *Veſtris le cuifinier* , eſt chargé du détail de l'intérieur , & s'en acquitte à merveille ; c'eſt là ſon talent.

Cependant le jeune *veſtrallard* , le fils du grand *Veſtris* , s'étant écarté & ayant fait des mémoires à ſon pere qui l'ont effrayé , il y a fait honneur ; mais avant a fait venir cet enfant chéri , lui a fait une févere réprimande , & lui a déclaré qu'il eût à être plus ſage , finon qu'il le feroit enfermer ; qu'il ne vouloit point *de Guimené dans la famille* , propos qui a bientôt circulé dans les foyers de l'opéra , qui s'eſt répété dans le monde , & fait proverbe aujourd'hui.

6 Mars. On a oublié de parler dans le temps du rétabliſſement de la cour des aides de Clermont - Ferrand , qui a eu lieu quelques mois après ſon interdiction. La nomination de M. *Guerrier de Bezance* , ancien maître des requêtes , à la place de premier préſident de cette cour , donne lieu aujourd'hui de s'en entretenir , ainſi que de ſon chef dont on a rappellé l'aventure domeſtique.

Sa femme jeune & jolie , qui s'étoit amourachée de M. de *Sevres de la Tour* , s'enfuit en Angleterre avec ce galant , qui , à ſon tour , laiſſa ſa femme réfidant encore aujourd'hui à Paris , & gémiſſant de l'abandon de ce moderne Théſée.

Quoiqu'il en foit, c'eſt à cette anecdote qu'on eſt redevable probablement de la naiſſance du *Courier de l'Europe.* M. de *Sevres de la Tour* , homme de lettres , non dépourvu de talent, fut néceſſité de chercher des reſſources pour lui &

pour fa conquête ; il imagina le plan de cette nouvelle gazette , le fit adopter par des particuliers - riches , & fe chargea de la rédaction qu'il remplit avec fuccès , quant à la partie effentielle qui concerne l'Angleterre ; mais, faute de bons correfpondants, il ne tire pas tout le parti qu'il pourroit de l'article de France.

6 *Mars*. Il paroît que l'*Armide* de M. de *Sacchini* , comme tous les bons ouvrages, prendra davantage à mefure qu'elle fera plus connue. La feconde repréfentation en a d'abord affuré le fuccès, quoique l'exécution n'en foit pas encore parfaite.

Le premier acte eft fans contredit un des plus beaux qu'il y ait au théatre lyrique, tant par la majefté de la fcene , que par la plénitude de l'action & par la diverfité des mouvements. L'ouverture de la tragédie , qui eft un confeil tenu dans le camp des Sarrafins , entre le pere d'Armide & les rois & chevaliers de l'armée , eft d'une grande nobleffe, & le compofiteur de la mufique en a fenti tout l'effet. —— Le chœur où les amants d'Armide , dégoûtés de fon abfence, demandent la paix , termine grandement cette fuperbe fcene. L'arrivée de *Renaud* , qui, au même inftant , s'annonce député de *Godefroi* pour offrir cette paix , eft un peu poftiche ; mais il en réfulte la belle fituation d'*Armide* qui furvient, & , par fes reproches, par fa préfence & par fes charmes, rend le courage à tous ces héros abattus. La maniere dont *Renaud* fe retire pour fe préparer au combat, répond à tout ce qui a précédé ; mais, comme on l'a déja dit, le morceau du ferment eft d'un fublime qui le fait aller de pair avec tout ce qu'on pourroit

citer de plus expreſſif dans le même genre. L'épiſode des Amazones, placé là pour amener une
fête & un ballet, du moins une marche, eſt un
hors d'œuvre, qui, en jetant plus de variété dans
l'acte, embraſſe l'action, la retarde, & fait dire
au ſpectateur, avant Armide, que c'eſt perdre le
temps inutilement ; qu'il faut des combats & non
des jeux.

Le ſecond acte eſt plus monotone & a beaucoup de langueur. Le ſeul moment où *Armide*
vient au ſecours de Renaud, attaqué à l'impro-
viſte par ſes rivaux, & contre les loix de la guerre
avant qu'il ſoit ſorti du camp, excite la curio-
ſité & en forme toute l'action en ſorte que l'auteur qui prétend avoir mis de rapidité dans ſon
poëme, qu'il n'y en a dans celui de *Pellegrin*,
mérite le reproche contraire. Heureuſement que
le muſicien a ſuppléé à ce vuide par des morceaux
de chant très-bien faits : mais ſe reſſentant trop
encore du poëme. Le monologue d'Armide, *Barbare amour*, a produit un véritable enthouſiaſme ;
& ſi dans la ſcene où cette princeſſe & ſon pere
évoquent les furies, on n'y retrouve pas toute
l'énergie dont elle eſt ſuſceptible, le talent de
M. *Sacchini* ſe releve bientôt dans le chœur des
démons ſe plaignant de leur impuiſſance à ſecon-
der la vengeance *d'Hydraot* & de ſa fille.

Une décoration repréſentant le champ de bataille & l'action du combat au milieu de la
nuit, qui n'eſt apperçu qu'au feu des éclairs,
eſt d'un pittoreſque neuf & impoſant, au troiſieme acte. Malheureuſement c'eſt le plus foible,
& preſque tout en récitatif ; il ne ſeroit pas
ſupportable ſans l'art du muſicien, qui, ſupérieur
à ſes ſemblables, excelle en cette partie. *Armide*

occupe la scene sans aucun intervalle ; elle y a
quatre monologues ; elle veut s'y tuer deux fois
& ne commence à respirer , ne consent à vivre
qu'au moment où Renaud , le sauveur de son
pere , lui déclare qu'il n'a jamais cessé de l'aimer,
& le lui prouve. Alors elle ordonne aux génies
soumis à son empire , de transformer ces lieux
en un palais magnifique pour l'architecture, mais
point assez galant, assez éclairé , d'un genre trop
austere. Suit un ballet où les coryphées de la
danse se dédommagent amplement de leur inutilité jusques-là. Les airs sont comme le palais,
beaux, mais peu gais , & M. *Sacchini* n'excelle
pas plus en ce genre que le chevalier *Gluck*.

Le résultat du jugement des connoisseurs en
musique , après ces deux représentations , est que
si M. *Sacchini* n'a pas les saccades , les cris, les
déchiremens du musicien allemand ; il a infiniment plus de douceur , d'agrément & de chant
dans tout le rele , & que non moins pur , non
moins élégant, non moins mélodieux que monsieur *Piccini* ; il n'est jamais monotone & so-
poratif comme lui ; il a une énergie bien su-
périeure.

Le sieur le Gros , qui fait le rôle de *Renaud* ,
manque de la noblesse , de la sensibilité qu'il
exigeroit, en sorte qu'il ne produit pas tout l'effet qu'on en doit attendre, & ce défaut rejaillit
sur le poëte , auquel on reproche de n'avoir pas
assez décidé le caractere de son héros, de l'avoir
rendu taciturne, froid & presque impassible. Mademoiselle *Levasseur* , comme actrice , ne rend
pas mal le rôle d'*Armide* , extrémement fatigant;
mais on croit que Mlle. *Saint-Hubert* le chante-

roit beaucoup mieux , avec plus d'onction & non moins de force.

Deux jeunes fujets brillent dans les rôles fe-condaires , une demoifelle *Maillard* , qui fait le rôle d'*Antiope* , reine des Amazones , & la de-moifelle *le Bœuf* , fille de l'auteur des paroles & très-jolie cantatrice.

7 Mars. M. Guerrier de Bezance , mis fur le chandelier par fa nomination à la dignité de chef d'une cour fouveraine, eft de plus en plus l'entretien du public. Il eft Auvergnac ; il étoit pere de l'oratoire , & fut au Mont-d'or pour y prendre les eaux à caufe de fa poitrine. Il y trouva une demoifelle *le Bas* , d'une famille riche & ayant elle-même du bien ; elle s'amouracha de ce religieux galant , & l'époufa , quoiqu'il n'eût rien. Il acheta une charge d'avocat-général de la cour des aides de Clermont , puis paffa confeiller au parlement de Paris , & devint enfuite maître des requêtes. Sa première femme étant morte , il époufa une demoifelle *Millochin* , dont il fe flat-toit d'avoir beaucoup de bien ; mais fon beau-pere ayant mal fait fes affaires , le réfultat a été pour M. de Bezance d'obtenir 8,000 livres de penfion pour un bon de fermier-général qu'avoit M. *Millochin* , & qu'à cette condition le miniftre a retiré.

M. *de Bezance* par fes intrigues s'eft pouffé dans le confeil , & a obtenu pour 25 à 30,000 liv. de bureaux , entr'autres la fuperbe place de procureur général du bureau des péages ; ce qui l'a mis en relation avec tous les grands feigneurs , & a merveilleufement favorifé fon ambition , au point qu'ayant rendu des fervices confidérables à l'ordre de Malte , il en a obtenu , pour marque de reconnoissance ; la permission de porter la croix qu'il étale avec beaucoup d'affectation ; vanité d'autant plus ridicule , qu'il a un frere , frere servant de l'ordre.

M. *de Bezance* est grand bavard , grand menteur conséquemment ; il se vante beaucoup & est très-ennuyeux. De là le principe du dégoût de sa femme , dont a profité M. *Sevres de la Tour* , vivant chez elle comme parent & secrétaire du mari. De là l'enlevement qui a mal tourné ; & l'on assure qu'elle est malheureuse aujourd'hui à Londres , abandonnée par son ravisseur & obligée d'être maîtresse de langue pour exister.

8 *Mars.* Tandis que la législation du théatre françois reste toujours ignorée du public & même des parties intéressées , telles que les auteurs qui n'en ont encore eu aucune connoissance légale , il a été imprimé un *recueil de plusieurs nouveaux réglemens concernant le théatre italien.*

Il contient, outre l'arrêt du conseil , les lettres-patentes, &c. dont on a déja parlé , & servant de base à la formation de la nouvelle troupe, accompagnées de l'acte de société entre ses membres , signé pardevant notaire.

Un autre arrêt du conseil , non moins remarquable & relatif aux auteurs , en date du 20 juillet 1782 , qui ordonne que toutes les réceptions faites jusqu'alors des pieces non jouées, seront regardées comme nulles & non avenues , sauf aux auteurs à les représenter de nouveau pour être lues à l'assemblée du comité , ainsi que toutes celles qui seront présentées à l'avenir.

L'esprit de cet arrêt du conseil est fort sage. Cette troupe , aujourd'hui composée de seize ac-

teurs à part , & de dix à penfion ; de feize actrices à part , & de dix à penfion', faifant en tout
cinquante-deux perfonnes, eft trop nombreufe : la
quantité de pieces qui leur arrivent eft trop grande
pour ne pas exiger un premier tribunal , où l'ouvrage puiffe être mûrement examiné avant de parvenir à cette cohue.

Le comité actuel n'eft compofé que d'hommes,
qui font les fieurs *Clairval* , *Trial* , *Suin* , *Narbonne* , *Michu* , *Menier*, *Rofiere* , *Camerani* , *Valle-
roy* , *Raymona* , le premier femainier en exercice ,
& le fieur *Anfeaume* , fecretaire ; en tout douze
membres.

8 *Mars*. Le marquis *d'Oyze* (Brancas) , doyen
des maréchaux de camps & armées du roi, & des
chevaliers de Saint-Louis , vient de
fa quatre-vingt-dixieme année ; il étoit généralement reconnu pour le pere de M. de *Rougemont*,
ce fils de madame *Hatte*, fi fameux dans fon temps
pour fon procès en queftion d'état , & déclaré bâ-
tard par arrêt. Il eft aujourd'hui gouverneur de
Vincennes , & c'eft celui contre lequel *Mirabeau*
fait une fortie fi violente dans l'ouvrage qu'on
lui attribue fur les lettres de cachet & les prifons
d'état.

8 *Mars*. Par l'apperçu , pris autant qu'il a été
poffible de la fituation de la direction des affaires
du *prince de Guimené* , il y a pour 1,800,000 liv.
de rentes viageres , & pour 4,000,000 liv. de rentes perpétuelles.

Pour payer tout cela il n'y a que 500,000 liv.
de rentes perpétuelles. Heureufement pour les petits
créanciers, comme domeftiques & autres , madame
de *Marfan* s'eft chargée d'une partie , & M. le cardinal de *Rohan* de l'autre.

9 *Mars*. C'est par un réglement pour l'administration des finances par S. M. à Versailles le 26
février 1783 , & imprimé , distribué avec la plus
grande profusion , qu'est établi le comité dont on
a parlé.

Son objet est de faire goûter aux peuples les
avantages de la paix en leur procurant des soula-
gements réels & durables. Pour y parvenir , il
faut connoître le montant des dépenses dont la
durée de la guerre a retardé le paiement , & fixer
invariablement & avec la plus étroite économie ,
l'état des dépenses de tous les départements & de
tous les ordonnateurs. Il faut ensuite s'occuper des
moyens de supprimer les impositions qui sont le
plus à charge , changer la nature & la forme de
quelques-unes , diminuer & simplifier les frais de
perception.

Le comité en question doit s'occuper de ces
grands objets au moins une fois par semaine. Le
ministre des finances y fera le rapport des affaires
& rédigera les résolutions de S. M. dont il tiendra
registre.

On prétend que le sieur de *Bourgade* sera appellé
pour y tenir la plume , comme greffier ou secrétaire du comité.

Cela ne changera rien à l'établissement du conseil royal des finances , que S. M. se réserve d'assembler comme par le passé.

Les affaires contentieuses continueront d'être
portées au comité contentieux , dont on confirme
l'établissement.

Tous les ordonnateurs , sans aucune exception ,
remettront incessamment à S. M. l'état des dettes
arriérées de leur département respectif au 1 janvier
1783 , ainsi que celui des dépenses ordinaires &

extraordinaires qu'ils eftimeront indifpenfables en temps de paix.

Ces états revus , vérifiés & difcutés par le miniftre des finances & l'ordonnateur , feront arrêtés au comité , en préfence de ce dernier , toujours appellé lorfqu'il fera queftion de fon département.

Toutes les demandes tendant à obtenir des dons extraordinaires ou le paiement d'anciennes créances , & généralement toutes les demandes afin d'emploi de nouvelles charges dans les états, feront portées au comité & difcutées en préfence du roi.

Le fieur *Moreau de Beaumont* , confeiller d'état ordinaire , & au confeil royal , fera appellé lorf-qu'il fera queftion de conceffions de bois ou de domaines.

L'adjudication ou délivrance des revenus du roi , en ferme ou en régie , fera faite au comité.

Les fermiers , régiffeurs & receveurs des deniers royaux remettront inceffamment au miniftre des finances l'état de leurs recettes , fermes ou régies, & des frais de perception , avec leurs obfervations fur les moyens de diminuer les frais & de fimpli-fier les impofitions.

Le miniftre des finances en rendra compte au comité ; il y joindra fes remarques & l'on ftatuera deffus.

Le miniftre des finances eft autorifé à fe faire aider dans fon travail par des membres du confeil pour les rapports à faire, ainfi qu'à employer deux officiers de la chambre des comptes pour les ob-jets de comptabilité , & deux de la cour des aides, pour la partie des impofitions.

Au furplus , toutes les difpofitions du régle-

F 5

ment du 15 septembre 1661, fait par *Louis XIV*,
que S. M. prend ici pour exemple, seront exécutées en ce qui n'y est pas dérogé aujourd'hui.

9 *Mars*. En 1722, à la mort *de Marlborough*,
ce général Anglois si funeste à la France par les
batailles *d'Hochstet* & *de Ramillies*, il se composa
en réjouissance une de ces chansons bêtes dont la
police amuse la canaille de la capitale sans interruption, dans l'ordre des événements. Cette chanson fit une fortune considérable alors. On a vu
que le sieur de *Beaumarchais* avoit rajeuni l'air
sur lequel elle étoit composée. Par une circonstance assez bizarre, personne ne savoit à la cour
cet air niais & plat. Madame *Poitrine*, seule, la
nourrice du Dauphin, l'avoit apprise dans son
village, & un jour qu'elle la fredonnoit, le roi
& la reine la surprennent & la forcent de la chanter. Ils s'en amuserent. Ils voulurent l'apprendre,
& les courtisans ne manquerent pas de singer leurs
maîtres : de-là la fortune incroyable de la ro-
mance de *Beaumarchais*.

Les chansonniers de la police ont profité de
cette circonstance pour remettre en lumiere la
chanson originale qui s'est bientôt répétée dans
toutes les rues. Le sieur *Audinot* a mis en action
cette chanson par une pantomime grivoise, intitulée *Mal'brong s'en vat-en-guerre*, & *Nicolet* par
une autre encore plus burlesque; enfin, les mas-
ques de ce carnaval l'ont exécutée de toutes parts,
& l'on ne voyoit que des chars funéraires de Marl-
bouroug avec cent farces de différentes especes
analogues, qui ont donné lieu de remonter à
leur origine & d'en suivre la filiation.

9 *Mars*. Le livre des *Lettres de cachet & des
prisons d'état*, est donné comme une œuvre pos-

thume, compofée en 1778 ; cependant, il paffe
pour conftant qu'elle eft de M. de Mirabeau, le
fils, heureufement plein de vie. Elle eft en deux
volumes en effet, dont l'un plus gros ayant trois
cent foixante-fix pages. L'auteur traite d'abord
la queftion de droit. Il prouve que la prérogative
royale par laquelle un citoyen peut être détenu
prifonnier, en vertu d'une lettre clofe & fans aucune forme judiciaire, eft une violence contraire
à notre droit public & réprouvée par nos loix ;
que, fût-elle fondée fur un titre légal, elle n'en
feroit pas moins illégitime & odieufe, parce
qu'elle répugne au droit naturel, parce que les
détentions arbitraires font deftructives de toute
liberté, & que la liberté eft le droit inaliénable
de tous les hommes. Il prouve enfin que l'ufage
des lettres de cachet eft tyrannique, fous quelque
point de vue qu'on l'envifage, & que fon utilité
prétendue, entiérement illufoire, ne fauroit jamais balancer les inconvéniens terribles qui en
réfultent.

Après avoir ainfi confidéré les lettres de cachet
relativement au droit pofitif, au droit naturel,
à la fociété, aux particuliers, il rend compte de
l'adminiftration intérieure du donjon de Vincennes : il propofe enfuite des moyens fort fimples
de s'affurer des principaux abus de cette geftion
infidelle & oppreffive, & d'y apporter un remede
efficace & fûr.

Telle eft la divifion de ce traité parfaitement
bien conçu, digéré long-temps, nourri d'une
érudition profonde, plein d'une logique irréfifti-
ble, fortement penfé & éloquemment écrit en
beaucoup d'endroits, où il tire les larmes des
yeux du lecteur.

F 6

10 *Mars*. Extrait d'une lettre de Touloufe, du 28 février.... Un miniftre, plus cruel que la fameufe hyene du Gévaudan, a enfin expié par fon fupplice toutes les horreurs dont il s'étoit rendu coupable. C'étoit un maçon de profeffion, nommé *Blaize Ferrage*, né dans le comté de Comminges. Il étoit très-petit de taille, mais d'une force extraordinaire, fort brun, vicieux & libertin par tempérament : craignant les pourfuites de la juftice pour les excès auxquels il s'étoit déja livré dès l'âge le plus tendre, pourfuivant & prenant de force les perfonnes du fexe, il s'étoit retiré à vingt-deux ans dans les montagnes d'Aure, voifines de fa patrie ; il s'y étoit établi dans la concavité d'un rocher placé fur une hauteur ; il fe répandoit de là dans les campagnes ; il enlevoit les brebis, les moutons, les veaux, la volaille pour fe nourrir, & les femmes & les filles pour affouvir fa brutale paffion : comme il manquoit fouvent de vivres au bout d'un certain temps par les précautions des habitants, on prétend qu'il étoit devenu antropophage & fe nourriffoit de la chair des perfonnes du fexe qu'il avoit enlevées, auxquelles il coupoit le fein, & arrachoit les inteftins & le foie, mets fucculents pour lui.

Ferrage a continué impunément pendant trois ans environ ce genre de vie atroce & monftrueufe ; & l'on fait monter à plus de quatre-vingts les filles & femmes, fes victimes : il marchoit toujours armé d'une ceinture de piftolets, d'un fufil à deux coups & d'une dague ; il alloit dans la ville la plus prochaine de fa retraite pour acheter de la poudre & des balles, & la maréchauffée n'ofoit l'arreter. Plufieurs communautés s'étoient cotifées pour donner une récompenfe à celui qui parviendroit à le livrer à la juftice : il a fallu rufer, & un autre criminel à qui l'on avoit promis fa grace, s'il le livroit, ayant joué le rôle d'un faux ami, l'a fait prendre.

Par arrêt du 12 décembre 1782, le parlement de cette ville l'a condamné à expirer fur la roue. Il a été exécuté le 13 en préfence d'une foule immenfe ; on avoit triplé la garde, il marcha au fupplice d'un vifage ferein, & n'a point démenti en ce moment fon caractere atroce.

10 *Mars*. On parloit beaucoup de rebâtir une grande partie du château de Verfailles, & tous les artiftes s'évertuoient pour donner des projets. Mais le roi a déláré que les travaux feroient remis à trois ans, & qu'il vouloit que les dettes de la guerre fuffent acquittées avant.

On ajoute que le prévôt des marchands ayant été demander au roi fi la ville difpoferoit de loin des fêtes pour la paix, S. M. lui avoit répondu féchement : que la ville paie plutôt fes dettes

Cependant on fait que le parlement ayant commencé à prendre connoiffan e des dettes de la ville & de la maniere dont elle perçoit les octrois à l'occafion d'une augmentation qu'elle a voulu mettre fur le prix des places & fur le port des marchandifes par les coches d'eau, le roi a mandé le premier préfident, & lui a dit que fon intention etoit que le parlement ne s'immifcat point dans cette comptabilité, dont elle fe réfervoit la connoiffance.

11 *Mars*. M. le chevalier, ci-devant abbé de *Langeac*, connu dans la littérature par des prix ou des *acceffit* remportés à l'académie françoife,

s'essaie aujourd'hui sur le théatre italien. Depuis
long-temps il avoit composé un petit drame en
deux actes & en vers, intitulé *Coraly & Blan-
ford* ou *la force de l'amitié*, sujet tiré d'un conte
de M. *Marmontel*. M. *Dorat* dans le temps qu'il
rédigeoit le *Journal des Dames*, ayant eu connoissance du manuscrit, en avoit enrichi sa
feuille, ce qui lui avoit attiré des reproches de
l'auteur. Quoi qu'il en soit, autant qu'on peut se
le rappeller, l'ouvrage est triste, langoureux &
monotone.

11 *Mars*. M. *le Fevre*, auteur connu de plusieurs tragédies, en a desiré faire jouer une nouvelle, intitulée *Dom Charlos*: avant de la mettre au théatre, comme le sujet, quoique n'ap-
partenant pas à la dynastie régnante, eût tiré de
l'histoire d'Espagne, on a cru devoir obtenir avant
l'agrément de M. le comte *d'Aranda* : mais ce
ministre, sans dire positivement qu'il s'opposoit
à la représentation, a répondu qu'il ne voyoit pas
de nécessité de la jouer, qu'il n'y auroit pas de
mal à ne la pas donner, & l'on n'a jamais pu le
tirer de là.

11 *Mars*. Le *Musée de Paris* a tenu lundi 6
une assemblée publique & générale, plus solem-
nelle que toutes celles qui ont eu lieu jusqu'à
présent ; & cela devoit être, puisque la paix en
étoit l'objet. Il étoit question en conséquence de
célébrer la naissance de la nouvelle république
des Etats-Unis, hommage qui lui a été rendu
en la personne de M. *Franklin*, son représentant.
Ce grand homme étoit là au milieu des membres de la société ; il a constamment écouté les
divers ouvrages en vers & en prose qui ont été
lus sur cette matiere. On a fait l'inauguration de

on buſte , préſenté par M. *Houdon* , aux acclamations de tous les ſpectateurs , & le tout a été
terminé par un concert & par un ſouper que lui
a donné M. *Court de Gebelin* , le principal fondateur de l'aſſemblée , ſon préſident juſqu'à préſent , mais qui , remplacé par M. *Cailhava d'Eſ-
andoux* , n'eſt plus que préſident honoraire. Là
inter ſcyphos & pocula , dans une aimable délire ,
on a couronné de lauriers & de myrtes la tête
même de M. *Franklin*. Ce n'eſt pas un ſpectacle
peu philoſophique ſans doute de voir un perſonnage grave comme M. *Franklin* , accablé des affaires les plus importantes ſur-tout en ce moment ,
s'occuper de pareilles niaiſeries littéraires , aſſiſter
à ſes jeux enfantins & s'en amuſer.

1ᵉ *Mars.* C'eſt dans les premiers mois de 1777
que M. *de Mirabeau* , après avoir été détenu
précédemment huit mois dans un fort , fut enfermé
au donjon de Vincennes , où par la bienveillance de M. le Noir ayant obtenu à diſcrétion
de l'encre , du papier , des livres & la jouiſſance d'une partie de ſes manuſcrits ſaiſis , il écrivoit ſon livre en 1778 : il ſe reſſent de la patience incroyable qu'exigeoit ſon entreprise. On
ne peut concevoir qu'en le liſant la quantité
d'ouvrages , très-ſavants la plupart , & en différentes langues , qu'il a étudié , approfondis , tra-
duits , & s'eſt ainſi rendus propres , car ſon érudition n'eſt pas peſante , ni ennuyeuſe ; elle eſt
très-bien fondue dans ſon traité , & y ajoute ſeulement de la force & du poids.

On voit en liſant un diſcours que M. *de Mirabeau* adreſſe à ſon fils dans ſa péroraiſon , qu'il
étoit pere lorſqu'il fut arrêté , qu'il lui deſtinoit
cet ouvrage , mais que cet enfant n'étoit déja

plus, & que sa mort a été la premiere nouvelle
qu'il a apprise en sortant.

On voit encore dans le courant du livre, que
M. de *Mirabeau* est l'auteur de *l'Essai sur le Despotisme*, dont on a parlé dans le temps avec
les éloges qu'il méritoit : puisse-t-il en donner,
comme il le fait espérer, plusieurs autres dans
le même genre, & défendre, protéger, conso-
ler du moins par sa plume éloquente tant de mal-
heureuses victimes gémissantes sous le sceptre de
du despotisme.

12 *Mars*. La *société royale de médecine* a tenu
hier son assemblée publique, mémorable par la
distribution du prix dont le sujet proposé dès le
carême 1778, étoit de *determiner le meilleur traitement de la rage*. Une somme de 1,100 liv. avoit
été consacrée à cet effet par M. le Noir, lieutenant-général de police & membre de la compagnie. Il a eu la satisfaction de voir cette question
si utile à l'humanité, résolue enfin après un si
long temps dans plusieurs mémoires.

Celui de M. *le Roux*, chirurgien - major de
l'hôpital général de Dijon, a mérité la préférence ; cependant il n'a eu que la moitié du prix :
M. *Bardot*, docteur en médecine à la Charité
sur Loire, & M. *Bouteille* à Manosque en Pro-
vence, ont partagé l'autre.

Le zele de M. *le Noir* pour les progrès de cette
compagnie, & sa bienfaisance pour le public, se
sont encore manifestés par une somme de 600 liv.
que ce magistrat a donnée pour en former un
prix, dont le sujet est de *determiner quelles sont
parmi les maladies, soit aiguës, soit chroniques,
celles qu'on doit regarder comme vraiment contagieuses ; par quels moyens chacune de ces mala-*

dies se communique d'un individu à un autre, & quels sont les procédés les plus sûrs pour arrêter les progrès de ces différentes contagions. Ce prix sera décerné dans la séance publique du carême de 1785.

12 Mars. La comédie de M. le chevalier de Langeac, jouée hier, n'est pas tombée, a été même assez applaudie, graces aux nombreux partisans qu'il avoit dans le parterre. On l'a déja dit : ce sujet n'est rien moins que neuf ; on a vu qu'il étoit tiré d'un conte de Marmontel. En outre, il a été mis en opéra comique au même théâtre en 1771, & depuis réduit de deux actes en un, en 1776. Assurément l'auteur actuel n'y a rien ajouté capable de l'améliorer. Le fonds est toujours monotone, triste, larmoyant & fade ; les mots d'amour, d'amitié & de cœur y sont répétés jusqu'à la satiété. Les acteurs restent, depuis l'exposition jusqu'au dénouement, dans la même situation : on ne voit qu'une versification assez douce, quelques vers bien tournés, quelques-uns de sentiment, qui aient pu mériter au poëte de l'indulgence auprès des spectateurs impartiaux.

Cependant, après la piece, on a demandé l'auteur avec instance. Les comédiens, ne tenant compte de ces clameurs, avoient fait tomber la toile & se mettoient peu en devoir de satisfaire le public. Le parterre alors n'a pas voulu en démordre, les clameurs sont devenues si fortes & si générales, que la toile s'est relevée, & le sieur Raymond est venu dire qu'on ne connoissoit pas l'auteur : alors quelqu'un a crié : N'est-il pas chevalier de Malte ? L'acteur a répliqué qu'il n'en savoit rien, & s'est retiré.

M. le chevalier de Langeac, en effet chevalier

de Malte, avoit été durant toute la piece à une
loge des troifiemes avec la demoifelle Adeline,
actrice de ce fpectacle, à laquelle il eft attaché;
& par les applaudiffements nombreux qui partoient
de la loge, il étoit aifé de juger de l'intérêt qu'on
y prenoit au fuccès de la piece. Le chevalier, dès
la fin, avoit eu la prudence de fe retirer promptement.

12 *Mars.* Extrait d'une lettre de Befançon,
du 3 mars 1783..... Meffieurs, mortifiés du
filence de la cour, laiffent enfin percer des copies
de leur arrêté, qui eft fort long; ils rendent
compte de ce qui s'eft paffé dans leur affemblée,
& en voici les circonftances intéreffantes.

L'affemblée, pour délibérer fur le travail des
commiffaires, fixée au 12 février, avoit été
renvoyée à huitaine: en conféquence, les chambres
fe font affemblées le 19. M. le premier préfident y a prononcé d'adord la déclaration fuivante.

« Meffieurs —— il me revient de toutes parts
,, qu'on me fait l'injure de me foupçonner d'être
,, l'auteur, le confeil, le rédacteur des ordres
,, que le roi a fait exécuter le 6 feptembre
,, dernier.

,, Je déclare que je n'y ai d'autre part que
,, d'avoir fait tout ce qui dépendoit de moi pour
,, l'empêcher, en repréfentant fortement qu'il ne
,, falloit ni prorogation, ni enrégiftrement avant
,, la levée des féances du parlement, pour un
,, impôt qui ne devoit avoir lieu qu'à com-
,, mencer du 1 janvier fuivant. »

Jaloux, comme je dois l'être, Meffieurs, de
conferver votre eftime dans tous les temps, c'eft
à vous-mêmes que je me plains de cet injurieux

foupçon , & je dépofe au greffe ma préfente
déclaration.....

Ce qui a été fait, & n'a détrompé perfonne.

Enfuite, M. le premier préfident a dit que
meffieurs les commiffaires étoient prêts de rendre
compte à la cour de l'exécution de fes ordres;
fur quoi tous meffieurs les commiffaires ont été
entendus fucceffivement , & la matiere mife en
délibération. On a formé un arrêté très-long,
mais haché, mutilé, parce que celui des commiffaires infiniment plus fort, a trouvé des con-
tradicteurs dans plufieurs membres pufillanimes
& gagnés par la cour , ou par le premier
préfident. Au refte, en voici le réfultat.

La cour perfiftant dans fes proteftations du 5
feptembre 1782 & en celles qui ont fuivi,
protefte de nouveau contre tout ce qui a été fait
au préjudice de l'autorité du roi, des loix de la
monarchie , des droits de la nation , de l'honneur & de la dignité de la magiftrature , fe réfervant de ftatuer fur l'effet defdits arrêtés &
proteftations.

A délibéré de faire au roi de très-humbles
& très-refpectueufes remontrances fur tous
les objets dont mention eft faite au préfent
arrêté.

Suit une longue énumération de doléances
& de griefs fur lefquels la cour fupplie S. M. de
faire droit.

Arrêté de plus , que le feigneur roi fera
fupplié de permettre que lefdites remontrances
lui feroient portées par une grande députation
de fon parlement.

En outre , pour donner plus de poids à cette
démarche , plufieurs membres , inftruits de l'in-

térêt que le parlement de Paris prenoit à cette affaire, d'une dénonciation relative enramée par M. *Robert* à la troisieme chambre des enquêtes, qui attendoit les pieces juridiques pour y donner suite & la former en regle à l'assemblée des chambres, avoient ouvert l'avis d'ordonner que, vu la difficulté de faire parvenir la vérité aux pieds du trône, il seroit envoyé expédition de tous les arrêts, arrêtés & remontrances de la cour, aux princes, aux pairs & aux divers parlements du royaume, & qu'ils seroient engagés d'interposer leurs bons offices auprès du roi, afin d'éclairer sa religion surprise.

Cette délibération, dont les ministres redoutoient les suites, a été vivement combattue par leurs créatures, en sorte qu'elle n'a eu que vingt-trois voix à l'affirmative contre vingt-huit pour la négative, & ce coup de parti a manqué.

13 *Mars*. Le procès des *Montesquiou* s'accusant réciproquement d'être de faux *Montesquiou*, se plaide constamment aux requêtes de l'hôtel avec la plus grande solemnité. Il attire plus de monde aux audiences que le procès des *Crequi*. Toute la noblesse s'y intéresse encore plus vivement, en ce que le *Montesquiou*, premier écuyer de *Monsieur*, ayant voulu s'élever infiniment au dessus d'elle par la prétention de venir de la premiere race des rois de France, elle ne seroit pas fâchée de le voir humilié & rabaissé au niveau des gentils-hommes ordinaires. On rappelle à cette occasion le mot du comte de *Maurepas*, lorsqu'il remit à monsieur de *Montesquiou* les lettres-patentes de *Louis XVI*, qui lui accorde sa demande. « Avant, ,, lui dit-il, il faut que vous me donniez votre ,, parole d'honneur sur un point que le roi exige,

, & qu'au surplus vous lui devez par reconnoif-
, fance. Voilà l'acte authentique fuivant lequel
, vous êtes *Fezenzac*, conféquemment defcendant
, de *clovis*.....mais au moins laiffez-nous trôner. ,,

En outre M. *de Montefquiou* paffe pour fort
altier , fort infolent ; ce qui révolte tous ceux
qui ont affaire à lui , & même les courtifans qui
font dans le cas d'y avoir rapport. On affure que
la reine ne peut pas le fouffrir , que S. M. ne
feroit pas fàchée de le voir fuccomber & puni de
fon impudence. On raconte à cette occafion qu'un
inconnu vint, il y a quelque temps , offrir à
l'abbé de la *Boulbenne*, qui fuit le procès au nom de
fa famille, une fomme de 14,000 liv. ce dont fa
délicateffe fut d'abord offenfée; mais que l'autre
infifta en lui difant : " Monfieur , ces fonds
,, vous viennent d'une main dont il n'eft point de
,, gentilhomme dans le royaume qui ne puiffe
,, accepter les fecours, fans rougir.,,

Quoi qu'il en foit , il tombe à ces meffieurs
de l'argent de toutes parts ; & , malgré leur
détreffe, ils ont abondamment de quoi fuffire aux
frais immenfes du procès.

Ce qui acheve d'aliéner à M. *de Montefquiou*
tous les gens honnêtes & fenfibles, c'eft fa dureté
envers ces meffieurs *de la Boulbenne*, qu'il ne peut
s'empêcher de reconnoître pour fes parents au
moins du côté des femmes. On a déja dit comment il avoit empéché l'abbé , en le reniant,
d'obtenir les faveurs du miniftre de la feuille :
il a également empêché un autre frere d'être
reçu garde-du-corps dans la compagnie de Beau-
veau ; heureufement que le *duc de Villeroy* l'ac-
cueillit, malgré le défaveu de M. *de Montefquiou*;
enfin, il ne voulut s'intéreffer à faire obtenir une

compagnie de cavalerie à un troisieme frere ;
qu'à condition qu'il signeroit un acte par lequel
il se désisteroit d'être *Montesquiou* ; démarche dont
ses freres le blâmerent beaucoup , & dont il se
rétracta bien vîte.

C'est M. *Polverel*, avocat fameux du parlement
de Bordeaux , passé & fixé à Paris , qui plaide
pour les *la Boulbenne* ; il ne s'est décidé à les
défendre qu'après avoir été sur les lieux prendre
tous les renseignements nécessaires , & s'être convaincu par lui-même de la légitimité de leur
réclamation. On ajoute qu'il a découvert que
M. *de Montesquiou* se nommoit *Civet* de son vrai
nom , sur quoi un calembour. *C'est un animal* ,
fait-on dire à cet avocat, *que je ne rendrai sup-
portable qu'en en faisant un civet.* Au reste , toutes
les fois que cet orateur plaide , il est applaudi à
tout rompre ; mais aujourd'hui il s'est surpassé au
point que ceux qui en desirant que les parties
gagnassent, regardoient intérieurement leurs titres
comme très-mauvais , sont sortis convaincus , &
trouvent leur cause excellente.

Au contraire , toutes les fois que M. *Treillard*
parle pour M. *de Montesquiou* , il regne un silence
morne parmi les auditeurs. Celui-ci s'est apperçu
de cette défaveur & s'est écrié : *Je savois bien
que j'avois beaucoup de jaloux & d'envieux ; mais
je ne croyois pas avoir autant d'ennemis.*

14 *Mars.* Les *Fastes de Louis XV*, sous ce titre
magnifique , cachent une stérilité , une misere
bien réelle. C'est une rapsodie véritable, sans goût,
sans choix, sans méthode. L'auteur commence par
décrier celui de la *Vie privée* , & il en copie
quelquefois huit à dix pages de suite ; il en prend
des paragraphes entiers, les portraits , les opinions:

pille également l'*Efpion Anglois*, les *Anecdotes de madame Dubarri*, & plufieurs autres ouvrages, qu'il gâte fouvent par des interpollations ridicules, par quelques expreffions de fon cru, triviales ou groflieres. Au milieu de fa narration, il la coupe par des vaudevilles du temps, par des bons mots pris dans les *ana*, par d'autres citations qui font perdre de vue l'objet principal... Sans doute l'hiftoire n'eft pas un roman, un ouvrage d'imagination, les faits en font communs à tout le monde ; mais c'eft la maniere de les rendre, de les placer, de les difcuter ; c'eft la façon de peindre, de donner de l'intérêt & du piquant, une tournure philofophique aux moindres chofes ; c'eft le ftyle convenable à la nature de la narration, qui en font le mérite & qui diftinguent le véritable hiftorien du compilateur ou du rapfodifte. Ce qui paroît appartenir fans conteftation à l'auteur des faftes, ce font des lettres impertinentes qu'il a compofées & qu'il attribue à différents perfonnages importants bien étonnés, s'ils vivoient, du langage qu'on leur fait tenir.

15 *Mars*. Il perce ici des copies de l'arrêté du parlement de Befançon, du 19 février, qui eft en effet très-long. On eft effrayé de la quantité d'abus contre lefquels il réclame. Il fupplie le roi,

1°. D'abréger la durée des vingtiemes, de fupprimer 255,000 liv. ajoutées en 1772 & 1781 à l'abonnement des premier & fecond vingtiemes, & de retrancher le tiers du troifieme à raifon de l'exemption de l'induftrie.

2°. De maintenir l'exécution des loix qui défendent la perception d'aucuns impôts qui ne feroient pas établis par édit vérifié dans les cours ; en conféquence, de défendre la levée d'une fomme de 60,000 liv. ordonnée par arrêt du confeil du 28 mars 1782, en fus du taux de l'abonnement des vingtiemes.

3°. D'ordonner que la déclaration du 13 février 1780 foit exécutée en conformité de fon enrégiftrement, & que le montant de la capitation porté à 1,023,000 liv. fera réduit à 700,000 liv. de principal, avec les quatre fous pour livre pour le temps qu'ils doivent durer, & les frais de perception en conformité des édits concernant les receveurs généraux & particuliers.

4°. De diminuer le nombre des bataillons de milice de la province, à proportion de fon étendue & de fa population ; de réduire l'entretenement de la milice à la fomme de 102,686 liv. comme il étoit fixé avant la guerre, au lieu de celle de 334,050 liv. à laquelle il a été porté depuis 1780.

5°. De proportionner les frais du tirage & petit équipement de la milice à la dépenfe effective, fans qu'elle puiffe être augmentée pour quelque prétexte que ce foit.

6°. De régler l'impôt connu fous le nom *d'excédent des fourrages*, fuivant le nombre des troupes de cavalerie ou de dragons qui font en quartier dans la Franche-Comté ; d'en fupprimer toutes dépenfes étrangeres, & d'en affurer la comptabilité.

7°. De ne pas multiplier les charges locales, de n'en ordonner que de néceffaires ; de fixer la dépenfe de chacune d'elles, fans pouvoir l'augmenter ni l'étendre.

8°. De ne comprendre dans la lifte des logements dont les villes font chargées, que les

officiers

officiers employés , & pour le temps de leur service.

9°. D'ordonner que le fol par pain de fel Roziere deftiné au remboursement des charges de la chambre des comptes & autres dépenses d'utilité publique , détourné de fa deftination , foit diftrait du bail des fermes , pour être rendu à fon premier emploi.

10°. De rembourser lefdites charges de la chambre des comptes avec les fommes perçues jufqu'à préfent: & comme elles font fuffifantes pour effectuer ce remboursement , de fupprimer après qu'il fera fait , l'impofition des 35,000 liv. levées pour cet objet.

11°. De rendre à l'ôpital des mendiants les trois deniers pour livre de l'impofition ordinaire qui lui étoient affectés par l'édit du mois de juillet 1724. De fupprimer les trois deniers pour liv. des impofitions extraordinaires qui les ont remplacés , & d'affurer la comptabilité des deniers de l'adminiftration de cet hôpital.

12°. De ne pas permettre la multiplication des chemins inutiles au public , de défendre l'adjudication des corvées à prix d'argent, contre le gré des corvéables, & d'empêcher les vexations des commis aux ponts & chauffées.

13°. Que tous les impôts, ainfi que fes différentes dépenfes d'adminiftration , foient connus & défignés dans les mandements par leur nom, fans être déguifés & confondus dans une impofition générale.

14°. Que les retranchements faits fur les taxations des receveurs généraux & particuliers , par édit des mois d'octobre 1781 & janvier 1782,

G

profitent aux contribuables , & ne foient plus compris dans la maffe des impofitions.

15°. De maintenir l'exécution de différents rachats faits par la province , d'offices & autres droits , & de réparer les atteintes qui y ont été portées.

Enfin, d'accorder au peuple tous les foulage-ments qu'il efpere de la bonté de fa majefté & qu'il attend du retour de la paix.

15 *Mars.* M. de *Ragny* , enfermé depuis quarante ans , & peut-être plus , vient de terminer fes jours à Pierre - Scize ; il laiffe par fa mort 60,000 liv. de rentes de biens fubftitués à mon-fieur de Montigny , tréforier des états de Bour-gogne.

Le crime de ce gentilhomme étoit d'avoir affaffiné par jaloufie un M. *de Jaucourt.*

Il jouiffoit de fa fortune dans fa prifon , avoit une forte de liberté de voir & de recevoir du monde ; il donnoit à manger , &c.

16 *Mars.* Outre les pieces énoncées déja con-cernant la légiflation de la comédie italienne , il y en a d'autres concernant fon régime , non moins bonnes à connoître.

1°. Un plan d'adminiftration intérieure du 6 mars 1780 , concernant la recette journaliere , la recette des loges à l'année , la dépenfe , les opérations annuelles , les réglements pour les habits que les acteurs doivent fe fournir , & pour ceux que la comédie doit leur procurer.

2°. Réglement figné par les premiers gentils-hommes de la chambre , relativement au comité , aux femainiers , aux affemblées , aux délibérations , aux débats , aux pieces nouvelles , aux droits des auteurs, & à divers autres objets de police intérieure.

3°. Réglement concernant l'orcheftre, & un autre pour la danfe.

Voici les articles les plus effentiels & les plus à connoître de tout ceci, relativement aux droits des auteurs. Les repréfentations des pieces à ariettes feront libres tous les jours de la femaine, excepté le mardi & le vendredi, fuivant l'accord fait avec l'opéra.

Les repréfentations des opéra comiques en vaudevilles & des comédies françoifes, feront libres quelque jour de la femaine que ce foit ; mais les pieces de ces deux genres ne pourront être jouées la premiere fois que les mardi & vendredi.

La part des auteurs des pieces à ariettes, fera d'un neuvieme pour les pieces en trois actes & plus ; d'un douzieme pour les pieces en deux actes, & d'un dix-huitieme pour les pieces en un acte.

Cette part d'auteur fera partagée en deux moitiés ; l'une pour le poëte, l'autre pour le muficien.

Les parodies, de tel nombre d'actes qu'elles foient compofées, feront toujours regardées comme pieces d'un acte, & leur honoraire fera fixé au dix-huitieme, quelque jour de la femaine qu'elles foient données.

La part d'auteur d'une comédie françoife, ou opéra comique, vaudeville, variera fuivant les jours où la piece fera jouée. Les mardi & vendredi, cette part fera d'un neuvieme pour les pieces en trois actes & plus, d'un douzieme pour les pieces en deux actes, & d'un dix - huitieme pour les pieces en un acte. Les autres jours de la femaine, lorfqu'on jouera quelqu'une de ces fortes de pieces, avec ou fans une autre à ariettes, quelconque, la part d'auteur fera réduite à moitié, fuivant le nombre des actes déja défignés.

Ces parts feront prifes fur la recette journalière à la porte, & non fur le produit des loges à l'année; fur cette recette on prélevera le quart franc pour les pauvres & 350 livres pour les frais journaliers.

Les auteurs enfin jouiront de leurs honoraires toute leur vie, excepté des repréfentations où la recette fera au deffous de 600 livres l'été, c'eft-à-dire, à compter depuis le 15 mai jufqu'au 25 novembre, & de 1,000 livres l'hiver, depuis le 25 novembre jufqu'au 15 mai.

16 *Mars.* Il paffe pour conftant que M. le duc *de Chartres* fe propofoit d'aller habiter Londres pendant quelques années, avec madame la duchefle & fes enfants, qu'il avoit meme déja fait louer un hôtel à cet effet ; mais qu'ayant été demander la permiffion au roi, S. M. lui avoit témoigné le peu de regret qu'elle avoit de lui voir quitter la France, que madame la duchefle de Chartres étoit fort libre d'y aller, fi ce féjour lui convenoit; quant aux enfants, il lui a demandé qu'elle étoit fon idée à cet égard, & M. le duc de Chartres ayant répondu que c'étoit pour les élever à l'angloife, le roi, indigné de ce propos indécent, lui a répliqué *qu'ils étoient à l'état,* & qu'il s'opofoit à ce qu'on les conduifit en pays étranger.

16 *Mars.* Les comédiens italiens annonçoient depuis long-temps un opéra comique, à ariettes en trois actes, intitulé : *le Corfaire,* dont les paroles font de M. *de la Chabauffiere,* & la mu

fique de M. *Daleyrac* ; une incommodité fur-
venue à Mlle. *Colombe* , le jour même de la
repréfentation , l'avoit fait différer. Il doit avoir
lieu demain : il a été joué à la cour avec beaucoup de fuccès. On dit cependant la piece pleine
de gravelures. On trouve la mufique d'un excellent genre.

17 *Mars.* On a prétendu que *les Faftes de
Louis XV* avoient été compofés par un partifan
des *choifeul* , & à leur inftigation pour contrebalancer dans le public les fâcheufes impreffions
qui pourroient réfulter de l'anecdote grave, déja
infinuée dans la *Vie privée de Louis XV*, & rapportée comme certaine dans *l'Efpion dévalifé* ; mais
les faftes ont paru avant celui - ci , & d'ailleurs
les Choifeul euffent choifi un défenfeur plus
digne du héros. On trouve bien en effet dans
le livre en queftion un éloge pompeux de l'ex-
miniftre , mais fi fade & fi outré , qu'on doute
qu'il en foit fort content lui-même , & dans
cette occafion on pourroit lui dire , comme *Rouffeau* à *Catinat* :

O grand Choifeul ! quelle voix enrhumée
De te louer ofe ufurper l'emploi !
Mieux te vaudroit perdre ta renommée ,
Que l'or cueillir de fi chétif aloi.

17 *Mars.* M. *Freteau* , confeiller au parlement ,
jufqu'ici bien honnête , très - eftimé , s'eft laiffé ,
dit-on, tourner la tête par l'ambition : à l'occafion de fon beau-frere M. *Dupaty* , ayant eu lieu
de voir beaucoup M. le garde-des-fceaux , il s'eft
fait connoître des miniftres , & auroit le projet

G 3

d'être lieutenant de police. Du moins tel est l'objet, suivant le bruit général du palais, qu'il a eu
en vue en dénonçant à sa compagnie des maisons
de santé établies par ce magistrat aux quatre extrê-
mités de la ville, comme autant de prisons privées où il receloit les victimes du despotisme des
divers ministres. Il a même articulé aux chambres assemblées le fait d'un captif de cette espece,
dont le hasard lui avoit fait tomber entre les
mains la réclamation.

Quoi qu'il en soit, le roi a justifié lui-même
le lieutenant de police à cet égard, en déclarant
qu'il avoit une parfaite connoissance de ce prisonnier coupable envers sa personne. On veut que
ce soit un homme véhémentement soupçonné de
placards injurieux contre S. M., qu'elle a eu l'indulgence de ne pas vouloir mettre aux mains de
la justice, & de punir ainsi.

17 *Mars*. La piece du *Déjeûner interrompu*, en
prose & en deux actes, jouée aujourd'hui pour
la premiere fois, dont les comédiens n'avoient
pas une grande opinion, a été assez bien accueillie, sur-tout le second acte, où l'auteur femelle
a porté toute l'intrigue & tout le comique de
cette bagatelle. Du reste, le fonds en est peu
neuf, même très-usé ; & il n'est pas relevé par
des détails assez piquants, assez frais, assez agréables pour mériter à l'auteur autre chose que l'indulgence due à son sexe, qu'on avoit réclamée
indirectement en faisant mettre sur l'affiche, *par
une dame*.

Cette dame est madame de *Montanclos*, ci-
devant la baronne de Princen, qui a eu pendant
quelque temps le privilege du *Journal des Dames*:
elle a épousé en secondes noces un brigadier des

gardes-du-corps ; elle a la protection de la reine, dont elle s'est fait connoître comme allemande, & a mérité ses bontés au point que S. M. a daigné tenir sur les fonds de baptême un fils qu'elle a eu de son second mariage. Elle étoit très - brillante du temps de son premier mari ; mais par défaut de conduite, ils ont tout mangé, & elle s'est trouvée réduite à vivre de ses ouvrages. Elle avoit composé une piece à l'occasion de la naissance de monseigeur le dauphin ; mais le roi n'ayant pas voulu permettre qu'on jouât rien à ce sujet sur aucun théatre, elle n'a pu être exécutée.

18 *Mars*. Le parlement depuis quelques temps est en fermentation ; mais, par sa mollesse, il ne produit rien, & ne reçoit sur les divers objets qui l'occupent, que des mortifications de la cour.

L'article des cabriolets, sur lequel l'on ne l'eût peut-être pas arrêté, n'a paru susceptible d'aucun réglement. On a senti qu'il n'étoit pas possible de les supprimer, en forçant d'aller à pied ceux qui ne pourroient avoir deux chevaux ; qu'il seroit illusoire d'un autre côté de menacer d'une amende ceux qui n'iroient pas au pas : comment constater le fait ? Faut-il punir de son impéritie un homme qui n'aura pas l'adresse de contenir son cheval & de le réduire au pas, lorsqu'il voudra prendre une autre allure ? Messieurs se sont contentés de se promettre de ne point donner de mauvais exemple à cet égard, & d'en faire un du premier étourdi qui se trouveroit mis en justice pour semblable délit.

L'article des prisons privées ou bourgeoises a paru mériter une toute autre considération. C'est

M. d'Epremefnil qui en a d'abord fait une dénonciation générale , qui a fait un difcours touchant
fur cette maniere illégale d'attenter à la liberté
des citoyens , & fur la néceffité de réprimer
l'excès de la tyrannie fous un prince qui ne veut
régner que par les loix , qui aime fincérement
la juftice , qui defire le bonheur de fes fujets &
s'en occupe effentiellement. Il a fait frémir les
auditeurs en articulant , qu'il y avoit dans Paris
& les environs vingt-deux maifons de cette efpece ; qu'il avoit fait le relevé des malheureux
punis de cette forte de captivité durant l'année
1777 , & qu'il avoit trouvé que le nombre en
étoit égal à celui des prifonniers conduits & arrêtés dans le même efpace de temps , dans les
prifons de la cour & autres judiciaires.

Il a été enfuite articulé deux faits, celui dont
a rendu compte M. Freteau : d'un nommé *Mer-
lincourt* , dont , par un hafard heureux , il avoit
eu le renfeignement dans un papier foulé aux
pieds ; ce qui l'avoit mis fur la voie , & dans
le cas de remonter à la fource des plaintes de ce
malheureux ; que par les notions qu'il avoit
acquifes à fon fujet , il fe trouvoit détenu depuis
quarante-trois mois , fans avoir été interrogé ;
qu'il convenoit à la vérité , qu'après avoir été
déja en chartre privée de la même maniere , &
en être forti , on l'avoit accufé d'avoir , pour premier ufage de fa liberté , affiché dans le fauxbourg
Saint-Antoine des placards contre le roi ; mais
qu'il falloit d'abord conftater s'il y avoit eu
réellement des placards de cette efpece , & à cette
époque , & que , y en eût-il eu , il défioit qui que
ce foit de prouver qu'il fût coupable de ce crime
de lèfe-majefté ; que dans tous les cas il deman-

doit que fon procès lui fût fait en juftice pour être puni fuivant la rigueur des loix, s'il fe trouvoit réellement atteint & convaincu de ce crime, ou élargi, s'il étoit innocent.

L'autre fait concerne un nommé *Minguet*, détenu d'abord dans une prifon de cette efpece, & transféré depuis plus d'un an à bicêtre, fans que fa femme ni fon fils aient pu le voir. Ils favent bien qu'en général il eft accufé d'avoir fait la contrebande ; mais ils le regardent comme innocent. En un mot, on a péché également à fon égard, en ne conftatant pas le corps du délit, en ne l'interrogeant pas, en ne le mettant pas en juftice régle.

La cour, en fe réfervant de faire au roi des remontrances plus étendues fur le fonds, a arrêté toujours que, provifoirement & attendu l'urgence du cas, le premier préfident feroit chargé de fe retirer pardevers le roi, pour lui donner connoiffance de ces deux faits, lui expofer l'illégalité de pareilles détentions, & la néceffité que des commiffaires de la cour puiffent vifiter ces maifons, comme les autres prifons, & en avoir l'infpection ; enfin, demander que les deux accufés, s'ils font prévenus de quelque délit, foient remis aux mains de la juftice.

Le roi a répondu fur le premier chef qu'il défapprouvoit fort que fon parlement voulût mettre des bornes à fa bienfaifance à l'égard du prifonnier qui s'étoit rendu coupable envers lui ; que ce n'étoit point au parlement à s'immifcer dans les fecrets de fa juftice, & a fini par ces paroles dures & remarquables : *Que cela ne vous arrive plus.*

Sur le fecond chef le roi a dit au parlement

G 5

que ce *Minguet* étoit un contrebandier, que l'affaire regardoit la cour des aides.

Enfin, le roi en reconnoiſſant le droit qu'a
le parlement de viſiter les priſons, & ſans lui
ôter tout-à-fait celui de prendre connoiſſance de
ces nouvelles, l'a reſtreint au premier préſident
& au procureur-général qu'on inſtruiroit du nombre des priſonniers, de leur qualité, de leur délit & circonſtances, & dont ils rendroient compte
à la compagnie, lorſqu'ils en ſeroient requis ;
mais cependant avec la circonſpection que méri-
teroient les différents cas.

Ces divers articles de la réponſe ont donné
lieu à une grande aſſemblée, où, ſans acquieſ-
cer à la reſtriction miſe par le roi, l'on a pris
acte de l'eſpece de reconnoiſſance qu'il faiſoit du
droit du parlement, & l'on a arrêté que les
deux magiſtrats ſe mettroient inceſſamment en état
d'inſtruire la compagnie.

L'aſſemblée remiſe à la ſemaine prochaine.

18 *Mars.* Hier l'opéra comique du *Corſaire*,
joué aux Italiens, a eu un plein ſuccès.

On doit donner aujourd'hui au même théatre
la premiere repréſentation *des Aveux difficiles* de
M. le baron d'Eſtat, comédie en un acte & en
vers.

19 *Mars.* M. *Franklin*, aujourd'hui que l'indépendance, déja acquiſe de fait des états-unis,
eſt confirmée de droit par la paix, fait frapper
une médaille relative à ce grand événement. Elle
repréſente Hercule au berceau étouffant deux ſer-
pents : un leopard ſurpris de ſa force veut ſe
jeter ſur lui : il eſt repouſſé par la France qui,
ſous la figure de Minerve, lui préſente ſon égide
où ſont trois fleurs de lis : au bas ſont les an-

nées 1777 & 1781 , époques des capitulations des armées de *Burgoyne* & de *Cornwalis* , figurées par les deux serpents. Au revers est la Liberté , sous l'emblême d'une belle femme & dans l'exergue *Libertas americana*.

Il est également question d'ériger à *Louis XVI* sur la place principale de Philadelphie , en face du palais du congrès , une statue de bronze , avec cette inscription.

POST DEUM
DILIGENDA ET SERVANDA EST LIBERTAS
MAXIMIS EMPTA LABORIBUS
HUMANIQUE SANGUINIS FLUMINE IRRIGATA
PER IMMINENTIA BELLI PERICULA ;
JUVANTE
OPTIMO GALLIARUM PRINCIPE REGE
LUDOVICO XVI.
HANC STATUAM PRINCIPI AUGUSTISSIMO
CONSECRAVIT ,
ET ÆTERNAM PRETIOSAMQUE BENEFICII
MEMORIAM GRATA REIPUBLICÆ VENERATIO
ULTIMIS TRADIT NEPOTIBUS.

19 *Mars. Monsieur* songe très-sérieusement à tirer parti du terrein qu'on lui a fait détacher de son jardin du Luxembourg ; il est question d'y établir la foire Saint-Germain ; mais un projet plus vaste a été aussi adopté par son altesse royale , comme très-propre à embellir son palais & à donner plus de valeur aux bâtiments qu'il se propose d'y faire construire.

M. *de Fer* , membre de l'académie de Di-

Job , ancien capitaine d'artillerie au service des colonies, l'auteur du mémoire lu à l'académie des sciences contre le pont de Neuilly , a présenté à *Monsieur* un projet, où, réformant celui de MM. *de Parcieux* & *Peronnet* pour amener les eaux de l'Yvette à Paris , il en change la route , ainsi que les moyens indiqués , & surtout diminue la dépense au point que portée par les académiciens à huit millions, il l'a réduit à moins d'un million. C'est ce projet qu'il est question d'exécuter aux frais de son altesse royale , & dont il veut avoir la gloire. En conséquence, il ouvrira un emprunt, ou du moins l'on en parle déja.

M. *de Fer* est auteur d'un livre en trois volumes in-4°. intitulé : *Théorie générale des canaux de navigation.*

Il prétend avoir trouvé les moyens de conduire la Loire & la riviere d'Eure à Versailles , & de substituer à la Seine un canal de navigation depuis Paris jusqu'à Rouen , canal qui passeroit par Versailles & seroit alimenté par les mêmes eaux qui auroient décoré les jardins de ce palais & ceux de *Trianon*.

Ce projet effrayant par son étendue , jugé en partie physiquement impossible sous Colbert , n'a point découragé M. *de Fer*, & il en démontrera la possibilité sans de grandes dépenses.

Il a fixé l'attention du gouvernement sur un autre projet de garantir des inondations de la Saône, plus de cinq cents mille arpents de prairies ; ce qui procureroit évidemment 15 millions de revenu annuel & peut-être 45 , avec une première dépense de moins de 6 millions.

La Bresse, à ce qu'il nous apprend, s'occupe actuellement des moyens de faire exécuter son plan dans la partie qui la concerne.

Au surplus, M. *de Fer* n'est point un charlatan qui craigne le grand jour & les yeux des savants ; il n'a jamais proposé une idée au gouvernement sans l'avoir soumise au jugement de l'académie des sciences.

19 *Mars.* Depuis long-temps on crie contre le peu de soin des aménagements des forêts de sa majesté , contre l'énorme consommation de bois qui se fait à Paris ; on menace que le bois y manquera : on n'en a tenu compte. Le luxe n'a contribué qu'à faire croître cette dépense par la mollesse des grands seigneurs & des gens riches qui veulent des tuyaux de chaleur par-tout, des poëles jusques dans les escaliers ; enfin cette année , quoique l'hiver n'ait pas été rigoureux, on commence à s'appercevoir de la disette , tellement que le onze de ce mois le bureau de la ville a rendu une ordonnance qui défend aux marchands de bois de donner plus d'une demi-voie à la fois , & veut qu'il y en ait toujours 6,300 en réserve à l'usage des boulangers.

Le roi a ordonné sur le champ une coupe extraordinaire dans les bois de Vincennes & de Boulogne , & la ville a envoyé des échevins à la découverte pour faire arriver par terre, la rivière n'étant point navigable , le bois qui se rencontrera , suivant le droit qu'elle prétend avoir de s'emparer de tout ce qui se présente pour l'approvisionnement de la capitale.

Les chantiers ne sont autorisés qu'à fournir l'intérieur de Paris , & les habitants de la banlieue ne peuvent s'y pourvoir.

Cet événement ne fait que redoubler les clameurs contre le prévôt des marchands. Ceux qui
ne voient pas tout en noir, assurent que ce n'est
pas le bois qui manque , & attribuent la disette
actuelle à l'incurie du bureau de la ville, ou à
son défaut de condescendance à des arrangements
qu'on lui proposoit. On ajoute que S. M. a fait
de vifs reproches à M. *de Caumartin* , & lui a
dit qu'il vouloit que le réglement fût suivi ,
qui ordonne que Paris soit toujours approvisionné
de bois pour deux ans.

19 *Mars.* Aujourd'hui devoit intervenir le jugement dans le procès de messieurs *de Montesquiou.* On assure que les conclusions étoient en
faveur des Fezenzac ; cependant l'affaire a été
appointée , tournure que les juges prennent lorsqu'ils ne veulent pas terminer.

10 *Mars.* Depuis les lettres-patentes du roi ,
enrégistrées en parlement le 31 décembre 1779,
qui ont autorisé le grand aumônier à aliéner
l'hôpital, les terreins & biens des quinze-vingts,
les administrateurs qui lui étoient associés à ce
régime , ont donné leur démission combinée
chez un notaire , suivant laquelle ils croyoient
devoir renoncer à des fonctions qu'ils ne rem-
plissoient point par le despotisme du chef, faisant tout sans les appeller.

Ces quatre administrateurs étoient monsieur
l'abbé *Farjonel* , conseiller de grand'chambre ;
M. *de Quincy* , correcteur des comptes ; monsieur *Henri* , secretaire du roi , & M. le procureur du roi du châtelet. Depuis ce temps ces places étoient restées vacantes.

Un sieur *Maynier* , maître & administra-
teur, ayant des provisions du roi , a été dé

poffédé par un fieur *Prieur*, adminiftrateur honoraire ,. & ne croyant pas que la nomination
du grand-aumônier pût prévaloir fur celle de fa
majefté, il avoit fait affigner au châtelet ledit
Prieur, & la caufe étoit en inftance ; mais monfieur le lieutenant civil , comme on étoit fur
le point de rendre une fentence , reçut une lettre du garde-des-fceaux, qui l'invitoit à furfeoir.

Tous ces faits & beaucoup d'autres ont été
dénoncés vendredi 14 à l'affemblée des chambres,
dont l'abbé *Farjonel* a demandé à fe retirer comme
partie intéreffée. En conféquence de la dénonciation , il a été rendu arrêt qui commet meffieurs
de *Chavannes*, doyen, & *le Fevre d'Ammecourt*,
confeiller de grand'chambre , pour fe tranfporter
le lendemain famedi à trois heures de relevée à
l'hôtel des quinze - vingts , s'y emparer de la
caiffe & des regiftres, recevoir toute plainte , y
interroger quiconque voudra parler, & prendre
tous les renfeignements qu'ils pourront fur l'état
des lieux , des chofes & des perfonnes.

Quelqu'un obferva que peut-être feroit-il
plus expédient d'ordonner fur le champ la def-
cente de meffieurs les commiffaires, afin de prévenir les effets de l'intrigue & de l'obfeffion où
fembloit être le monarque. On ne croit pas devoir mettre tant de précipitation , & parce que
le parlement ne faifoit rien que de très - fage ,
n'outrepaffoit en rien les limites de fon pouvoir
& fe renfermoit dans la grande police dont il
eft chargé par effence ; & parce que M. le cardinal *de Rohan* n'étoit pas dans des circonftances affez favorables pour que la cour en dût re-
douter le crédit.

On avoit ayant requis le miniftere des gens

du roi & leurs conclusions ; ils avoient déclaré s'en rapporter à la prudence de la cour.

Dès le samedi matin, il y eut assemblée des chambres, où le premier président rendit compte qu'il étoit mandé à Versailles pour le lendemain dimanche, & M. *de Chavannes* portant la parole pour son confrere, déclara qu'ils avoient reçu chacun une lettre de cachet qui leur ordonnoit de surseoir jusqu'à nouvel ordre. Il dit que sachant que la cour n'avoit aucun égard aux lettres closes, peut-être devoit-il se dispenser de parler même de celle-ci, & n'en pas moins remplir sa mission ; mais que, puisque l'occasion se présentoit de rendre compte à la cour de ce fait & de consulter sa sagesse, il avoit cru plus expédient de lui en faire part.

Sur quoi, la matiere mise en délibération, il a été arrêté que pour ne pas compromettre deux de ses membres en les mettant dans le cas de désobéir personnellement aux ordres du roi, la cour approuvoit leur réserve, & que cependant le premier président seroit chargé de représenter au roi combien cette interruption fréquente de la justice nuisoit au bien public.

Le dimanche, M. le premier président s'étant rendu à Versailles, le roi lui a dit que l'administration des quinze-vingts ne regardoit pas le parlement, qu'il lui défendoit d'en connoître, & qu'il venoit de casser son arrêt par un arrêt de son conseil.

Le lundi matin 17, le premier président ayant rendu compte aux chambres assemblées de son entrevue avec le roi, il a été arrêté de faire des remontrances.

30 Mars. Il est aisé de juger par les *Aveux diffé-*

*iles de M. le baron *d'Eſtat*, joués avant-hier aux Italiens, qu'il y a un plagiat viſible quant au fonds du ſujet, quant à l'intrigue & au dénouement : comme M. *Vigée* ne nie pas auſſi formellement qu'il le faudroit, avoir eu directement ou indirectement connoiſſance de la piece de ſon ami, qu'il eſt conſtaté que celle - ci eſt de beaucoup antérieure à l'autre, il eſt reconnu que M. *Vigée* eſt le coupable. Beaucoup de gens aiment mieux ſa comédie ; & en effet les détails en ſont plus agréables, l'expoſition plus nette, la marche moins compliquée, & la fin plus ſatisfaiſante ; du moins le jeu ſupérieur des comédiens françois le fait croire ; malgré cela, l'on trouve une tête plus dramatique dans M. le baron *d'Eſtat* ; il entend mieux l'imbroglio ; il intrigue plus fortement, trop fortement même pour une piece en un acte, ce qui l'a forcé de bruſquer le dénouement. Enfin, ſi l'on a été obligé de donner gain de cauſe, quant à la forme, à ſon rival, on a jugé le fonds en faveur du baron, & il eût fallu que ſa cauſe eût été bien mauvaiſe pour ne pas triompher, tant le public étoit indigné contre l'un & prévenu pour l'autre. Le mauvais jeu des acteurs auroit à coup ſûr nui à ſon ſuccès, ſi l'on n'eût été diſpoſé auſſi favorablement.

20 *Mars.* Depuis long-temps on ſe plaint des brigandages du palais, & pluſieurs fois meſſieurs des enquêtes & requêtes ſe ſont efforcés de les dénoncer. Meſſieurs de grand'chambre intéreſſés à les ſoutenir, puiſqu'ils y participent en grande partie, avoient arrêté juſqu'ici l'effet du zele des jeunes gens. Enfin ils viennent de faire une nouvelle tentative. M. *d'Epremeſnil*,

de la premiere des enquêtes, & M. *d'Outrement*
de la troisieme, ayant échauffé leur chambre
respectivement, il s'est fait une explosion si violente, elle a été si fortement secondée par deux
présidents à mortier pleins de nerf & d'honnêteté,
messieurs *de Lamoignon* & *de Rozambo*, qu'on
est entré en matiere, & qu'il a été convenu de
tenir à ce sujet des conferences qui auront lieu
tous les lundis, & dont la premiere a commencé
lundi 17.

Ces conférences font composées de dix présidents à mortier, de quatre conseillers de
grand'chambre, d'un conseiller de chaque chambre des enquêtes & requêtes, & des gens du
roi.

Le motif qui a déterminé les vieux grands
chambriers, sur-tout les *gens à sac*, à entrer
en pourparler, c'est l'assurance que leur a donné
M. *de Lamoignon*, que la cour songeoit à s'occuper de cet objet ; il leur a fait sentir que le
parlement n'étant pas bien venu en cour, n'ayant
aucun crédit, aucune consistance sous ce regne,
se trouveroit fort mal de la besogne, s'il la lais-
soit faire par les ministres ; qu'il feroit beaucoup
plus sage de la faire & de se réformer soi-même
que de l'être.

On a commencé par exposer quels étoient les
abus : on en a trouvé de toute espece ; les premiers de la part du roi qui levoient des droits
énormes, incroyables sur les malheureux plaideurs, en sorte que depuis l'abbé *Terrai* les huit
sous pour livre étoient montés à douze. On est
bien convenu de faire des représentations à cet
égard : mais on a dit qu'il ne feroit pas décent
de les présenter avant d'avoir donné l'exemple :

c'eft donc de meffieurs dont il eft queftion , des épices , des vacations , des fecretaires. Enfuite on paffera aux greffiers, aux procureurs & autres fubalternes.

Les quatre commiffaires de la grand'chambre, font MM. *de Chavannes, le Fevre d'Ammecourt*, l'abbé *Sommyer* & *Nouette*. Le plus récalcitrant de ceux - ci eft l'abbé , qui , ayant l'oreille du premier préfident & n'étant pas content de cinquante mille livres en bénéfices , fe fait plus de trente mille livres de rertes de fon cab:net.

Tous les commiffaires honnétes ont été indignés quand ils lui ont entendu dire qu'il ne voyoit rien à diminuer fur les épices & vacations ; qu'il faudroit plutôt les augmenter , parce que le nombre des affaires diminuoit , & que l'arnée derniere n'ayant eu que cinq cents inftances de jugées au lieu de quinze cents , il en réfultoit pour meffieurs un *déficit* des deux tiers.

21 *Mars.* Le fieur *Defparda* eft forti de la baftille le lundi 15 , gros & gras , très-gai , & fe louant beaucoup du gouverneur & de l'état-major, qui paroiffent avoir eu pour lui toutes fortes de foins & d'égards. Ainfi tout ce qu'on avoit dit du courroux du roi & du deffein de S. M. de faire un exemple fur ce coupable , fe trouve faux, ou du moins fans effet.

21 *Mars.* Ce qui fait préfumer que le bois commence à manquer réellement, ou du moins qu'on en a des craintes fondées, c'eft le projet manifefte du gouvernement d'amener & de favorifer l'ufage du charbon de terre à Paris ; c'eft ce qu'on voit dans un arrêt du confeil en date du 16 mars 1783 , qui réduit prefque de deux

tiers les droits fur le charbon entrant dans cette
capitale, & de beaucoup plus celui entrant dans la
banlieue.

Comme cette diminution eft au préjudice tant
de la ville que de l'hôpital général & des fermes, S. M. fe réferve de leur accorder une indemnité & de la fixer.

On calcule que par l'emploi du charbon de terre
pour les manufactures, pour différents commerces
& métiers, on peut économifer cent mille voies
de bois dans un an.

Enfin, on parle de mettre en coupe les ré-
ferves des communautés religieufes, ce qui,
fuivant le calcul, peut fournir à l'approvifion-
nement de bois pour douze ans; mais il faut
bien employer cet intervalle, fans quoi ce feroit
la derniere reffource.

22 *Mars.* On ne fait trop comment M. le cardinal *de Rohan*, moins agréable au roi que jamais depuis la banqueroute du prince *de Guimené*, a trouvé une protection affez forte pour
arrêter & auffi promptement l'agreffion vigoureufe des magiftrats. On prétend qu'inftruit fur
le champ par un faux frere de la compagnie, il
a eu recours à la reine, & a follicité fon augufte
médiation. Quoi qu'il en foit, il a préfenté fa
caufe fous un très-beau jour; puifque, fuivant
un arrêt du confeil du 14 mars, c'eft-à-dire,
rendu le même jour où l'on le peignoit aux chambres affemblées comme un defpote & un dépré-
dateur, en fe conformant au plan qu'il avoit
préfenté à fa majefté & approuvé par elle, il a
fait des biens infinis à l'hôpital des quinze-vingts,
dont voici les articles principaux.

3°. Par l'emploi des revenus ordinaires il a

trouvé de quoi améliorer le fort des trois
cents aveugles ; en fupprimant la quête & la
mendicité.

2°. Par l'accroiffement des revenus qu'ont procuré les revirements avantageux , il leur a fourni
un traitement beaucoup plus confidérable dans
l'intérieur , & gradué felon les befoins. Les gar-
çons & les veuts , outre les autres douceurs en
denrées , ont vingt fous par jour , les perfonnes
mariées à des étrangers , vingt-fix fous , & celles-
mariées à des aveugles de l'hôpital, trente-fix fous.

3°. Il a deftiné des fonds pour contribuer
à élever les enfants des aveugles mariés jufqu'à l'âge de feize ans , & leur faire apprendre
dre des métiers , & enfuite pour l'établiffement
d'une infirmerie dans l'intérieur de l'enclos pour
les aveugles domiciliés & malades , ci-devant
obligés de folliciter leur tranfport à l'hôtel-
dieu.

4°. Il a créé vingt-cinq places pour des gentils-hommes & huit pour des eccléfiaftiques pauvres & aveugles ; en outre des penfions alimen-
taires de 10ɔ livres, de 150 livres pour trois
cents pauvres aveugles de province , enfin de quoi
fournir le pain à cent cinquante aveugles choifis parmi les pauvres afpirants.

5°. Il a fondé vingt-cinq lits pour des pauvres de province qui , affligés de la maladie des
yeux, y feront reçus , nourris & traités gratuitement , jufqu'à leur guérifon , ou jufqu'à ce que
la cécité parfaite foit décidée.

6°. Il attachera au fervice de l'hôpital d'habiles oculiftes, lefquels donneront deux fois par
femaine gratuitement leur temps , leurs foins

& les fecours de leur art à tous ceux qui vien-
dront les confulter.

7°. Enfin, il doit être décerné un prix annuel de 400 liv. au meilleur mémoire dont le
fujet aura été propofé fur les maladies des yeux,
fur la maniere de les prévenir & de les guérir,
avec le prix des remedes à employer.

22 *Mars. L'Avis aux foufcripteurs des Annales politiques, civiles, &c.* de M. Linguet, eft
daté de Londres le 1 janvier 1783, & ouvre
fon numéro 72. Ce qu'il contient de remarquable, c'eft l'abjuration qu'il fait de fon correfpondant qu'il appelloit autrefois *l'honnête Lequefne.*
Il l'accufe de l'avoir trompé, volé depuis cinq
ans, d'avoir été depuis fa premiere fortie de
France jufqu'au 27 feptembre 1780, l'efpion de la
police auprès de lui; d'en avoir été l'agent pour
fa détention, inftruit depuis fix mois de l'exiftence de la lettre de cachet décernée contre le
journalifte; de n'avoir été occupé qu'à écartet
de fon efprit les terreurs dont il etoit frappé;
de l'avoir attiré à Paris; de l'avoir forcé d'y
venir par des rufes multipliées; de l'avoir fait
prendre dans fes bras; & l'efcortant jufques dans
l'intérieur du château, d'être devenu ainfi le
dépofitaire forcé de fes dernieres volontés; d'avoir
volé à Bruxelles en cette qualité pour y feconder
un exempt de police & le chargé d'affaires de
France : il ajoute que la tradition des papiers &
des effets du prifonnier éprouvant des obftacles
des loix du pays, le fieur *Lequefne* étoit revenu
pour lui demander une procuration que monfieur Linguet n'avoit pu remplir que du nom de
cet agent; qu'armé de cette piece, il s'eft em-
paré de ce qu'il a voulu que madame *Bulté,* fa

maîtreſſe , alors à la tête de ſa maiſon , refu-
ſant de lui livrer l'argent , il lui avoit fait accroire que cet argent ſerviroit à tirer ſon amant
de *Pierre-Scize* , où il étoit transféré; qu'heureuſement cette femme courageuſe ayant ſouſtrait
les papiers les plus importants du priſonnier , &
s'étant tranſportée à Londres avec ce dépôt précieux , avoit contenu par-là les ennemis de M. Linguet , & le ſieur *le Queſne* lui - même. Il inſi-
nue que ſans cela il ne doute pas que le bruit
de ſa mort , ſemé d'avance à deſſein , ne ſe fût
réaliſé , & que le traître n'eût joui de la ſorte
impunément des dépouilles de ſon ami prétendu
& du fruit de ſes perfidies.

23 *Mars.* Mad. *Poitrine* , avant qu'on ſevrât
M. le dauphin & qu'il fût hors de ſes mains,
avoit imaginé de faire venir pour amuſer ce
jeune prince, un de ſes nourriſſons, fils du docteur *le Tenneur* , profeſſeur de chirurgie latine.
Cet enfant , âgé de quatre ans environ , a ſi fort
amuſé M. le dauphin, que , lorſqu'on a voulu le
faire retirer , il s'eſt mis à pleurer , à crier , à ſe
dépiter , & qu'il a fallu référer au roi : S. M. a
dit qu'il n'y avoit qu'à laiſſer cet enfant auprès
de lui , & afin qu'il n'y fût pas inutilement,
elle l'a nommé ſur le champ valet de chambre
de ſon fils.

23 *Mars.* Les charades, après les calembours,
ſont fort à la mode aujourd'hui ; & , pour en
amuſer les oiſifs , à la ſuite des énigmes & des
logogryphes, le Mercure depuis quelque temps a
ſoin d'en inſérer, que des faiſeurs ingénieux lui four-
niſſent périodiquement. En voici une de cour qu'on
répand dans les ſociétés. *Ma premiere partie eſt le*
nom d'un animal rampant , ma ſeconde eſt celui

d'une superbe capitale, & mon tout le nom d'un grand miniſtre.

Sans chercher beaucoup, on trouve que le mot eſt *Vergennes.*

23 *Mars.* C'eſt un ſubſtitut du procureur géné-ral, nommé *Langlard,* qui a porté la parole aux requêtes du palais dans l'affaire des *Monteſquiou,* & qui, ayant paru abſolument partial en faveur du marquis, non-ſeulement dans ſes concluſions, mais dans tout le courant de ſon plaidoyer, a été fort hué du public.

Ce jugement, dont le marquis *de Monteſquiou* a appellé ſur le champ, ne fait que confirmer la mauvaiſe opinion de ſa cauſe, dont toute la fa-veur dont il jouit n'a pu qu'empêcher la perte abſolue.

Ce jugement a dû lui perſuader auſſi encore plus combien il eſt déteſte.

On a oublié de citer une anecdote du bal de l'opéra à ſon ſujet, qui a dû le piquer ſingulié-rement. Il y étoit en habit bourgeois; un maſ-que le rencontre & lui dit : bon jour, beau maſ-que. Beau maſque, reprend-il; ce diſcours ne peut s'adreſſer à moi dans le coſtume où je ſuis. *Si fait, ſi fait, c'eſt à toi qu'il s'adreſſe; car, mal-gré cela, tu es bien maſqué; mais prends garde qu'on ne t'arrache ton maſque.*

23 *Mars.* Le parlement de Beſançon, dans ſon arrêté mémorable du 17 février, s'éleve contre l'audace des miniſtres qui ne conteſtent plus même l'infidélité commiſe dans l'expédition des lettres-patentes, objet principal de la querelle; contre le ſilence qu'on a impoſé en préſence du roi à ſes députés, pour qu'ils ne puſſent éclairer la religion ſurpriſe; contre l'ordonnance de ſon rétabliſſement

de

du mois de mars 1775 , que ces miniſtres mettent en avant pour juſtifier leur conduite , comme ſi elle etoit en vigueur & n'avoit pas été rejetée par toutes les cours , en ce que ſon exécution transformeroit la monarchie en gouvernement arbitraire.

Le parlement dévoile dans la caſſation de ſon arrêt les manœuvres de l'eſprit d'intérêt & de fiſcalité , qui ſeroit d'abolir le droit de l'enrégiſtrement , de le transférer au miniſtre des finances , ſeul ordonnateur en cette partie , aux intendants dans les provinces , à leurs commis même ; enfin , de livrer aux traitants les peuples qui reſteroient ſans ſecours & ſans interpretes.

Il repouſſe certaines maximes erronées miſes en avant par les miniſtres , qui diſent *que la promeſſe de Louis XIV n'a pas pu engager à cet égard ſes ſucceſſeurs* , qui font dépendre de l'obéiſſance aveugle des magiſtrats les actes de juſtice & de bienfaiſance du roi ; qui font déclarer à S. M. *que tout ce qui ſe fait en ſon nom , ſe fait par ſes ordres* ; ce qui empêcheroit de diſtinguer à l'avenir la volonté directe de l'énoncé ſeul de ſon nom ; ſes ordres exprès , des volontés miniſtérielles ; celles des miniſtres , des volontés de leurs commis , & préſente une foule de dangers pour les droits de la couronne & pour ceux de la nation.

Le parlement ſe juſtifie vigoureuſement ſur l'accuſation *d'inexactitude dans les faits qu'il expoſe*. Sans le ſilence impoſé à ſes députés qui avoient de quoi répondre à des inculpations auſſi injuſtes que téméraires , la religion de S. M. auroit été éclairée.

Dans cette extrêmité , dans le renversement
général de toutes les loix & de toutes les formes ,
l'assemblée des états de la province , confirmée
par les capitulations , demandée en plusieurs oc-
casions par le parlement , & la convocation des
états-généraux du royaume , lui paroissent aussi
avantageuses qu'indispensables pour le maintien
de l'autorité royale & de la liberté légitime des
sujets.

On juge , sur-tout par ce paragraphe , combien
l'arrêté a été atténué , puisque le parlement n'y
ose proposer que comme un bien , ce qu'il devroit demander comme un droit inhérent à la
constitution du royaume , & spécialement aux
capitulations de la province.

Malgré cet affoiblissement, en général cet arrêté est superbe , plein d'une excellente logique ,
& d'une éloquence sensible & vigoureuse.

24 *Mars*. Le *Corsaire*, dont le succès croît , s'il
est possible , & a attiré aujourd'hui à la quatrieme
représentation , autant de monde qu'à la premiere,
est très-mal-à-propos intitulé comédie; c'est un
drame tout-à-fait noir ; on pourroit dire une
tragédie , puisqu'il y a une conspiration , un combat & beaucoup de sang répandu ; ce qui est assez
ridicule sur la scene italienne : l'intrigue , d'ailleurs , en est très-compliquée , surchargée d'incidents bizarres , multipliés , pricipités au point
qu'ils deviennent absurdes , incroyables & perdent
tout leur intérêt : malgré ces défauts , il y a des
détails charmants , & sur-tout deux personnages
épisodiques & une soubrette qui jettent beaucoup
de gaieté & de piquant au premier & au second
actes : la derniere devient amoureuse du castrat ;
de-là quantité de gravelures ingénieuses & fines

que le public faisit avec avidité, & dont s'amufent même les femmes, & rient avec le secours de l'éventail.

Quant à la musique de M. *d'Aleyrac*, on a trouvé qu'il avoit fait beaucoup de progrès depuis son essai de *l'Eclipse totale*, & qu'il s'étoit surpassé. Tous les motifs font naturels, bien sentis & singuliérement diversifiés ; mais il a trop prodigué les cris ; il y en a de douleur, de reconnoissance, de surprise, de joie, de toutes les especes, en un mot, & ils en deviennent fatigants pour les oreilles des spectateurs. D'ailleurs, les acteurs, & sur-tout les actrices, font obligés de forcer leur voix, qui se gâteroit à la longue, s'ils jouoient souvent cette piece.

24 *Mars*. Les généalogistes & gens qui se piquent de connoître les anciennes maisons de France, conservent précieusement le billet d'enterrement du marquis du Guesclin, brigadier des armées du roi, décédé le 20 mars, & le dernier du nom, a-t-on soin d'y remarquer.

24 *Mars. Monsieur* devoit partir incessamment pour l'Italie ; mais les désastres arrivés dans cette partie du monde le font suspendre jusqu'à ce qu'on sache bien au juste quelles ont été les suites & les causes de l'épouvantable tremblement de terre du 5 février, qui a désolé toute la Calabre, & donné pour Messine des craintes qui se font heureusement trouvées mal-fondées, du moins à un certain point.

25 *Mars*. Ce qui fait espérer que cette fois le parlement s'occupera sérieusement de se réformer sur ses épices, vacations, sur les secretaires & autres *mangeries* du palais, comme les appellent énergiquement les plaideurs, c'est un coup de

fouet qu'il a reçu de la cour. Cette compagnie ayant fait des repréfentations à l'occafion d'évocations fréquentes qui diminuent de plus en plus les affaires au palais, S. M. a répondu par une lettre, où elle dit qu'elle s'y porte fur-tout pour épargner les frais trop confidérables en certains cas.

15 *Mars*. Le roi de Suede, l'exemple de fes pareils, fi précieux à l'humanité, à la philofophie & aux lettres, vient de donner une preuve combien il honore les talents : il a gratifié le fieur *Valade*, fon imprimeur à Paris, d'une médaille d'or, repréfentant la Liberté, & frappée à l'occafion de la derniere révolution.

26 *Mars*. M. *Amelot*, fecretaire d'état au département de Paris, vient de perdre fa mere, qui, veuve d'un miniftre, avoit époufé en fecondes noces M. *d'Amezaga*, gentilhomme Efpagnol, major de régiment, ayant 3,000 liv. de rentes.

En conféquence d'un ufage très - honorable fans doute pour la place de ce miniftre, comme chargé du département de Paris & de la maifon du roi, S. M. l'a envoyé complimenter à Paris par un gentilhomme ordinaire, que M. *Amelot*, fuivant l'étiquette, a conduit jufqu'à fon carrofe. Les princes & princeffes font venus faire leur vifite en perfonne.

Madame la comteffe de Maurepas étoit fi attachée à madame la Marquife *d'Amezaga*, que, malade elle même & mourante dans fon lit, elle envoyoit favoir de fes nouvelles d'abord toutes les heures, & enfuite toutes les demi-heures.

M. le prince *de Condé* fait tant de cas du marquis *d'Amezaga*, que, quoiqu'il ne foit attaché par aucune fonction à fon alteffe féréniffime, elle lui a écrit qu'elle comptoit que libre désormais, il pourroit venir loger dans son palais, & qu'en conséquence elle lui faisoit meubler un appartement.

26 *Mars.* On parle toujours d'un mémoire imprimé du comte *de Graffe*, mais qu'il lit dans les sociétés & qui ne perce point : il y a apparence que celui qu'on avoit annoncé depuis long-temps, comme devant être vendu, est autre chose, quoique sorti de la même source & concourant au même but; mais la forme en est différente. Il est encore d'une excessive rareté, & a pour titre : *Journal d'un officier de l'armée navale en Amérique en* 1781 & 1782, avec cette épigraphe fastueuse : *Magnus fœclorum nascitur ordo.* Il est tout entier à la louange de ce général, à qui seul, si l'on en croit l'historien, les Américains doivent leur indépendance reconnue aussi promptement, & l'heureuse paix dont ils vont jouir.

27 *Mars.* Les amateurs de la danse à l'opéra, & ils sont en grand nombre parmi les hommes, & sur-tout parmi les femmes, sont partagés entre deux jeunes sujets qui y débutent depuis peu.

La premiere est Mlle. *Zacharie*, de treize à quatorze ans, qui a paru pour la premiere fois le dimanche 16 dans l'opéra de *Renaud.* Elle est éleve du sieur *Vestris* pere, & proche parente de Mlle. *Guimard*, qui lui donne ses soins. Elle a une figure agréable & une taille avantageuse, elle est remplie de graces & de sensibilité; mais sa timidité & une complexion foible nuisent aujourd'hui à son talent; on n'y feroit aucune attention sans les coryphées qui s'intéressent à elle & la font prôner par leurs partisans.

Mlle. *Baſſy*, âgée de dix-ſept ans, eſt la ſeconde ; celle-ci eſt de l'école du ſieur *Dauberval*. Cependant ſon genre eſt le noble & le gracieux. Elle a fixé l'attention du public le mercredi dix-neuf ; où l'on jouoit *Théſée* pour la capitation des acteurs. Elle a de la grace, de la préciſion, & ce qu'on appelle de *l'elevation*, en terme de l'art ; mais elle eſt gênée, & ſes mouvements ſont encore loin de cette ſoupleſſe & de ce moëlleux qui font le principal mérite de la danſe. Il y a rivalité entre les deux ſujets, & l'on ſe partage pour ou contre, ſuivant qu'on aime plus ou moins le maître de chacune.

28 *Mars*. En liſant le journal dont on a parlé, on voit clairement qu'il a été compoſé non ſous la dictée du comte *de Graſſe*, incapable de l'avoir fait, mais ſur les matériaux qu'il a fournis à une plume exercée. C'eſt ſa juſtification la plus adroitement tournée qu'il eſt poſſible, ou plutôt c'eſt un éloge magnifique de ſa campagne. A en croire ſon panégyriſte, le comte de Graſſe a accepté le généralat malgré lui, & pour obéir au roi. Tout ce qui s'eſt fait de bien pendant qu'il a été chargé eſt dû à ſes talents, à ſon activité, à ſa bravoure ; s'il n'a pas complétement réuſſi dans quelques occaſions, c'eſt la faute des inſtruments & des agents qu'on lui a donnés, ou quelquefois il a été obligé par prudence de ſacrifier des ſuccès plus brillants, mais incertains, à des avantages ſolides & durables.

C'eſt ſur-tout dans l'expédition de *la Cheſapeak*, qu'il a déployé ſa capacité ; s'il n'a pas eu le mérite de l'avoir imaginée, il a du moins celui d'avoir ſenti combien ce projet étoit préférable à l'autre, qui étoit d'entreprendre le ſiege *de New*-

York ; mais les moyens de l'exécution lui font dus tout entiers ; font zele infatigable les a fait réuffir avec l'intelligence , la précifion & la rapidité néceffaires ; en forte que c'eft à lui que les Américains doivent leur indépendance , qui étoit encore fort incertaine , & par contre-coup la paix dont ils jouiffent aujourd'hui.

Cet étalage de louanges eft très-propre à jeter de la poudre aux yeux des fots, des ignorants, des gens crédules , qui prennent pour vrai tout ce qui eft moulé ; mais les connoiffeurs , ou les gens un peu au fait , trouvent qu'il réfulte feulement de la narration de l'hiftorien , que le comte de Graffe , toujours fupérieur en force aux Anglois , leur a toujours été inférieur en manœuvres ; de maniere que , fans examiner quelles ont été les caufes fecondes , quelque belles occafions qu'il en ait eues , il n'a jamais pu les défaire ou les entamer ; & qu'au contraire la feule fois où les ennemis ont eu la fupériorité du nombre , ils en ont profité , & ont battu complétement le comte de Graffe.

Du refte , le journal n'eft point mal écrit : il y a peu d'anecdotes ; mais la narration en eft affez piquante . fur - tout par une diatribe des plus véhémentes contre le comte d'Eftaing qu'il ne nomme pas , mais qu'il défigne de façon que l'on ne peut le méconnoître.

29 *Mars. Louis XVI* , qui veille avec un foin paternel fur fon frere naturel, M. l'abbé *de Bourbon* , jeune homme de grande efpérance , pour mieux le former à l'état eccléfiaftique , aux exercices religieux & aux dignités dont ce prince eft fufceptible par fa naiffance , a defiré qu'il entrât dans le chapitre de l'églife de Paris. S. M. en a fait

écrire en conséquence à M. l'archevêque. Le prélat a répondu au roi que l'admission ne dépendoit pas de lui, mais du chapitre. Sur la connoissance que celui-ci a reçue des intentions du roi, il s'est assemblé. Le doyen, pour faire sa cour, a proposé d'accorder une distinction à ce candidat en faveur du nom auguste qu'il porte, & comme par acclamation on est convenu que M. l'abbé de Bourbon, sans avoir fait de stage, seroit reçu chanoine honoraire, ce qui a été fait. Il quitte la maison de Saint-Magloire, va loger dans le cloître, se propose d'assister réguliérement aux offices; & il aura des lettres de grand-vicaire, dès que son âge le lui permettra; il n'est pas encore prêtre, & n'a que vingt-deux ans.

29 *Mars.* Les couplets criminels dont on a parlé sont au nombre de sept: ils ne partent vraisemblablement pas de la même main qui a composé les précédents : ils sont mieux faits; on y respecte le roi; on y en fait même l'éloge, & la satire qu'ils contiennent porte principalement sur la dépravation des mœurs de la cour, sur les *Polignac*, les *Polastron*; & Mad. la princesse *de Lamballe* n'y est pas non plus épargnée, sous la qualité de surintendante.

On a fait aussi une chanson sur Mad. la comtesse de Châlons, née d'Andlau par son père, & Polastron par sa mere. C'est une des plus jolies femmes de la cour, adorée autrefois par le duc de Coigny; ce qui faisoit dire dans la *lettre du marquis de Caraccioli: l'idolâtrée comtesse de Châlons traîne après elle son captif...* Ce seigneur s'en est dégoûté, l'a quittée, & il paroît qu'elle n'a point manqué d'amants depuis, ce qui fait le fujet du vaudeville, fur l'air à la mode, *Marl-borough s'en va-t-en guerre*. Celle-ci a treize couplets, dont quelques-uns affez joliment tournés.

29 *Mars*. Le bruit court ce foir que M. de Fleuri, qui de temps en temps offre fa démiffion au roi, a renouvellé le jeu aujourd'hui, mais a été pris au mot. On ajoute que S. M. a dit à M. de Vergennes : Puifque le miniftere des finances lui eft fi à charge, j'accepte fa démiffion, & je donne la place à M. d'Ormeffon. C'eft un intendant des finances fupprimé par M. Necker, qui n'a que trente-deux ans.

29 *Mars*. M. de Jean eft un petit-maître, un agréable débauché, tel qu'on en trouve beaucoup parmis nos jeunes gens d'aujourd'hui : il eft abymé de dettes & ne fachant de quel bois faire fleche : en attendant les bienfaits de deux oncles fermiers généraux qu'il a, il s'eft imaginé de jouer une farce dont il a trouvé le modele dans le Légataire univerfel.

M. de Chalut, un de fes oncles, a une campagne à Saint-Cloud, limitrophe de Surene ; pendant cette faifon où fon oncle n'y va point, M. de Jean ayant arrangé fa comédie avec des libertins comme lui, chacun fait fon rôle, les uns de domeftiques, les autres de médecins, de garde-malades, un plus hardi, celui du malade même, qui avoit fait venir des notaires de Paris par l'entremife de fon neveu : ces meffieurs arrivés, il dicta un teftament, par lequel il léguoit 200,000 liv. à M. de Jean ; il déclara ne pouvoir figner. Le Neveu régala magnifiquement les officiers de juftice, fuivant les ordres de fon oncle, & l'on fe fépara fort content.

Quelques jours après, M. de Jean preffé fut

H 5

chez le notaire qui devoit être dépositaire du testament, lui emprunter une somme à compte des 200,000 liv. dont il ne pouvoit ignorer que son oncle, qui alloit de plus mal en plus mal, le faisoit légataire. Le notaire, amorcé par le gros intérêt que le jeune homme lui offrit, lui prêta la somme. Au bout de quelque temps ne voyant point mourir l'oncle, il s'impatiente, il s'informe de la demeure de M. de Chalut, & va le trouver... il lui témoigne sa satisfaction de le voir aussi bien revenu de la cruelle maladie qu'il a eue.... Celui-ci ne sait ce que cela veut dire, lui déclare qu'il se porte à merveille depuis long-temps.... Embarras de ces deux hommes, qui ne s'entendent point; le notaire proteste à M. de Chalut qu'il a reçu son testament avec un de ses confreres, qu'il l'a chez lui; il lui en détaille toutes les circonstances; bref, l'on reconnoît la fourberie de M. de Jean. Il est arrêté par lettre de cachet & conduit dans une maison de force pour économiser, en attendant qu'il puisse jouir de la succession de ses deux oncles..

30 Mars. Tout le monde est révolté de la sortie de l'apologiste du comte de Grasse contre le comte d'Estaing. Il le représente d'abord « comme
» déshonoré dès sa jeunesse; comme chassé par
» le mépris public de son pays, & obligé d'aller
» pirater sur des côtes lointaires, comme n'é-
» chappant ensuite que par une main royale au
» salaire légitime dont les Anglois savent payer
» l'infidélité à sa parole. »

Il lui reproche ensuite « des accès de bassesse
» & de hauteur, de timidité & de rodomon-
» tade, de familiarité & d'indiscretion avec les
» subalternes, de dissimulation & de jalousie pué-

» rile avec les chefs. Il a, fuivant le fatirique,
« des moments lucides de confeil & de raifon
» avec les plus rares incohérences, quelques idées
» au premier coup d'œil, hardies & lumineufes,
» toujours incompletes ou avortées dans l'enfem-
» ble ou dans l'exécution .... une difpofition
» ancienne & de naiffance à fuppofer des avan-
» tures fabuleufes, des combats imaginaires, des
» vifions nocturnes & en plein jour. »

Il entre enfuite dans l'énumération des fautes
du *comte d'Eftaing* durant fa campagne de Toulon, qui font : « d'être parti du port fans avoir
» voulu feulement affurer fa mâture ; de s'être
» expofé à périr dans un golfe voifin ; d'avoir
» perdu un temps précieux à paffer le détroit,
» par fon obftination à ranger des côtes con-
» traires ; de s'être jeté de là dans des calmes,
» pour ne pas fuivre une des deux routes com-
» munes ; enfin, d'avoir montré par-tout un
» amour conftant pour une tactique bizarre &
» périlleufe, la caufe de tous fes défaftres. »

M. le *comte d'Eftaing*, fuivant fon détracteur,
« avançoit ou reculoit toujours à contre-temps,
» a fait tuer huit cents hommes dans une atta-
» que impoffible, au lieu de détruire facilement
» une efcadre à la rade. S'il a pris une ifle mal
» défendue, cette victoire même eft puniffable,
» puifqu'il l'a préferée à la belle occafion de faifir
» plufieurs vaiffeaux & un convoi entier ; enfin,
» il a fini par facrifier gratuitement quinze cents
» hommes, & par déferter fa flotte.... »

30 *Mars.* Tout le monde paroît affez content
du choix que S. M. a fait de M. *d'Ormeffon.* Il
étoit connu perfonnellement du roi à l'occafion
de la maifon de Saint-Cyr, dont il avoit l'admi-

niftration , efpece de petit miniftere qui le mettoit
dans le cas de travailler directement avec S. M.
Cependant on ne doute pas que M. *de Vergennes*
n'ait merveilleufement influé dans ce choix. On
ne fait point encore quel titre aura M. *d'ormeffon*,
fi l'on rétablira pour lui la charge de contrôleur-
général , ou s'il fera directeur , ou miniftre des
finances , &c....

31 *Mars.* Depuis que le traité des lettres de
cachet & des prifons d'état fait grand bruit , &
qu'on dit affez généralement qu'il eft de M. *de
Mirabeau* , on aime à favoir les aventures de
l'auteur , qui n'eft âgé que de trente-quatre ans ,
& dont la vie eft déja un roman.

Tout jeune il étoit à Aix , lorfque fes camarades lui mirent dans la tête d'époufer une jeune
héritiere de cette ville , devant avoir un million
de bien , mais déja promife & dont le mariage
alloit fe conclure. Il adopte cette bizarre entreprife , il parvient d'abord à empêcher & à faire
rompre l'hymen projeté ; il gagne enfuite l'efprit
des parents au point que ceux-ci écrivent au
marquis *de Mirabeau* pour lui demander fon fils
en mariage. Le pere répond très-fagement qu'il
ignore fi fon fils a la tête affez mûre pour l'hymen ; que , puifqu'ils l'ont fous leurs yeux , ils
peuvent l'éprouver & en juger. Les parents perfiftent dans leurs engouement; le mariage fe fait.
Peu après , le nouvel époux fe dérange fi fort ,
qu'il eft endetté de 300,000 liv. On veut affurer la dot de la demoifelle , & arrêter les écarts
du jeune homme ; on le fait interdire ; on ob-
tient une lettre de cachet contre lui ... il rede-
vient libre ; il fait d'autres frafques avec fa fœur
madame de *Cabris.* On le fait enfermer dans la

citadelle de Dijon ; on l'élargit encore ; & afin de juger de sa résipiscence, on lui donne la ville pour prison ; il devient amoureux de la femme d'un président, qui consent à se laisser enlever.... Le mari lui intente un procès en crime de rapt, & il est condamné à avoir la tête tranchée : on le fait arrêter ; il va en Hollande ; on l'y poursuit ; le sieur *Jacquet de la Douey*, déja voué à la police, s'offre d'aller arrêter M. *de Mirabeau*. Il prend une croix de Saint-Louis; il se rend sur les lieux, il se suppose un officier obligé de s'expatrier pour des persécutions; il se lie avec M. *de Mirabeau* & fait si bien qu'il gagne sa confiance, l'entraîne à l'écart, s'empare de sa personne & le ramene en France en 1777. C'est alors que M. *de Mirabeau* a été enfermé au Donjon de Vincennes. On ne l'en a laissé sortir que pour faire juger sa contumace & le blanchir, ce qui a eu lieu. Cependant M. *de Mirabeau* s'est expatrié encore, s'est refugié pendant quelque temps à *Neuchâtel*, où il a fait imprimer *le gazetier dévalisé*.

Enfin on le dit aujourd'hui à Aix, où, à l'instigation du bailli *de Mirabeau*, son oncle, qui l'aime, il va intenter un procès à sa femme pour l'obliger à revenir avec lui. Telle est la maniere dont ses parents racontent son histoire, & l'on sent qu'il ne faut y croire qu'avec précaution.

31 *Mars.* Extrait d'une lettre de Bordeaux, du 25 mars ... M. *Dupaty* se trouve aujourd'hui président de tournelle en chef, par l'absence du président *de Levi*; la plupart des membres sont assez de ses amis, & il a rendu depuis peu un arrêt mémorable qui va lui concilier plus que jamais le cœur de ses concitoyens. Un particulier ayant été arrêté par un ordre d'un grand prévôt

de la maréchauffée & conftitué prifonnier, le détenu s'eft pourvu au parlement, qui l'a fait élar-
gir, en inférant dans l'arrêt une défenfe à toutes
perfonnes, même aux commandants, gouverneurs de la province, d'attenter à la liberté de
tout domicilié, à peine de punition.

M. le maréchal *de Mouchi* eft furieux de cet
arrêt, on dit qu'il eft allé chez M. le garde-des-
fceaux s'en plaindre amérement, & lui a déclaré
qu'il ne pourroit retourner en Guyenne que cet
arrêt ne fût caffé. On a demandé en effet au parlement l'apport de la procédure.

1 *Avril* 1753. Depuis long-temps il paroît
chez l'étranger : *Réponfe à la cenfure de la faculté de Théologie de Paris, contre l'Hiftoire philofophique & politique des établiffemens & du
commerce des Européens dans les deux Indes, par
M. l'Abbé Raynal* : mais ce livre ifolé, peu intéreffant & affez ennuyeux, n'a point percé dans
ce pays-ci. L'auteur, pour le débiter, a pris le
parti d'en faire une efpece de fuite à fon ouvrage ;
car, quoiqu'il y parle en tierce perfonne, au ftyle
emphatique on reconnoît aifément l'écrivain
même du livre cenfuré, & fur-tout à l'amertume
de fon excurfion violente contre les théologiens,
il leve l'étendard de la rebellion dès l'épigraphe.

Les prêtres ne font point ce qu'un vain peuple penfe ;
Notre crédulité fait toute leur fcience.

Il y a un *Avis au peuple*, un *Avant-propos*,
dictés dans le même efprit : fuit la *Réponfe à la
cenfure*, de mauvaife foi en ce qu'on ne cite point
le texte original qu'il auroit fallu donner, qu'on

e morcelle & qu'on n'en rapporte que ce qu'on
trouve propre à paroître abfurde ou ridicule. Du
refte, on ne lit dans cette longue differtation,
moins apologétique de l'abbé Raynal, que fatirique contre la religion & fes miniftres, que ce
qui eft par-tout : point de ces faits, de ces anecdotes qui nourriffent un ouvrage & en rendent
la lecture piquante.

L'auteur même a eu foin de ne point irriter
le parlement, de ne point répondre au réquifitoire
de M. *Seguier*, dont l'hiftorique auroit été fort
curieux. On juge par là qu'il ne défefpere pas de
rentrer en France comme *Rouffeau*, malgré le
décret qui fubfifte contre lui. Il fe flatte fans
doute qu'au bout d'un certain temps on fermera
les yeux fur fon incartade. Mais le citoyen de Geneve n'étoit pas turbulent & effréné comme l'ex-
jéfuite ; mais il ne déclamoit point, il ne caba-
loit point, il ne tenoit point de conventicules,
il n'avoit point des relations, des émiffaires, des
correfpondants dans les deux mondes, comme
l'abbé Raynal ; mais il vivoit dans la fimplicité,
l'obfcurité & la retraite.

1 *Avril*. Tout fe fait fous ce regne avec
honnêteté : *Louis XV* renvoyoit fes miniftres d'une
façon dure ; l'exil accompagnoit prefque toujours
leur difgrace, & ils n'en étoient pas moins à charge
à l'état, puifqu'ils emportoient chacun de groffes
penfions. Point d'exil aujourd'hui ; des compliments, & malheureufement auffi trop d'argent.
On dit dans la gazette de France. « Le fieur Joli
» de Fleuri, confeiller d'état, ayant fupplié le
» roi de lui permettre, à raifon de fa fanté, de
» fe démettre du miniftere des finances dont il
» étoit chargé, S. M. a daigné y confentir. »

Il est aisé de conclure de cette tournure étudiée, que M. de Fleuri, quoique ministre, a véritablement déplu & n'entrera plus au conseil.

Le 29, M. *d'Ormesson*, conseiller d'état, a été nommé pour le remplacer avec le titre de contrôleur-général des finances, qu'on rétablit en sa faveur.

On rapporte qu'ayant objecté modestement au roi sa jeunesse, S. M. lui avoit répondu en riant : « mais c'est me faire indirectement un mauvais » compliment, car je suis plus jeune que vous. »

2 *Avril.* L'historique concernant la petite piece de vers intitulée *la Nymphe de Spa à l'abbé Raynal*, qui se trouve dans sa réponse à la censure de la faculté de théologie, en est le seul morceau vraiment neuf, curieux & intéressant. On a déja annoncé cette anecdote vaguement ; en voici les détails. Il faut se rappeller que M. l'abbé *Raynal*, obligé de quitter la France par le décret du parlement, fut d'abord à Spa, dans la saison des eaux, qu'il y fut très-accueilli de l'empereur & du prince Henri, frere du roi de Prusse, qui s'y trouverent. Un jeune homme, dont on ne met que la lettre initiale de son nom, M. B✳✳✳✳✳✳✳, âgé de vingt-deux à vingt-trois ans, de mœurs irréprochables, plein de franchise, vif, aimant la poésie & faisant quelquefois d'assez jolis vers, essaya de profiter de son talent pour se ménager une introduction auprès de l'illustre proscrit : il lui adressa l'épître dont il s'agit, & qu'il faut lire pour juger jusqu'à quel point de démence peut se porter le fanatisme persécuteur.

Cette piece de vers, manuscrite & très-innocente, tomba aux mains d'un M. *Ghisels*, chanoine trefoncier de Liege, membre du synode de cette ville , dont *Spa* reffortit , & qui y préfide en l'abfence du vicaire-général. Il la déféra au fynode , & malgré la recommandation de M. l'évêque prince de Liege , qui daigna écrire au fynode que cette affaire n'eût point de fuite , on paffa outre , & l'on rendit en fon nom le mandement du 17 octobre 1781.

Cependant l'auteur , M. B*******, qui n'avouoit point la piece , qui n'y avoit pas mis fon nom , & ne l'avoit point fait imprimer , fut fommé par trois fois à comparoir devant le fy-node. Il fut obligé d'infinuer au confiftoire une proteftation appellatoire , en forme de plainte à S. M. impériale , confervatrice des privileges & libertés des citoyens de Liege. Cette affaire pou-voit aller loin , & le prince evêque témoigna fon defir qu'elle fût affoupie. Le jeune homme de-manda une conférence dans le palais de Seraing en préfence de *fon Alteffe Celfiffime* , (qualification du prince évêque). Quatre membres du fynode s'y rendirent par ordre de l'évêque , le poëte s'y ex-pliqua avec beaucoup de nobleffe & de fermeté ; mais pour prouver à S. A. C. combien il la ref-pectoit , il renonça à fon droit de recours. Mef-fieurs du confiftoire fe retirerent fort contents. Il n'auroit plus été queftion de ce fingulier procès , fi le gazetier de Cologne , ex-jéfuite , dans fon numéro 90 de 1781 , n'eût rallumé la fermen-tation.

Cette agreffion nouvelle que l'abbé *Raynal* a fentie dirigée encore plus contre lui que contre fon panégyrifte , a provoqué de fa part une *Lettre à l'auteur de la Nymphe de Spa* contre ces *Bufiris en foutane* , ainfi qu'il les appelle , très-véhé-

mente, où il fait fentir le ridicule, l'abfurdité
l'horreur, l'abomination de leur condúite.

Il paroît que la jaloufie prife contre l'abbé
Raynal, eft entrée pour beaucoup dans toute
cette perfécution. Au mois de juin précédent,
cet écrivain avoit paffé à Liege ; il y avoit été
reçu avec diftinction par M. *Sabathier*, miniftre
plénipotentiaire de France. Il fut préfenté au
prince - évêque ; il mangea plufieurs fois avec
lui .... *Inde ira*.

2 *Avril.* Le goût des charades continue : en
voici une finguliere, qui même en fachant le
mot, laiffe encore beaucoup de chofes à deviner,
tant elle eft fcientifique. Ce mot eft *Angleterre*.

Mon premier peut former tiers ou quart à fouhait,
Mon fecond que jadis par tiers on divifoit,
    Par quart aujourd'hui fe partage,
Et mon tout qui par tiers à fa divifion,
    Grace à l'habileté d'un fage,
Perd moitié dans le quart dont s'accroît fon fecond.

2 *Avril.* M. *Clément de Boiffi*, maître des
comptes, frere du *Clément* dont la réputation
fouffre beaucoup aujourd'hui des bruits de fa
banqueroute, a cru devoir affembler les femeftres
de fa compagnie, & leur rendre un compte detaillé
de l'état des affaires de fon frere, fuivant lequel
il n'y auroit qu'un engorgement. Il a fini par
fupplier meffieurs de vouloir lui conferver la bonne
opinion & l'eftime qu'ils s'efforceroit toujours de
mériter d'eux.

3 *Avril.* On a dit comment le bois étoit à la
veille de manquer : à la fin du mois dernier,

l n'y en avoit plus que pour une femaine, & la
crue des eaux faifoit craindre que les bateaux ne
puffent arriver, en forte que, pour exciter le
zele des fourniffeurs, on avoit propofé pour les
dix premiers qui déchargeroient, la remife des
deux tiers du droit.

On n'a pas manqué de configner cet événement
fingulier & mémorable dans un vaudeville affez
malin, en ce qu'il embraffe avec le préfent,
le paffé & l'avenir, en ce qu'il frappe fur trois
prévôts des marchands à la fois.

Sur l'air : *le Prévôt des marchands.*

Meffieurs les prévôts des marchands,
Chacun bénit vos foins touchants :
Près d'un grand feu, le bon Jérôme (1)
Nous fait étouffer au printemps.
Caumartin, non moins habile homme,
L'hiver, nous laiffe grelotants.
Le fucceffeur (2) de celui-ci
N'aura pas un pareil fouci ;
Car pour cette place éminente
Briguant depuis long-temps le choix,
Il a pris femme intelligente,
Qui l'a déja fourni de bois.

---

(1) M. Bignon.
(2) M. Pelletier de Morfontaine.

4 Avril. Ce qui prévient en faveur de monſieur *d'Ormeſſon* , c'eſt qu'on le regarde au moins comme honnête homme , comme ayant de la bonne volonté, comme aimant le travail. D'ailleurs , on eſt fort aiſe d'être débarraſſé de monſieur *de Fleuri*, qui n'a fait que du mal & point de bien, même à ſes parents & amis. On lui reproche ſeulement de s'être enrichi lui & ſa maîtreſſe ancienne, Mad *de Font-Pertuis* , par les gros pots de vin qu'il s'eſt fait donner, & à elle ſur pluſieurs affaires, & ſur-tout à l'occaſion du rétabliſſement des receveurs généraux des finances, dont chacun a dû ſe cotiſer de 40,000 liv. C'eſt ce qui a fait dire au roi , lorſqu'il a annoncé ſon choix à la reine : Madame, *c'eſt un homme qui a des mœurs.*

M. *d'Ormeſſon* eſt chef du conſeil pour l'adminiſtration du temporel de la maiſon royale de Saint-Cyr, & en cette qualité, chargé de ce petit miniſtere , travailloit directement avec le roi, ce qui l'en a fait connoître. On raconte un trait récent qui lui en a donné la meilleure idée , & a peut-être déterminé le choix de S. M. dans cette circonſtance.

Il vaquoit pluſieurs places très-follicitées ſuivant l'uſage par la reine & la famille royale d'un côté. Il préſenta le nom des protégés apoſtillés de leurs auguſtes protecteurs, & mit d'un autre côté les noms des demoiſelles qui n'en avoient point, mais dont les peres étoient morts au ſervice de l'état dans cette guerre , & dit qu'il croyoit que celles-ci méritoient la préférence. Ce courage a plu beaucoup au jeune monarque.

M. *d'ormeſſon* n'eſt pas d'une figure agréable, il a la vue très-baſſe ; il ne paſſe pas pour un

gle ; mais il a une mémoire locale qui le fert
ès-bien , & qu'il applique à propos ; il est
omme de loi , & cite toujours l'ordonnance à
îté de fon opinion.

On raconte que dimanche , quoique nommé
e la veille contrôleur-général , M. d'Ormeſſon ,
1 qualité de conſeiller d'état , aſſiſtoit pour la
remiere fois au bureau de la commiſſion pour
examen des demandes en ſuppreſſion & union
u tranſlation de bénéfices & biens eccléſiaſtiques;
y reçut des compliments bien propres à l'enivrer :
ependant il n'y perdit point la tête , & monſieur
archevêque de Touloufe , le grand faiſeur ,
yant ouvert un avis ſur quelque deſtruction ,
voit déja emporté toutes les voix , lorſque monſieur d'Ormeſſon vint à opiner comme le dernier ;
& après un petit préambule oratoire ſur le malheur qu'il avoit de différer d'avis avec tous
meſſieurs la premiere fois qu'il étoit dans le cas
de ſiéger avec eux , il réſuma le dire du prélat ,
il diſcuta ſes raiſonnements , il les détruiſit , il
établit les ſiens d'une façon ſi victorieuſe que
tout le monde revint & ſe rangea de ſon côté.

Cela prouve ce qu'on accorde au nouveau
controleur-général , qu'il ſera excellent pour le
contentieux; mais on doute qu'il ait dans le
génie les reſſources néceſſaires en finance aux
maux de l'état , qui ont fait juſqu'ici le déſeſpoir
de tous ceux qui l'ont précédé , ſauf du charlatan Necker.

5 *Avril.* On parle beaucoup d'une *Vie de monſieur Turgot ,* par l'ami *Dupont.* Ce *Dupont* étoit à
la tête du journal des éphémérides , depuis que
l'abbé *Baudeau* l'avoit quitté. C'eſt un grand éco-
nomiſte que M. *Turgot* avoit appellé auprès de

luï lorfqu'il fut nommé au contrôle-général,
qu'il y avoit même logé. Il donne aujourd'hui
cette marque de reconnoiffance au miniftre défunt
qu'il exalte beaucoup. Il fait voir, dit on, que
M. *Necker* n'a fait que fuivre les plans de ce
prédéceffeur, qu'il a même morcelés & gâtés. On
ajoute que l'ouvrage eft plein d'intérêt & fort
bien écrit.

6 Avril. Les *Mémoires fur la Baftille*, & la
détention de l'auteur dans ce château royal depuis
le 27 feptembre 1780, jufqu'au 19 mai 1782, fe
répandent enfin : chacun s'empreffe de fe les procurer. On les lit avec avidité, & l'on eft tout
furpris après avoir lu, de ne rien favoir. Il en eft
des fecrets que M. Linguet promettoit à cet
égard, à peu près comme de celui de fa pofte
occulaire, auquel il doit fa fortie, dont on n'eft
pas plus inftruit qu'auparavant.

Ces mémoires font datés de Londres du 5
décembre 1782, & divifés en paragraphes.

Dans le premier il établit qu'on lui a fait une
néceffité de revenir en Angleterre.

Dans le fecond que fa détention n'a eu aucun
motif fondé.

Le troifieme traite du régime de la Baftille.

Le tout eft fuivi de longues notes, & embraffe
à peu près trois de fes numéros.

L'eftampe du frontifpice de l'ouvrage eft curieufe
& piquante. M. Linguet avertit que l'idée en eft
due au *Courier du Bas-Rhin*, c'eft à-dire à la
feuille périodique la plus eftimée des hommes
honnêtes & éclairés, des vrais philofophes. Cette
imagination fe trouve dans le N°. 1, 1783, de
cette gazette, où l'on annonce ces mémoires.

On voit la ftatue de *Louis XVI*, avec les

attributs de la royauté , élevée au milieu des débris d'un château renverfé, qui eft cenfé *la Baftille.*

Ce prince tend les mains avec bonté vers les prifonniers qu'il vient de délivrer; Me. Linguet eft à la tête comme l'auteur indirect de leur délivrance ; il eft à genoux, & fe diftingue par une plus profonde reconnoiffance.

Le gefte du monarque , majeftueux & doux tout à la fois , répond au demi-vers *d'Alzire,* placé au bas de la gravure : *foyez libres , vivez.*

Sur le piédeftal on lit l'infcription très-noble indiquée par le *Courier du Bas-Rhin.*

A Louis XVI.

Sur l'emplacement de la Baftille,

Dans le lointain & au haut de l'eftampe on apperçoit un cadran figuré fur celui de la Baftille, c'eft-à-dire , fupporté par deux figures d'homme & de femme enchaînées par le col, par les mains, par les pieds, par le milieu du corps , & dont les chaînes forment une efpece de cartel au tour du cadran, & reviennent fur le devant fe raffembler en un nœud énorme : il eft frappé de la foudre, & au lieu de l'infcription gravée en lettres d'or , fur un marbre noir qui apprend qu'on eft redevable de ce cadran à M. *de Sartines,* on a placé celle-ci relative à cet événement, tirée de la déclaration du 30 août 1780, fur les nouvelles prifons : `` Ces fouffrances inconnues , ,, & ces peines obfcures, du moment qu'elles ne ,, contribuent point au maintien de l'ordre par

,, la publicité & par l'exemple, deviennent inutiles
,, à notre justice.... ,,

6 Avril. La clôture des grands théatres s'est
faite hier. Il n'y a rien eu de remarquable au
discours du théatre françois assez plat: on n'y a
observé qu'un seul fait, c'est l'accroissement du
zele des comédiens au point d'avoir joué ou
remis vingt-deux pieces dans le cours de cette
année dramatique, ce dont il n'y avoit peut-être
pas d'exemple.

Il s'st passé quelque chose de plus piquant
aux Italiens, où l'affluence a été plus grande:
aussi le sieur *Favart*, le fils, a saisi l'à-propos de
la circonstance de leur translation. Il a fait une
petite piece intitulée le *Déménagement d'Arlequin*:
ce qui amene d'une façon assez neuve la recapi-
tulation, seche ordinairement, des acquisitions
de l'année. Il l'a même varié en parlant générale-
m nt des pieces données depuis la refonte de ce
théatre, & propres à former le répertoire de la
nouvelle troupe, suivant le plan sur lequel elle
est établie aujourd'hui. Une partie de ces ouvrages
amene des couplets très-agréables, & dont
quelques-uns ont été redemandés.

La dame Desforges, femme du sieur Desforges, auteur de *Tom-Jones*, qui devoit naturellement faire les honneurs de la piece de son mari,
a annoncé au public par une tournure piquante
une autre production du même auteur.

7 Avril. Voici le peu de faits qu'on peut
extraire du volumineux ouvrage de M. Linguet;
encore ne doit-on y ajouter qu'une confiance
médiocre, par l'habitude invéterée qu'on lui
fait de mentir, & de mentir souve t avec une
impuaence qui en imposeroit à ceux qui ne le
connoîtroient

connoîtroient pas. On suivra l'ordre dans lequel il les reconte, qui est un véritable désordre, se ressentant toujours de la fougue de son imagination.

A l'approche de la rupture entre la France & l'Angleterre où résidoit M. Linguet en mars 1778, il écrivit à M. le comte de Vergennes, malgré sa répugnance à s'adresser à un ministre qu'il avoit si cruellement outragé, afin de savoir s'il y auroit sûreté pour lui à quitter un pays ennemi de sa patrie.

Le 20 mars le comte de Vergennes approuva la résolution de M. Linguet ; il lui ajouta que le comte de Maurepas l'approuvoit aussi ; qu'il pouvoit bannir toute inquiétude & prendre le parti qu'il voudroit.

Le 7 avril suivant M. Linguet demande de nouveaux éclaircissements ; il fait un sacrifice plus pénible & plus noble que celui de son séjour. Il ne le révele pas ici parce qu'il a donné sa parole de ne le pas révéler ; mais il en a été question dans le temps, & il portoit, à ce qu'il insinue, sur des offres séduisantes de la part de l'Angleterre, s'il vouloit se mettre à sa solde durant la guerre.

Le 23 avril il reçoit une réponse qui lui annonce, tant de la part du comte de Vergennes que de celle du comte de Maurepas, une sûreté entiere pour sa personne, & la liberté de continuer ses travaux littéraires.

Sous cette sauve-garde, M. Linguet s'est établi à Bruxelles. Il a fait plusieurs voyages en France en 1778 & 1779 ; il a vu les ministres, les *Annales* ont eu un libre cours ; cependant le 27 septembre il a été arrêté.

Sa captivité a paru finir le 19 mai 1781.
M. le lieutenant général de police eſt venu en
robe lui annoncer qu'il n'étoit plus priſonnier,
qu'il étoit exilé, en vertu d'un ordre remis à
M. Linguet qui le réléguoit dans un petit bourg
à quarante lieues de Paris, avec défenſe de déſemparer, *à peine de déſobéiſſance.*

M. Linguet s'eſt ſoumis : il a demandé deux
graces, l'une de reſter à Paris pour réparer ſa
ſanté & faire ſes affaires ; l'autre d'aller à Bruxelles
pour y arranger ſa maiſon de commerce. Il a
offert, du reſte, de quitter la plume. Il a obtenu la premiere grace, il n'a pu avoir la ſeconde ; on lui a dit : *Partez pour Rhétel, &*
n'en déſemparez pas. Il s'eſt rendu à Bruxelles
ſecrétement. Il comptoit encore compoſer de là
avec le gouvernement : il a continué ſes offres
de ne pas reprendre la plume : il méditoit un
voyage de pluſieurs années : après avoir été à
Vienne, il vouloit paſſer en Italie, lorſque des
amis fideles l'ont averti qu'on ne lui pardonne-
roit pas ſon évaſion, & qu'il n'étoit pas ſûr
pour lui de continuer ſa route. Il a eu peur, &
alors s'eſt déterminé à ſe retirer en Angleterre.
Il a renoncé à la grace qu'on lui avoit promiſe,
d'apprendre un jour, s'il étoit bien obeiſſant, le
véritable motif de ſa détention, & il a cru ne
pas devoir ſuivre le conſeil d'un homme en place
qui lui a dit : *Si vous voulez vivre ici, tâchez de*
vous faire oub ier.

M. Linguet affecte donc d'ignorer pourquoi
on l'a arrêté. On lui a dit que la lettre de cachet étoit émanée de la volonté directe du roi.
A ſa ſortie, il a ſu les bruits qui couroient ſur
les raiſons politiques données de ſa punition,

comme criminel d'état ; il les nie toutes. Il ne
nie pas la lettre au maréchal *duc de Duras*,
qu'il reconnoît très-offenfante & très-coupable.
Il rapporte une lettre qu'il écrivit au roi de fa
prifon à ce fujet, où il demandoit grace & im-
ploroit la générofité du maréchal ; ce qui fit
dire au fieur *Moreau*, fecretaire du comte de Vergennes : *Ha ! ha ! il fait donc le capon ?* Il s'excufe, au refte, auprès de S. M. fur ce que fa
lettre étoit une lettre particuliere, l'effet d'un
premier mouvement, & qu'il ne l'avoit pas publiée :
il a cette fageffe même aujourd'hui. Perfonne ne la
connoît que le maréchal qui l'a toujours niée, &
la police dont le fecret eft fûr.

M. Linguet parle d'une autre du 8 avril 1780,
le lendemain de celle au duc de Duras, adreffée à M. le lieutenant de police pour les miniftres au fujet de la fuppreffion de fes N°. 59
& 60 en mars, à la follicitation du maréchal
& du parlement de Paris.

C'eft à cette feule lettre contenant des mé-
naces qu'il rapporte la caufe de fes infortunes,
parce que la lettre de cachet, en vertu de laquelle
il a été arrêté, étoit déja décernée le 16 avril 1780.
Au refte, on ne l'a gardé fi long-temps en prifon que parce qu'on le craignoit.

On lui a dit au bout de quinze jours : « Il ne
» s'agit plus de votre détention; mais ils craignent
» que vous ne cherchiez à vous venger. »

M. Linguet paffe enfuite à fa captivité ; il
avoit rendez-vous, le foir même où il fut arrêté,
avec M. le lieutenant-général de police qu'il
alloit toujours voir le premier en arrivant à
Paris.

A peine arrêté, le fieur de Bruignieres, exempt

de police , le même défendu par M. Linguet
dans l'affaire du comte de Morangiès , fut à
Bruxelles : alors M. *la Greze*, secretaire en cette
ville de M. d'Adhemard , chargé des affaires de
France , qui étoit chez M. Linguet tous les jours,
vint trouver madame *Bulté* sa maîtresse. Il lui
fit offre de ses services ; il voulut emballer lui-
même les papiers les plus précieux de M. Linguet
dans la vache du carrosse de celui-ci, pour aller
les cacher dans sa maison de campagne à quelques lieues de la ville ; il répéta plusieurs fois
en travaillant au déménagement : *Si l'on sa-*
voit cela , je perdrois ma place. C'étoit un traître.
A peine arrivé au lieu du dépôt , il ouvrit la
vache & fut bien sot de n'y trouver que de la
paille. Pendant qu'il étoit allé souper, madame
Bulté avoit eu l'adresse de faire la soustraction.
On sait ce qui s'est passé ensuite. Une chose fort
extraordinaire , incroyable de la part même de
quelqu'un qu'on connoîtroit pour véridique, c'est
que M. Linguet assure n'avoir subi aucun interrogatoire durant tout le cours de sa détention.
Et cependant , au milieu de son bavardage , il
lui échappe des choses qui indiquent parfaitement qu'il a été interrogé.

Dans le récit que M. Linguet fait des mauvais traitemens qu'il a éprouvés , on ne trouve
rien d'important. C'est une infinité de petits détails qu'il exagere à sa maniere : bien plus, des
faussetés avérées pour telles au su & au vu de
tous ceux qui ont été à la bastille. Du reste, il
prétend que ce n'est qu'à la fin de novembre
1781 qu'il a pu avoir quelque vêtement, qu'il a
été huit mois sans aucune correspondance, même
avec le sieur *le Quesne* ; qu'après avoir été long

temps malade à la fin de 1782 , perdant le peu
d'espoir qu'il avoit eu de sa liberté lors de l'ac-
couchement de la reine , par l'entremise de M. *de
Maurepas* bien disposé , mais qui vint à mourir ,
il avoit désiré faire son testament & voir un notaire , ce qu'il n'avoit jamais pu obtenir ; de-là
l'augmentation du soupçon que l'on favorisoit *le
Quesne* pour lui faire échoir toutes les dépouilles
du prisonnier en cas de décès.

Quelques anecdotes sur M. & Madame de
Launay , tout-à-fait contraires au caractere connu
d'honnêteté , de douceur , d'humanité de l'un
& de l'autre , achevent de décréditer auprès de
ceux qui ne se laissent pas toucher par une fausse
commisération , la relation d'un historien qui ,
pour pallier tous ses torts , tous ses mensonges ,
toutes ses calomnies , s'est souvent rejeté sur son
imagination qu'il ne pouvoit maîtriser.

8 *Avril.* M. *Linguet* avoue assez franchement
aujourd'hui que l'argent de sa poste oculaire est
la lumiere. Il confirme dans ses mémoires que
l'essai en a été tenté avec succès , & que la seule
objection qu'on lui eut faite , c'est que cet agent
ne pourroit être utile pendant un temps de neige
ou de brouillard.

8 *Avril.* Extrait d'une lettre de Bordeaux , du
premier avril.... Voici plus de détails sur l'affaire qui a si fort scandalisé le maréchal de Mouchy. Il étoit question d'un procès entre deux particuliers que M. de Beaumont , commandant pour
le roi dans une partie de l'Angoumois , avoit
remis à l'arbitrage du grand prévôt de la maré-
chaussée & du subdélégué. Les plaidants y avoient
acquiescé. Les juges , après avoir terminé la question civile , ont condamné une des parties à un

mois de prison. Celle-ci qui avoit bien voulu mettre en compromis devant des étrangers, ses intérêts civils, mais non sa liberté, s'est pourvu au parlement de Bordeaux, qui a cassé la prétendue sentence de ces arbitres, les a décrétés, &c. On prétend cependant qu'il n'y a point dans l'arrêt l'injonction même aux gouverneurs dont je vous ai fait mention dans ma derniere lettre, assez naturelle cependant.

Le maréchal de Mouchy dont s'étoit sans doute autorisé M. de Beaumont, n'en est pas moins furieux. On ne croit pas que légalement l'arrêt puisse être cassé.

8 *Avril*. Une mulâtresse, dimanche dernier, a attiré à Versailles dans la galerie l'attention de tous les courtisans & même de la famille royale. Elle est du Cap, & libre, étant de l'accouplement d'une blanche avec un negre. Elle a gagné beaucoup à plusieurs métiers, & arrive ici chargée des dépouilles des riches Américains, & même de nos jeunes seigneurs françois qui ont été sur les lieux durant la guerre. C'est la *Duthé* & la *Gourdan* de Saint-Domingue. On la qualifie de la *Belle Ysabeau*. Elle ne paroît point telle à Paris ; elle n'a pour elle que la taille, elle est vétue avec la derniere élégance comme nos petites maîtresses ; ce qui la rend encore plus ridicule, au point que la reine, quoiqu'habituée à voir des negres & négresses, à son aspect n'a pu s'empêcher de s'écrier dans un mouvement de répugnance involontaire: *Ah! que c'est laid.*

9 *Avril*. Si l'on en croit M. Linguet dans ses *Mémoires sur la Bastille*, M. *Pelisseri*, Genevois, dont le crime unique est d'avoir fait quelques remarques sur les opérations financieres de mon

fieur Necker, étoit depuis trois ans à la baftille ; ce dont il a été inftruit.

9 *Avril*. M. de Fleuri non-feulement n'a pas donné fa démiffion volontairement , mais n'a pu contenir fon humeur, au point que le dimanche 30 mars , jour' où M. d'Ormeffon lui avoit donné rendez-vous au contrôle général pour lui prendre le porte-feuille , & en recevoir les papiers effentiels , le nouveau contrôleur-général l'ayant un peu fait attendre , il l'a traité fort durement , lorfqu'il eft arrivé : il lui a dit qu'il n'avoit pas le temps d'entrer dans de plus grands détails , & lui a jeté les clefs fur la table.

M. de Fleuri quitte toutes fes places ; il donne même fa démiffion de celle de confeiller d'état. Le roi lui conferve environ trente-quatre mille livres de bureaux qu'il avoit avant d'être miniftre des finances ; il y joint la penfion de vingt mille livres , ce qui fait un fort fort agréable. Il va vivre dans la retraite & en philofophe , autant que le peut un ambitieux.

10 *Avril*. Depuis dix à douze jours il eft queftion d'une découverte finguliere dont on ne peut plas douter par l'aveu de perfonnages qui y figurent & y ont eu quelque part.

Voltaire n'avoit point oublié les mauvais traitements qu'il avoit éprouvés du roi de Pruffe, fon enlevement à Francfort , &c. & , quoiqu'il parût réconcilié avec ce prince qui lui avoit rendu depuis fes bonnes graces , & qu'il encenfoit encore de temps en temps par politique , il en confervoit un reffentiment profond. Il avoit configné tout cela dans un manufcrit auquel il avoit joint les anecdotes particulieres qu'il

I 4

avoit pu recueillir , ou comme témoin , ou comme
à portée de fouiller mieux qu'un autre dans la
vie privée de ce prince.

Ce manufcrit s'eft trouvé dans les papiers de
Voltaire ; il étoit fous enveloppe , cacheté , &
dans la fufcription le défunt vouloit qu'il ne fût
ouvert qu'à la mort du roi de Pruffe. Madame
Denis , qui auroit dû fe rendre dépofitaire d'un
tel fecret , & conferver le paquet , par inadver-
tence , par bonne foi ou par ignorance , l'a livré au fieur Pankouke avec le refte , lors de la
vente qui lui en a été faite , & ce libraire fort
étourdi , dans fa rétroceffion au fieur de Beaumarchais , n'a pas eu plus de réferve.

Celui-ci ayant flairé le paquet , a jugé que ce
pouvoit être du bon , & fans fcrupule ni pudeur ,
a enfreint les volontés du teftateur & l'a ouvert.
Il a été enchanté de fon tréfor ; mais s'eft trouvé
embarraffé de l'ufage qu'il en feroit. Ne pouvant
fe flatter que le roi de Pruffe mourût avant l'im-
preffion de l'édition qu'il a entreprife des œuvres
de Voltaire , il a fenti l'impoffibilité de l'inférer
dans le recueil; d'ailleurs, par une infidélité envers fes foufcripteurs , il a conçu qu'il en tireroit
un excellent parti en le réfervant pour une meilleure occafion ; mais il n'auroit pas été fûr de le
faire imprimer même clandeftinement. 1°. Il falloit trouver un imprimeur affez hardi pour cette
entreprife ,& affez fûr pour garder le fecret. 2°. On
auroit même enfin découvert le myftere en re-
montant à la fource, & en interrogeant le fieur
Pankouke & Mad. Denis. Il a craint le reffentiment du roi de Pruffe , & a imaginé de rufer
d'une autre maniere. C'a été de lire ce manu f-

crit confidemment à quelques amis, de le communiquer de même à quelques grands seigneurs.
Il s'est flatté que la nouvelle en parviendroit
ainsi indirectement au roi de Prusse, & que ce
monarque intéressé à la souftraction de l'ouvrage,
en folliciteroit la remise, & le paieroit au poids
de l'or.

Voilà très-vraisemblablement la vraie cause de
la publicité que reçoit aujourd'hui cette anecdote,
& de la fermentation qu'elle excite dans tous les
bureaux littéraires.

11 *Avril.* Les assemblées du palais continuent
pour procéder à la réforme des abus de la justice ; elles sont chaudes, parce que beaucoup de
grands chambriers ont peine à se départir de
leurs bénéfices. Ce qui donne de l'espoir aux
récalcitrants, c'est que le premier préfident en
retire encore de plus gros que les autres, que
celui-ci aime singuliérement l'argent, & qu'il ne
renoncera que forcément au lucre de ce genre,
qui est immense dans sa place : en voici un petit
échantillon.

Tous les bureaux se tiennent chez le premier
préfident, & il est passé toujours préfent pour
ses vacations, qu'il y assiste ou n'y assiste pas ;
il ne pourroit d'ailleurs se trouver physiquement
à tous, puisque plusieurs ont lieu en même
temps.

En outre, ces vacations s'estiment par heure, non suivant la durée physique du temps,
mais suivant celui qu'il plaît à messieurs d'évaluer
à raison de la difficulté de l'examen qui exigeroit deux heures d'un juge borné ou qui a le
travail difficile, & ne coûte qu'un demi-

I 5

quart d'heure à un magiſtrat intelligent & lu-
mineux.

Quelqu'un a fait ainſi le relevé des heures
que le premier préſident a touchées pour ſes vacations depuis qu'il eſt en place , & l'on a trouvé
qu'en ne faiſant pas autre choſe , il avoit déja
vécu quatre cents ans.

Comme il eſt à craindre pour les pauvres plaideurs que la ténacité de meſſieurs de grand'chambre ne laſſe la conſtance de meſſieurs des enquêtes
& requêtes , dont les zele éphémere pourroit ſe
rallentir , on a cru devoir les réchauffer par un
petit pamphlet qui ſe répand très- clandeſtine-
ment depuis quelques jours dans le public , mais
qu'on a eu ſoin de faire parvenir en même temps
à tous meſſieurs ; il a pour titre : *Converſation fa-
miliere de M. l'abbé Sauveur, conſeiller de grand'-
chambre du parlement de Paris, avec Mlle. Sauveur, ſa très-honorée ſœur, & l'avocat P***,
ancien ami de la maiſon.*

11 *Avril.* On s'entretien encore du nouveau
contrôleur · général. On recherche ſon origine,
& l'on raconte une anecdote que peu de gens
ſavoient , c'eſt que les d'Ormeſſon prétendent deſ-
cendre de Saint François de Paule, le fondateur des
Lazariſtes , & en conſéquence n'ont pour livrée
que des habits bruns.

M. d'Ormeſſon , le contrôleur-général, eſt riche , mais ne fait point l'hypocrite comme ſes
prédéceſſeurs. Il prend les émoluments de ſa place.
Dès le trente mars il a fait rendre des lettres-
patentes , enrégiſtrées en la chambre des comptes le premier avril , qui ordonnent que le contrôle des expéditions de finances qui y ſont ſujet-
tes, ſera fait à l'avenir par le contrôleur-général

des finances, comme avant les lettres - patentes de 1777.

Le charlatan Necker avoit affiché le défintéreffement jufqu'à refuser ce droit de fignature. M. de Fleuri lui fuccédant immédiatement n'avoit ofé le faire revivre.

Le traitement d'un contrôleur - général pour l'objet de repréfentation eft de 200,000 livres. M. de Fleuri n'y avoit pas renoncé tout - à - fait, d'autant qu'il ne falloit aucun acte d'éclat pour en jouir ; mais il s'étoit fait valoir auprès du jeune monarque , ami de l'ordre & de l'économie , & avoit déclaré pouvoir fe tirer d'affaire avec 160,000. On ne fait pas fi pour ne point laiffer perdre le droit de fes fucceffeurs moins riches que lui, M. d'Ormeffon ne fera pas confeillé de réclamer la fomme entiere annexée à l'honorifique de fa place.

11 *Avril.* Entre les chofes curieufes qui fe trouvent dans le manufcrit de Voltaire fur le roi de Pruffe , on parle d'une Ode que ce monarque, en guerre avec la France en 1758 , compofa après la bataille de Crevelt. On affure que dans cette philippique véhémente , le monarque poëte y peint des couleurs les plus fortes & les plus vraies l'apathie de Louis XV , fa maîtreffe, fa luxure , tous les vices de fa cour & l'abâtardiffement entier de la nation.

Voltaire eut de bonne heure une copie de l'ode : il y auroit volontiers répondu ; mais, craignant de fe compromettre , il la fit parvenir indirectement au duc de Choifeul. Ce miniftre frémit de rage en la lifant ; il fait appeler le fieur Paliffot ; il lui donne la clef de l'anecdote & le charge de répondre ; ce que fit celui-ci de

I 6

maniere à contenter le duc de Choiseul, qui, craignant que Frédéric ne fît paroître son ode, pour le contenir, lui fit parvenir celle du sieur Palissot. Tout cela étoit resté dans le silence depuis cette époque, & est aujourd'hui révélé par l'indiscrétion du sieur de Beaumarchais.

On a interrogé le sieur *Palissot*, qui certifie l'anecdote, mais jette les hauts cris & contre le duc *de Choiseul* qui l'a compromis en laissant connoître son nom à *Voltaire*, & contre la méchanceté de *Voltaire* qui l'articule tout au long, & contre l'infidélité encore plus grande du sieur *Caron*, qui expose ainsi le vengeur de *Louis XV* & de la nation, au ressentiment d'un souverain outragé.

Du reste, on a par-là la clef de la haute protection que le sieur *Palissot* trouva dans le même temps auprès du gouvernement. On lui avoit promis une récompense qu'il n'eut point. Mais on lui donna la permission de faire jouer ses *Philosophes*, & de donner un libre cours à beaucoup de méchancetés qu'on n'auroit pas tolérées de sa part dans toute autre circonstance.

Quant à l'ouvrage même de *Voltaire*, ceux qui l'ont entendu lire, disent qu'il est divisé en deux parties, que la premiere est charmante, que la seconde n'est pas aussi bien faite.

12 *Avril*. Le pamphlet dont on a parlé, fait un bruit du diable au palais, parce qu'il révèle une foule d'anecdotes malheureusement trop vraies, à ce qu'on assure, & qui ne font pas honneur à quantité de messieurs les grands-chambriers.

L'auteur suppose que l'abbé *Sauveur* revient du palais, de la premiere assemblée où messieurs *d'Epremesnil* & *d'Outremont* ont fait la fameuse

dénonciation des abus à réformer dans la justice ;
il est tout essoufflé & dans une colere affreuse ;
sa sœur qui passe pour sa confidente & qui le
mene à la lisiere, est alarmée de son état &
veut en savoir le sujet. Il le conte avec beaucoup de peine ; elle le calme & lui dit qu'il ne
faut pas perdre la tête ; que ce projet de réforme, tant de fois annoncé, n'a jamais eu lieu, &
qu'il pourroit bien encore échouer cette fois. Elle
veut discuter avec lui la matiere, calculer les
formes qu'on peut opposer aux réformateurs ; elle
passe en conséquence en revue tous les membres
accrédités du parlement depuis le garde-des-sceaux,
qui en est le chef ; ce qui donne lieu de donner
le coup de patte à chacun suivant ses talents &
son mérite, & il en résulte qu'il n'y a point
d'inquiétude à avoir ; que, malgré la bonne volonté du monarque, malgré le zele de quelques
présidents, & la chaleur des enquêtes & requêtes,
les vieux routiers de la grand'chambre, plus fins
& plus expérimentés, mettront en défaut l'activité
de ces jeunes limiers.

L'avocat qui est en tiers, joue un grand rôle,
& c'est lui qui est l'historien des vexations de
messieurs, dont il choisit les plus criantes & les
plus connues. Il est à souhaiter, si les faits sont
vrais, que ce pamphlet puisse être assez répandu,
pour démasquer tant de magistrats pervers, & les
obliger au moins à se défaire de leurs charges.

Il paroît que l'auteur a choisi l'abbé *Sauveur*
pour le premier de ses interlocuteurs, comme un
bon homme sans malice, qui se laisse aller seulement à l'exemple, & qui feroit honnête, s'il
vivoit avec des confreres qui le fussent.

12 *Avril.* Messieurs de la chambre des comptes

ont rempli aujourd'hui la religieufe cérémonie
annuelle qui a lieu conftamment à pareil jour.
Le famedi, veille du dimanche des rameaux, ils
fe tranfportent en corps à la Sainte-Chapelle : on
y chante une grand'meffe en mufique, & à la
fin meffieurs vont après trois génuflexions baifer
la vraie croix : c'eft le nouveau tréforier qui la
leur a préfentée cette fois.

Le fieur *le Gros*, qui n'avoit point voulu
chanter à l'opéra fur la fin, a retrouvé fa voix
pour cet acte de piété, & a brillé durant la
meffe.

On a remarqué avec douleur que les membres
de la chambre qui affiftoient autrefois en foule
à cette adoration périodique, s'en exemptent affez
légérement depuis quelques années, & fur-tout
qu'à celle-ci il y avoit très-peu d'adorateurs.

12 *Avril*. M. *Jolas*, avocat aux confeils, peu
connu, vient d'être interdit & d'acquérir tout-
à-coup une grande célébrité. Il eft queftion de
mémoires qu'il a faits pour un fieur *Defaftre* paffé
en Pruffe, y ayant obtenu la confiance de ce
fouverain, & qu'il avoit mis à la tête de fes
finances, enfuite chaffé, &c. Il y a dit des chofes
qui ont paru indirectement injurieufes à S. M.
Pruffienne.

Fenouillet de Clofey, fon avocat adverfe, a
relevé ces paragraphes, les a raffemblés, & a fait
voir combien ils bleffoient la majefté du trône,
& les magiftrats les ont fans doute regardés
comme tels, quoique M. *Jolas* prétendit qu'ils
étoient inféparables de fa caufe, & que c'étoit
fon adverfaire qu'on devoit regarder comme le
vrai coupable, puifque, par la méchanceté avec

laquelle il les avoit réunis & préfentés , il leur
donnoit une exiftence nouvelle & les divulguoit.

13 *Avril.* On peut fe rappeller la rixe du fieur
Neuville , directeur de la comédie de Rouen , avec
un perruquier. Comme celui-ci n'eft pas mort de
fes bleffures , l'hiftrion n'avoit été condamné qu'à
un banniffement perpétuel , à trente mille francs
de dommages envers le roi, &c.

Il faut fe rappeller auffi qu'un M. *Couronne* ,
le magiftrat qui auroit dû informer le premier du
délit , avoit été interdit pour fa négligence.

Quant à celui-ci , le confeil ayant demandé
les motifs de l'arrêt du parlement de Rouen ,
ils ont été trouvés infuffifants , & l'arrêt a été
caffé comme rendu *ab irato* , par humeur.

A l'égard du fieur *Neuville* , il pourfuit auffi
la caffation de fon arrêt au confeil , & vient de
fe conftituer prifonnier.

14 *Avril. Monfieur* vient de donner une marque de fon goût pour les lettres , en commandant
au fieur *Didot* , renommé pour fes chef-d'œuvres
typographiques , une nouvelle édition de la
Jerufalem délivrée du Taffe , contenant feulement
le texte original en deux volumes in-4°. L'ouvrage fera orné de quarante eftampes , & d'un
frontifpice dont ce prince a défigné lui - même
les fujets. Les deffins en feront faits par M. *Cochin* ,
& la gravure par M. *Tilliard* , qui promet de fe
rendre févere fur le choix de fes coopérateurs. La
réunion de talents auffi diftingués promet au public
une édition digne à tous égards de paffer à la
poftérité.

Monfieur , après en avoir retenu cinquante
exemplaires pour lui & pour la famille royale ,
a permis qu'on reçût des foufcriptions pour cent

cinquante exemplaires feulement, qui coûteront douze louis chaque.

14 *Avril.* Le mercure de France eft comme ces monftres voraces, qui ne groffiffent que par la dévaftation & le carnage : on a vu combien ce journal deftructeur a déja abforbé de fes femblables. Aujourd'hui que par la paix il manque d'aliments, il menace d'en engloutir encore deux autres. L'un eft le *Journal de la librairie*, qui contient la notice exacte des livres nouveaux, de la mufique, des eftampes & des arrêts, de l'invention du fieur D. *Pierres*, imprimeur ordinaire du roi : afin de ne point perdre de terrein, le Mercure charge fa couverture, qui eft aujourd'hui d'un gris fale, de ce journal.

L'autre eft la *Gazette des Tribunaux* de M. *Mars*, avocat : celui-ci lui fert à remplir le vuide de la politique.

Enrichi de toutes ces dépouilles, le Mercure n'en eft pas moins fec, moins aride, moins monotone, moins ennuyeux, qualités qui, malgré les formes de toute efpece qu'on lui a fait prendre depuis plus d'un fiecle qu'il exifte, tiennent fans doute tellement à fon effence qu'il ne peut les perdre.

14 *Avril. Actions furvivancieres inftituées avec l'agrément du roi, par leurs alteffes féréniffimes monfeigneur le duc & madame la ducheffe de Chartres*, en faveur des officiers, employés, rentiers viagers, grevés de fubftitutions, douairiers & fimples ufufruitiers qui defireroient affurer, après leur décès, un capital difponible, pour fervir de gage à leurs créanciers, de legs à des parents, amis, ou domeftiques, & en cas de mariage,

de douaire à leurs femmes , de patrimoine à leurs enfants.

Tel eft le *profpectus* d'un emprunt indéfini , imaginé par leurs alteffes , extrêmement compliqué , & qui exige une longue méditation avant d'être compris.

15 *Avril*. On commence à s'entretenir de la nouvelle falle de la comédie italienne , du moins quant aux entours & à l'extérieur ; car les dedans n'ont pas encore été vus par beaucoup de monde.

On s'apperçoit d'abord du premier défaut fenfible aux plus ignorants , c'eft que la façade auroit été infiniment mieux préfentée du côté du boulevard , & que c'eft une mal-adreffe impardonnable d'avoir eu égard à la délicateffe des hiftrions qui ne vouloient , difoient-ils , avoir rien de commun avec les fpectacles forains établis dans cette partie de Paris.

Un fecond défaut , c'eft d'avoir laiffé ce monument à la difpofition d'un particulier qui , travaillant pour fon compte & fans aucun égard aux grandes vues qui doivent diriger en pareil cas l'adminiftration , n'a fongé qu'à l'édifice , fans s'occuper des acceffoires & des avenues.

De là point de rue en face du périftille ; de là nul point d'optique, la place qu'on y a conftruite n'ayant pas l'étendue qu'il lui faudroit , & n'étant guere plus grande que la cour d'un grand hôtel particulier.

On n'entre dans cette place que par deux rues latérales , courtes & étroites, de forte que le fpectateur ne peut faifir au premier coup d'œil l'enfemble du bâtiment, d'ailleurs enterré par l'exceffive hauteur des maifons qui l'entourent, toutes plus élevées que lui.

Enfin les différentes rues qui y aboutiffent ne font point affez larges pour la circulation libre des carroffes , & font très-dangereufes pour les gens de pied , faute de trotoir qui les mette en fûreté.

Tels font les principaux défauts contre lefquels on crie déja & à jufte titre.

16 Avril. On attribue à l'abbé _Baudeau_ l'imagination des _actions furvivancieres_ : d'autres affurent que c'eft un projet ancien ; mais le _pathos_ du préambule eft certainement de lui , & perfonne ne le lui contefte.

Cet auteur prétend qu'il manquoit à la France un établiffement , au moyen duquel les jouiffances purement viageres puffent concourir au bonheur de l'individu qui les poffede , & profiter encore à fes fucceffeurs.

Les richeffes des bénéficiers , des grevés de fubftitutions , des ufufruitiers , des rentiers viagers , des employés à appointements , périffent en général avec les perfonnes qui en jouiffent. En vain la furabondance des revenus fait-elle naître le projet d'accumuler & de mettre en réferve ; en vain la bienfaifance même invite-t-elle à l'économie. On jouit du préfent : on compte fur l'avenir ; la vie fe paffe : les fruits fe confomment , & le rentier , avec qui tout périt , emporte au tombeau le regret ftérile de mourir inutile à fa famille , à fes amis , fouvent même infidele à fes créanciers.

D'ailleurs, les jouiffances viageres & non tranfmiffibles ifolent les individus , & il importe à la fociété de multiplier l'union entre tous ceux qui a compofent. La générofité d'une part, la reconnoiffance de l'autre, en formant les plus doux liens qui puiffent attacher les hommes les uns aux autres, font le germe de prefque toutes les vertus fociales : favorifer l'action refpective de ces deux fentiments, ouvrir à la patrie une nouvelle fource de libéralité & de gratitude, eft un ouvrage vraiment digne de la fpéculation d'une belle ame, du développement des reffources d'un grand prince, & de la protection immédiate du fouverain.

En un mot, l'abbé Baudeau fait envifager le projet comme remédiant aux plaintes des politiques, fe plaignant que les rentes viageres fi communes en France depuis quelque temps, font les moyens de finance les plus pernicieux & les plus deftructeurs d'un état, puifqu'il en tarit la vraie richeffe qui eft la population.

Du refte, voici le réfumé du plan de l'emprunt. Il ne peut avoir lieu que depuis huit ans jufqu'à foixante inclufivement.

Chaque actionnaire paiera annuellement à l'emprunteur 5oo liv., & pour prix de cette preftation annuelle, il affure à fa fucceffion un capital déterminé en proportion de l'âge, fuivant une table annexée au profpectus.

Le cas où un prêteur cefferoit après plufieurs années de payer la rente eft prévu ; il ne perdroit pas fes avances, mais ne feroit jouir fes héritiers qu'en proportion de ce qu'il auroit donné.

16 Avril. M. le Bas, graveur du cabinet du roi, confeiller de fon académie royale de peinture & de fculpture, membre de l'académie des fciences & arts de Rouen, eft mort ces jours-ci. Il n'eft perfonne qui ne connoiffe les ou-

vrages de cet excellent artiste, qui a beaucoup travaillé.

L'académie a perdu presque en même temps un autre membre en la personne d'André Bardon, peintre, directeur perpétuel de l'académie de Marseille, membre de celle des belles-lettres, sciences & arts de la même ville. Celui-ci étoit plus pour la théorie que pour la pratique; il a écrit sur son art sinon avec goût, au moins savamment & avec intelligence : il a composé aussi des ouvrages de littérature, & même de vers.

17 *Avril*. Les personnages qui figurent dans la nouvelle correspondance au sujet des épices, des secretaires & autres brigandages du palais, sont M. le garde-des-sceaux, dont l'auteur disposé à tout voir en mal, représente la Finesse, comme fausseté ; la Patience, comme pusillanimité; la Douceur, comme foiblesse.

Vient ensuite le premier président d'Aligre, qu'il peint comme un vilain, un avare, un homme sans mœurs, joignant à l'indécence l'incapacité ; se laissant mener par son secretaire Dufour, dont il tolere & autorise les friponneries qu'il ne peut ignorer.

Presque tout le grand banc est passé en revue. On reproche à M. d'Ormesson sa lâcheté d'avoir accepté le partage des fonctions de la premiere présidence, sans en avoir aucun honorifique, de n'être que l'homme de peine de M. d'Aligre.

M. Saron est un académicien qui lit dans les astres, & ne sait pas ce qui se passe à ses pieds. M. de Fleuri est le plus faux de la famille, & c'est beaucoup dire.

M. Gilbert est une bonne dupe qui donne dans

tous les panneaux qu'on lui tend, & redoute fa femme comme fon précepteur.

M. Pinon eft un homme foible qui craint le bruit.

M. de Rozambo, gendre de M. de Malesher-bes, n'a qu'un feu de moufquetaire (il s'étoit fait militaire durant la fuppreffion) : il aime bien mieux les foyers des fpectacles, les habits gris & les boudoirs, que la robe & les fleurs de lis du palais.

M. de Lamoignon même, dont on loue le zele & le défintéreffement, n'eft pas épargné fur les menées de fon ambition fourde & active.

Le préfident de Guibeville, honoraire des re-quêtes, qui pourroit fe difpenfer de venir au palais, eft la petite pofte du préfident d'Ormeffon, comme l'abbé Sabbathier eft l'efpion des enquêtes.

M. le Fevre d'Ammecourt eft le major de la compagnie. C'eft le plus intrigant perfonnage du parlement ; c'eft un prothée qui tourne à tout vent, qui change cent fois de forme, & n'en conferve aucune.

Meffieurs Chouart, Titon, Nouet, l'abbé de l'Attaignant, l'abbé Tandeau, l'abbé Pommier, tiennent auffi leur rang dans ce tableau, & l'on révele des anecdotes concernant chacun d'eux qui ne leur feroient pas honneur fi elles étoient bien avérées.

M. de Chavanne, le doyen, eft le feul épar-gné, le feul exalté pour fon honnêteté & fon fincere amour de la juftice.

Une anecdote bien finguliere, dont on parle depuis long-temps, & qu'on donne ici comme très-conftante, c'eft que le premier préfident tou-che tous les ans 150,000 liv. de la cour pour diftribuer dans la grand'chambre à fon gré , fuivant qu'il juge néceſſaire de fe concilier certains membres , & de les attacher à fon parti. Il s'enfuivroit à peu près la même corruption que dans le parlement d'Angleterre.

Le réſultat eſt qu'au moyen de tous ces arcs-boutans , de tous ces baſtionnaires de la grande chambre , les efforts des enquêtes & requêtes feront vains : qu'on furprendra la religion du roi ; qu'on lui fera entendre que tout eſt au mieux poſſible ; qu'il n'y a point d'abus au palais ; que c'eſt une viſion creuſe des jeunes gens , & que dans le fait tout reſtera comme il eſt , ou plutôt ira de plus mal en plus mal.

17 Avril. Il a été queſtion dans les papiers étrangers d'un *automate, joueur d'échecs* ; on n'en parloit plus depuis long-temps. Il vient d'arriver à Paris , digne théatre où il pourra s'exercer devant les connoiſſeurs.

C'eſt un M. *Anthon* qui l'a conduit de Vienne ici , & le public pourra commencer à le voir pour la première fois lundi 21.

Cet *automate* repréſente une figure d'homme de grandeur naturelle , habillée à la turque. & aſſiſe derriere une commode , fur laquelle eſt placé l'échiquier ; il joue une partie aux échecs avec la première perſonne de la compagnie qui fe préſente. Avant que de commencer la partie , M. *Anthon* ouvre toutes les portes de la commode pour en faire voir l'intérieur , dont la plus grande partie eſt compoſée de rouages , leviers , cylindres , cadrans , reſſorts , &c. ; les portes refermées , l'automate commence ſa partie.

Ce ſpectacle paroît bien ſupérieur aux autres méchaniques déja connues , au *canard qui digere, au flûteur &c.* en ce qu'il s'agit ici non-feulement d'opérations phyfiques , mais d'opérations intellectuelles foutenues.

17 *Avril.* Meffieurs *Piis & Barré* depuis fix mois étoient chargés de faire le compliment d'ouverture de la nouvelle falle du théatre italien ; mais ils annoncent que ce ne feront plus eux , tant ils redoutent la critique. On dit que c'eft le fieur *Sedaine* qui les remplace.

18 *Avril.* Depuis qu'on s'occupe de la réforme du palais & fur-tout depuis la brochure dont on a parlé, il eft finguliérement queftion du fieur *Dufour*, l'un des fecretaires du premier préfident, qu'on appelle plaifamment dans ce pamphlet *le premier préfident des fecretaires.* Les friponneries qu'on en révele ont tellement indigné les clercs du palais & autres jeunes gens , que dimanche dernier , comme le fieur Dufour fe promenoit, on fe le montroit au doigt & l'on difoit.. ... *Ah ! le voilà , le voilà....* Il a voulu faire bonne contenance ; mais la foule groffiffant & le pourfuivant, il a été obligé de gagner la porte & de s'échapper , ce qui a fait courir le bruit que fon maître avoit reçu ordre du roi de le chaffer.

18 *Avril.* Comme M. *le Fevre* a l'honneur d'appartenir à M. le duc *d'Orléans* ou du moins à madame *de Monteffon* , en qualité de fecretaire de fes commandements ; qu'il préfide aux fpectacles de cette dame, & vraifemblablement lui donne fes confeils fur les divers ouvrages qu'elle compofe ; que d'ailleurs elle s'intéreffe fortement à lui; qu'elle l'a marié & lui a procuré une fortune , elle a été fort touchée des tergiverfations de l'ambaffadeur d'Efpagne , & de la

mollesse de M. le garde-des-sceaux , qui n'a pas
voulu prendre sur lui de laisser passer la tragédie de *Dom Carlos*, dont on a parlé. Ceux qui
connoissent cette piece , assurent qu'il n'y a pas
un mot d'offensant contre la cour de Madrid.
En conséquence , pour narguer l'un & l'autre ,
il est décidé que les comédiens françois joueront
mardi prochain 22 cette tragédie au théatre de
madame *de Montesson*, & tous les gens de lettres
sont sur pied pour avoir des billets.

On doit jouer aussi incessamment au même
théatre une tragédie en vers de madame *de*
Montesson.

18 *Avril.* Si l'on en croit la conversation fa-
miliere de M. l'abbé Sauveur, la *vie de M. d'Aligre*
est toute faite & imprimée ; mais la distribution
en a été arêtée il y a huit mois.

Quoi qu'il en soit , l'apparition de la premiere
brochure le désole presque autant ; il a fait l'impossible pour empêcher qu'elle ne se répandît. Il
y a eu des perquisitions séveres. On a remonté
bien près de la source, à ce qu'on assure ; mais
enfin la vigilance des officiers de police s'est
trouvée en défaut. Il en résulte seulement qu'elle
se vend fort cher.

18 *Avril.* On parle d'un nouveau prix annuel
extraordinaire, proposé par l'académie royale des
sciences pour l'année 1784.

Le même citoyen anonyme dont la compagnie
a déja adopté deux fondations, l'une ayant pour
objet des expériences dirigées vers l'objet le plus
utile aux classes de la société les plus malheu-
reuses : l'autre de rendre les opérations des arts
méchaniques, mais mal-saines ou moins dange-
reuses ; a adressé un mémoire à l'académie très-
bien

bien rédigé, où il explique fes nouvelles intentions, qui font de réduire les procédés de ces arts
à la plus grande fimplicité poffible.

La fondation eft auffi une fomme de 11,000
livres qui fera placée ; & avec l'intérêt on fera
frapper une médaille, récompenfe du vainqueur.

La première fera de la valeur de 1,080 livres.
Elle fera décernée dans l'affemblée publique d'après
pâque. Le fujet eft de *perfectionner la conftruction*
des moulins à eau , fur-tout de leur partie inte-
rieure , de maniere qu'ils foient plus fimples , s'il
eft poffible ; qu'ils donnent & plus de farines &
des produits plus diftincts dans la qualité de ces
farines ; que par la réunion & le jeu des blutte-
ries , à mefure que la farine eft extraite du grain,
ils deviennent propres à la nouvelle efpece de mou-
ture adoptée depuis quelques années dans les moulins
de Corbeille , & dans quelques autres voifins de la
capitale ; enfin, qu'ils renferment différentes mécha-
niques , pour qu'ils puiffent , au moyen de la force
qui les fait mouvoir , produire les divers effets né-
ceffaires à leur fervice.

19 *Avril*. Les amis de M. *d'Ormeffon* font
fâchés qu'à fon âge il fe foit déterminé à prendre une place auffi critique que celle qu'il occupe.
Il eft riche, il a plus de 100,000 livres de rentes ; il avoit l'eftime & la confidération générale;
s'il ne fait pas des opérations utiles & brillantes ;
on ne manquera pas de lui favoir mauvais gré
d'avoir accepté un fardeau au deffus de fes forces.
On veut que fa mere même fe foit expliquée de
la forte, & ne lui donne que trois ou quatre ans
pour être fous la remife.

La réponfe à tout cela, c'eft que le roi l'a voulu.
Il paffe pour conftant aujourd'hui que M. le

comte *de Vergennes* avoit proposé à sa majesté
d'abord M. *le Fevre d'Ammecourt* , ensuite monsieur *de Calonne* , d'autres ajoutent M. *Foulon* , &
que le roi n'ait voulu d'aucun de ces messieurs
comme notés dans le public & lui étant désa-
gréables.

Quoi qu'il en soit , *Louis XVI* en espere mieux
sans doute que ces partisans si zélés de la gloire
de M. *d'Ormesson*. Il continue à se féliciter de
l'avoir choisi. *Pour le coup*, s'est écrié sa majesté ,
*on ne dira pas que ce soit la cabale qui ait fait
nommer celui-ci.*

19 *Avril*. Le sieur de *Beaumarchais* , qui aime
à entretenir toujours le public de lui , ne pouvant obtenir de faire jouer à la comédie françoise
son *mariage de Figaro* , comme une piece trop
orduriere , a imaginé de solliciter madame la
duchesse *Jules* de vouloir bien permettre qu'on
l'exécute devant elle , afin d'en juger. Il se flatte
que toutes ces vilainies pourront passer à la faveur du jeu brillant des acteurs , & que si cette
favorite de la reine lui accorde sa protection , le
crédit de cette dame l'emportera sur les magistrats trop séveres.

20 *Avril*. Il est question d'établir une *Ecole
des mines* , à l'instar de celles qui ont été fondées avec beaucoup de succès sous le feu roi
pour les ponts & chauffées. On parle d'un arrêt
du conseil rendu à cet effet le 19 mars. Cette
institution , imaginée sous le ministere de M. de
Fleuri , est sans doute une des meilleures qu'il
ait formées , & lui doit faire honneur.

21 *Avril*. Les débouchés de la nouvelle salle
du théatre italien étant étroits , le bureau des
finances de la généralité de Paris a cru , pour la

fûreté publique, devoir rendre une ordonnance le 21 du mois dernier, concernant le placement des bornes dans les rues adjacentes.

21 *Avril*. Il continue à débuter au concert fpirituel différents virtuofes qui viennent tous les ans faire l'admiration du public. Beaucoup de cette efpece y ont paru depuis peu.

M. *Ficher* a chanté plufieurs morceaux de baffe ; l'étendue de fa voix a caufé un étonnement général : il defcend jufqu'au *ré*. Malgré ce tour de force, il n'a pas brillé dans ces deux morceaux : on a trouvé fa voix quelquefois un peu fourde, principalement dans les paffages où il fe rencontroit des roulades. Peut-être auroit-elle mieux convenu à quelque air d'un tout autre caractere.

M. *Pin* le fils, qui a été page de la mufique du roi, a touché avec affez de précifion, fur le forte-piano, un concerto de fa compofition ; mais il ne fait qu'annoncer d'heureufes difpofitions, & il doit regarder comme de fimples encouragements les battements de main qu'on lui à prodigués.

M. *Michault*, âgé au plus de dix-huit ans, ayant joué un concerto de violon avec beaucoup de jufteffe, a été très-bien accueilli, mais toujours à raifon d'efpérances flatteufes qu'on en a conçues.

C'eft ainfi que M. *de Vienne*, déja goûté il y a un an, par la belle qualité de fon qu'il tire de fa flûte & par la netteté de fon embouchure, a paru avoir fait des progrès confidérables qui lui ont valu de nouveau le fuffrage des amateurs.

On a été faché que M. *Lorkh*, pour ainfi dire encore enfant, paroiffe trop tôt fur ce brillant théatre, & en recherchant des aplaudissemens prématurés, se mette dans le cas de n'en pas obtenir plus tard. Son instrument est le violon. Il y hasarde des difficultés dont la recherche pénible pourroit lui gâter la main, au gré des experts.

On a beaucoup admiré M. *Murgeon*, qui a débuté d'une maniere très-heureuse dans le *stabat* de *Pergolèze*. Il a rendu plusieurs morceaux de chant avec beaucoup de justesse & de précision. Il a été fort applaudi.

21 *Avril.* Il paroît constant que le cocher mutilé par le jeune *Choiseul-Meuze* est mort de ses blessures; que la famille, pour éviter les poursuites de la justice contre lui, a eu recours au roi, qui a ordonné qu'il seroit mis pour vingt ans en prison. On le dit à Pierre-Scize. On veut en outre que la famille ait fait une pension à la veuve & aux enfants.

22 *Avril.* L'art de découvrir & d'exploiter les mines, n'ayant pas en effet acquis en France la perfection dont il étoit susceptible, on a déterminé S. M. à faire examiner dans son conseil les causes de ce défaut de progrès, & les moyens de les accélérer.

On a trouvé que dans le nombre de ceux qui ont obtenu des concessions en ce genre, les uns n'en ont fait aucun usage, d'autres y ont employé sans fruit des fonds considérables; & que ceux qui ont réussi n'en ont pas tiré tout le profit qu'ils devoient en attendre, par la difficulté de rencontrer des directeurs intelligents. On a rapporté qu'au contraire les états voisins retiroient un grand avantage de cette espece d'industrie.

On a reconnu que ce n'étoit pas aſſez de donner des encouragements à ceux qui voudroient
ſe livrer à la recherche & exploitation des miné-
raux, qu'il falloit encore former des ſujets pour
conduire les ouvrages avec autant de ſûreté que
d'économie, & que le ſeul moyen d'y parvenir
étoit de créer une *école des mines*.

En conſéquence il a été ordonné de nommer
deux profeſſeurs pour enſeigner les ſciences relatives aux mines & à l'art de les exploiter. Les
élèves qui auront ſuivi pendant un temps déterminé ces profeſſeurs & ſubi les examens preſcrits,
& auront été reconnus pourvus de la capacité
néceſſaire, auront un brevet de *ſous-ingénieur des
mines*.

S. M. deſtine chaque année une ſomme de
3,000 mille livres pour douze places d'élèves, à
raiſon de 200 livres chacune, en faveur des enfants des directeurs & des principaux officiers des
mines, qui n'auroient pas aſſez de fortune pour
les envoyer étudier à Paris. Le ſurplus ſera diſtribué en prix.

La nouvelle école ſera ſous l'inſpection de monſieur *Douet de la Boullay*, intendant-général des
mines, minieres & ſubſtances terreſtres de France.

22 Avril. Par le décompte fait à l'académie
royale de muſique de la dépenſe & recette de l'année dramatique, il ſe trouve que, quoique l'adminiſtration n'en ait pas été à beaucoup près
auſſi parfaite qu'elle pourroit l'être, le gouvernement, toujours obligé de venir à ſon ſecours
de 50,000 écus au moins, en ſera quitte à moins
de 50,000 livres, économie dont il n'y avoit pas
encore d'exemples dans les faſtes de l'opéra. Cependant, malgré le ſuccès du régime actuel, on

doute qu'on le conferve tel long-temps. Il ne paroît pas que la forme puiſſe en être changée cependant à cette époque , & il va reprendre comme
ci-devant.

Mais il y a une grande fermentation entre les
ſujets. Le ſieur *le Gros* dégoûté , deſireroit ſa retraite. La cour voudroit qu'il reſtât , & ſes camarades ne peuvent le ſouffrir ; ils lui reprochent
de la dureté , du deſpotiſme. Il joue un grand
rôle dans le *comité* , & eſt le premier des deux
repréſentant les acteurs copartageants.

Le ſieur *Dauberval*, le ſecond des repréſentants
les premiers ſujets & le corps de la danſe , qui
ne ſe ſoucieroit pas de quitter , eſt au contraire
en butte à une cabale formée par la Dlle. *Peſlin*,
qu'il a voulu faire expulſer comme trop vieille ,
ou du moins mettre à la penſion comme émé-
rite. Celle-ci a beaucoup de partiſans parmi ſes
camarades , & remue ciel & terre contre le ſieur
Dauberval.

22 *Avril*. Le premier emprunt du duc *de char-*
tres n'embraſſe que les prêteurs depuis l'âge de
huit ans juſqu'à celui de ſoixante. Il a voulu
donner auſſi une amorce aux enfants au deſſous ,
& aux vieillards au deſſus par des *ſociétés d'actions*
ſurvivancieres en leur faveur.

Cet autre *proſpectus* concernant cette eſpece de
tontine eſt encore plus compliqué & plus ſavant
que le premier ; il préſente même des difficultés
qui ne peuvent guere ſe réſoudre que par les gens
de l'art.

23 *Avril*. On voit ici depuis peu un abbé
della Luca , vicaire-général de l'évêque de l'iſle
d'*Egya* , l'une des Cyclades dans la mer Egée,
(une des mers du levant) qui eſt autoriſé par le

gouvernement à faire une quête en faveur des infulaires du diocefe.

Ces infulaires, tous catholiques romains, font très-attachés à la France ; ils en ont donné des preuves, foit dans les temps de pefte ou de naufrage, foit dans le cours de différentes guerres qu'elle a eu à foutenir, & fur-tout durant les deux dernieres, en prenant les armes pour défendre & délivrer nos vaiffeaux attaqués & pourfuivis jufque dans les ports par les pirates ou corfaires ennemis.

Ceux-ci fe font vengés par le ravage des campagnes, l'enlevement des troupeaux, le pillage des habitations, & la dévaftation des vignes, feule richeffe du pays.

L'excès de la mifere a déja déterminé plus de cent familles à fe réfugier parmi les Turcs, & les autres feront obligées d'en faire autant, fi l'on ne vient à leurs fecours.

Le corps des négociants & capitaines de Marfeille, s'eft empreffé d'offrir un témoignage public de leur reconnoiffance pour les fervices qu'ils ont reçus de ces malheureux habitants, & notre ambaffadeur à la Porte a certifié les faits aux miniftres du roi. En conféquence, S. M. a déja donné l'exemple en étendant fes libéralités fur ce peuple infortuné.

23 *Avril.* Mad. *d'Epinay* vient de mourir. C'eft cette femme rendue célebre par *Rouffeau*, qui en étoit devenu amoureux, qu'elle logeoit dans fon château en un petit bâtiment du jardin deftiné pour lui feul, & qu'elle appelloit fon *ours.* C'eft celle auffi qui tout récemment a été couronnée par l'académie françoife, comme auteur du livre des *Converfations d'Emilie*, à caufe de la bonne morale qu'il contient, mais au demeurant d'un calcul mortel.

Elle n'avoir jamais été jolie ; elle n'étoit plus jeune, & au défaut des aventures galantes sur lesquelles elle avoit peu à compter par sa figure, elle avoit donné dans le bel esprit.

24 *Avril.* Deux nations rivales de notre industrie ont une main-d'œuvre plus chere que la nôtre, & cependant vendent plusieurs de leurs marchandises en concurrence avec les nôtres, ou même obtiennent la préférence : une des raisons principales de ce phénomene de commerce, est que chez ces nations la fabrique est plus simple. A *Amsterdam* & à *Birmingham*, un grand nombre d'instruments, peu connus ou peu communs en France, remplacent les opérations manuelles, & on a observé qu'en Hollande & en Angleterre, à mesure que la main-d'œuvre enchérit, les manufactures & les artisans inventent des machines, des instruments, des procédés qui diminuent le nombre des agents, & en faisant baisser le prix, facilitent le débit.

La nation françoise crée moins en général qu'elle ne perfectionne ; elle a enlevé à *Venise* ses glaces, à *l'Italie* ses étoffes de soie. Le Languedoc pourvoit le Levant de draps nommés *Londrins* : les étoffes nommées *Velours d'Utrecht*, se fabriquent par nos artisans, tandis qu'on trouve peu d'exemples d'arts inventés en France, & perfectionnés par l'étranger. Il ne faut pas croire cependant que notre nation ait moins d'imagination que d'adresse ; mais on est rebuté de découvrir par un préjugé reçu chez nous, ou plutôt par une expérience trop fréquente, que l'on s'enrichit plus dans la pratique d'une nou-

thode reçue qu'en l'imaginant. Il eſt donc utile
au progrès des arts & du commerce, d'honorer
& d'indemniſer l'auteur de toute invention, qui,
en abrégeant le travail, en aſſure le rabais, &
multiplie pour le pauvre les moyens de ſubſiſter
& de jouir.

Tel eſt l'objet, ſuivant l'excellent mémoire
envoyé à l'académie par l'anonyme, du nouveau
prix propoſé en faveur d'un *mémoire ſoutenu*
d'expériences qui tiendra à ſimplifier les procédés de
quelque art méchanique.

24 *Avril.* Un des principaux griefs de la révolte ſéditieuſe des ſujets de l'opéra contre le
ſieur *le Gros*, c'eſt que mécontent du ſieur *Rey*,
maître de la muſique, chargé de diriger l'or-
cheſtre, avec lequel il avoit eu quelque querelle
d'intérêt, il vouloit le déplacer pour lui ſubſti-
tuer le ſieur *Beck*, arrivé ici depuis quelque temps
de Bordeaux.

Ce *Beck* a compoſé un *ſtabat mater*, qui doit
être exécuté demain au concert ſpirituel. Il y
a une forte cabale des ſujets de l'opéra qui doivent
ſe rendre en foule au concert pour en empêcher
le ſuccès & le ſiffler.

25 *Avril.* M. *de la Borde* marie ſa fille au
chevalier *d'Eſcars*, capitaine des gardes-du-corps
en ſurvivance de M. le comte d'Artois. C'eſt un
mariage de vanité de la part dé ce banquier. M. le
chevalier *d'Eſcars* eſt un cadet qui avoit la croix
de malte & la quitta. Du reſte, il eſt ſans fortune, il n'a qu'une abbaye qu'il conſervera fort ſin-
guliérement. On a obtenu un bref du pape pour
réunir ce bénéfice à l'évêché *de Quebec*; & attendu que le Canada eſt aux Anglois, on ne

K 2

snomme point à cet évêché, dont M. *d'Efcars* eft
ſeulement établi par le roi adminiſtrateur tempo-
el & féqueſtre, ce qui lui donne la facilité d'en
ᵗoucher les revenus & de les manger. On prétend
que depuis *Louis XIII*, on ne s'étoit point aviſé
de cette finguliere tournure.

15 *Avril*. La cour a voulu voir le ſieur *Anthon*
& ſon automate, en ſorte qu'on ne peut encore
en jouir à Paris.

M. le duc de *Bouillon* s'eſt préſenté pour jouer
aux échecs contre lui. Voici le méchaniſme de cette
figure. Elle porte la main ſur une des pieces, la
la it des doigts, la tranſporte ſur une autre caſe,
ij lâche & ſetire ſa main pour la repoſer ſur un
couſſin qui ſe trouve près de l'échiquier ; elle
donne échec, & elle en avertit ſon adverſaire en
ſaiſan ſigne de la tête trois fois, ſi c'eſt la reine.
Si ſon adverſaire fait une fauſſe marche, elle
ſecoue la tête, prend la piece mal jouée, & la
met à ſa place ; mais alors le coup de l'adverſaire eſt perdu, parce que l'automate joue ſon
coup immédiatement après. Si de part ou d'autre
l'on donne échec & mat, & qu'enſuite on voulût
jouer encore un coup, il refuſe en ſecouant la
tête.

La partie finie, il fait la marche du cavalier
de la maniere ſuivante. Après que l'on a ôté
toutes les figures de l'échiquier, quelqu'un des
ſpectateurs prend un cavalier, le met ſur une
caſe qu'il choiſit à ſon gré ; auſſi-tôt l'automate
le prend & parcourt toutes les ſoixante-quatre
caſes, en montrant chacune avec le cavalier,
& ſautant du blanc au noir & du noir au blanc,
ſans venir deux fois ſur la meme caſe ; de quoi

l'on peut s'affurer , en marquant d'un jeton chaque cafe fur laquelle il a été : revenu à la première cafe dont il eft parti, il y lâche le cavalier & en retire fa main.

M. le duc de Bouillon a éprouvé tout cela ; il a gagné l'automate moins par la force de fon jeu que par la complaifance de l'adverfaire, qui a montré de l'intelligence & des combinaifons fupérieures dans le fien.

Après la partie , ce feigneur a demandé à l'automate s'il joueroit bien contre le fieur *Philidor* , qui paffe pour le plus fameux joueur de l'Europe. L'automate a répondu en montrant fur une table d'alphabet fucceffivement , les lettres qui écrites ont fait fa reponfe : *je ne fuis pas digne de me mefurer contre un fi habile joueur.*

25 *Avril.* La piece de *Dom Carlos* , jouée mardi chez Mad. *de Monteffon* avec une grande affluence , n'a pas extrêmement réuffi. Les deux premiers actes ont été plus applaudis que les trois derniers , froids & languiffants : le dénouement eft ce qu'on a trouve de mieux. Du refte , point d'intelligence de la fcene , une grande incorrection dans le ftyle, de petits moyens dans l'intrigue & très-peu de vers faillants. Voilà comme s'expriment aujourd'hui les amateurs qui n'ofoient alors s'expliquer auffi ouvertement.

On n'a rien obfervé dans le cours de la piece qui ait pu déplaire à M. l'ambaffadeur d'Efpagne ou à fa cour. L'objet de cette repréfentation eft fur-tout de forcer la main à ce miniftre , & de l'obliger de s'expliquer cathégoriquement.

26 *Avri.* Le *ftabat* de M. *Beck* , dont une partie a été exécutée hier & l'autre aujourd'hui,

n'a pas été trouvé une chofe trifte , mais une trifte chofe : il n'étoit pas befoin d'une cabale pour faire tomber ce morceau de mufique, très-plat en lui-même , & incapable de fe foutenir.

26 *Avril*. M. le duc *de Choifeul* avant de livrer aux comédiens italiens la nouvelle falle , a voulu y faire faire une répétition de la piece qu'on doit y jouer pour l'ouverture , intitulée : *Thalie à la nouvelle falle* , dont on a dit que les paroles étoient du fieur *Sedaine* , & la mufique du fieur *Gretry*. C'eft jeudi que la fête devoit avoir lieu ; mais, comme il n'avoit pas fait au maréchal duc *de Richelieu* , le fupérieur en exercice de ce fpec-tacle , la politeffe convenable , celui-ci leur a défendu de fe rendre au defir de l'ex-miniftre. Il y a eu des lettres vives écrites de part & d'autre, à ce qu'on affure , & le duc de Choifeul a été obligé de s'en tenir à un fimple concert; ce qui a finguliérement mortifié ce magnifique feigneur, qui avoit invité beaucoup de monde. Il a été fi piqué , qu'il n'a pas voulu que les acteurs y fiffent aucune répétition particuliere , & qu'il ne leur livrera les ciefs que la nuit du dimanche au lundi, à minuit, rigoureufement aux termes du traité.

26 *Avril*. On raconte à l'occafion de la mort de Mad. *d'Epinay* , une anecdote peu connue , & qui indiqueroit dans *Rouffeau* un efprit de vengeance, de méchanceté, de noirceur, dont fans doute il fera accufé dans fes confeffions à l'époque où il parle de cette dame. On a dit qu'il en avoit été très-amoureux : lors de leur rupture, fondée fur un motif affez léger, & in-jufte de la part de celui-ci , il affecta de renvoyer à Mad. d'Epinay quelques meubles qu'elle lui

avoit prêtés , & de mettre au cul de la charrette
le portrait de cette amante , la face tournée du
côté de tous les paffants , afin que perfonne ne
l'ignorât.

27 *Avril*. La nouvelle falle de la comédie
italienne , préfente un bâtiment ifolé fur trois
faces ; la principale donne au midi , fur une place ,
& les deux autres fur les nouvelles rues de *Favart*
& de *Marivaux* ; il y a auffi une rue de *Gretry* :
honneur diftingué accordé à ce muficien.

Depuis l'ordonnance du bureau des finances on
a provifoirement pofé des barrieres , en attendant
un trotoir ou parapet , lequel doit être établi pour
les gens de pied aux deux côtés latéraux du bâtiment dans les rues de *Favart* & de *Marivaux*.

L'intérieur en paroît affez bien pour le coup
d'œil à ceux qui l'ont vu. La falle eft extrêmement dorée , & peut-être trop. Les clabauderies
élevées contre le parterre affis des françois , ont
fait qu'on fera debout à celui des italiens.

Par un nouveau réglement , on ne laiffera
placer à l'orcheftre perfonne , dont la coëffure
ou le vêtement pourroit gêner la vue des fpectateurs.

Il y a trois rangs de loges feulement , les premieres & les fecondes confacrées au public , les
autres feront à l'armée.

On comptoit former un quatrieme rang de
loges ; mais une corniche énorme , qui termine
le pourtour de la falle dans fon ceintre , les eût
tellement mafquées , qu'on a pris le parti d'en
faire une fimple galerie tournante à très-bas prix ;
il y en a cependant quelques - unes encore près
de théatre pour ceux qui ne veulent point être vus,

Le total des spectateurs peut monter à dix-neuf
cent trente, savoir :

Orcheftre pour hommes	Places.	Prix.	Total.
& femmes au moins.	200	- 6 -	1200.
Balcons pour hommes.	36	- 6 =	2.6.
Amphithéatre	80	= 6 -	480.
Premieres loges.	168	- 6 -	1008.
Secondes loges	120	- 3 =	360.
Galerie tourna te au 4e. pour			
hommes & femmes.	136	- 1 - 16 -	144.
Parterre , environ.	650	- 1 - 4 -	7 30.

                            1309.   4288.

Les petites loges donnent en-
  viron. . . . . 540 places . . . .

27 *Avril*. Les fuicides continuent fréquemment. Les médecins & chirurgiens du châtelet ,
chargés de l'emploi de vifiter les cadavres , affurent qu'il n'y a pas de jour peut être dans l'année où il n'arrive de ces fortes de malheurs ; mais
on n'en parle point par prudence , fur tout de
ceux du peuple, à moins qu'ils ne fe paffent en
public , comme celui d'une femme qui s'eft der-
nierement coupé le cou dans l'églife des cé-
leftins.

Le fuicide d'un M. de *Mobert*, confeiller de
l'élection , fait plus de bruit, & par fon auteur ,
& par fa fingularité , & par la jurifdiction à laquelle il avoit l'honneur d'appartenir.

La fonction principale de ces confeillers eft de
faire la répartition de ces impôts dans les villages.
On s'eft plaint de celle faite par M. *Mobert* dans
une partie qui le concernoit ; les habitants vouloient même réclamer contre , & le procureur qui

en étoit chargé , l'en avoit prévenu. Il n'a pu ré-
fifter à l'idée de cette injuftice & aux reproches
qu'on lui faifoit. Il eft allé à Charenton, il s'y
eft foulé ivre mort, afin fans doute de fe mieux
monter la tête ; il a auparavant écrit p'ufieurs
lettres, dont entr'autres une à M. le lieutenant de
police ; il eft allé enfuite pour fe jeter par deffus
le pont : un charretier a penfé l'écrafer, l'a gour-
mandé fur ce qu'il s'étoit mis dans le cas d'être
roué *vous auriez bien fait , mon ami*, lui a-t-il
répondu. Enfin , une femme le voyant s'effayer à
fe jeter par deffus le pont , lui a crié de prendre
garde , que cet endroit étoit le plus périlleux de
la riviere , qu'on n'en pourroit échaper. Ces menaces l'ont encouragé & il a fait le faut périlleux.
Il a ôté fon habit noir , a mis dans fes poches
fa montre & fon argent avant de fauter : il laiffe
vingt mille livres de rentes. Il étoit garçon ;
pauvre tête il eft vrai.

17 *Avril*. M. *de la Borde* donne à fa fille , le
feul enfant de ce fexe qu'il ait & qu'il aime beaucoup un million comptant ; il lui affure un million à fa mort, & loge , nourrit , &c. le mari &
la femme tant qu'ils voudront.

1 *Avril*. Quoique le régime de l'opéra refte
le même à l'extérieur, le fieur *Morel* en va déformais être le directeur véritable, fans titre. Le
comité a ordre verbal de ne rien faire fans fes
confeils; & quand il veut quelque chofe, il met
toujours en avant le miniftre. Ce *Morel* a d'ailleurs
la manie d'être auteur; il a fait ou refait deux
ou trois poëmes , & par fon crédit les fera paffer
fans doute avant les autres. Le fieur *Goffec* eft fon
muficien attitré , & le fieur *Suard* fon blanchif-
feur.

28 *Avril*. Du 9 avril 1782 au 5 avril 1783, durée de la derniere année dramatique, les parts des comédiens françois ont été de vingt-deux mille trente livres & plus, ce qui est fans exemple à ce théatre. La nouvelle falle & plus de travail du côté des acteurs leur ont valu cette augmentation. En ouvrages neufs ils ont joué quatre tragédies en cinq actes, deux comédies en cinq actes, trois comédies en trois actes, une comédie en deux actes, quatre comédies en un acte. Ce qui fait quatorze nouveautés.

Ils ont remis en outre trois tragédies en cinq actes, une tragédie en trois actes, une comédie en cinq actes, une comédie en trois actes, une en deux actes, une en un acte, en tout huit pieces remifes.

Outre ces ving-deux ouvrages, les comédiens ont reprefenté à la cour deux tragédies: l'une nouvelle, *Electre*, par M. *de Rochefort*, & l'autre ancienne, *Venife Sauvée*, par M. *de la Place*.

28 *Avril*. Tout devient épidémique dans ce pays-ci, les bonnes & mauvaifes inftitutions, les bons & mauvais exemples. Le goût & la nouveauté font les grands mobiles de notre nation légere, qui fait le mal fans méchanceté, & le bien fans un cœur plus excellent que celui des autres.

La fureur eft aujourd'hui de mettre tout en hôpital, depuis que madame *Necker*, à l'aide de fon mari, a fait des profélytes en ce genre de commifération.

Plufieurs paroiffes, à l'inftar de Saint-Sulpice, ont établi des hofpices pour les malades & derniérement celle de Saint-Médéric,

Quelques voisins du nouvel hospice ont cru devoir s'opposer par la voie juridique à son établissement, dans la crainte des maladies contagieuses qui pourroient résulter d'un pareil voisinage.

M. Bosquillon, docteur-régent de la faculté de médecine de Paris, lecteur du roi, professeur en langue grecque au college royal, invité vraisemblablement par le curé, les marguilliers, & autres fondateurs & coopérateurs de l'établissement, a fait un mémoire défensif, dont l'objet est de prouver que cet hospice, de la plus grande utilité pour les pauvres, ne peut nullement nuire à la salubrité de l'air.

29 Avril. Madame *Todi* & madame *Mara*, qui, pendant tout le temps qu'a duré le concert spirituel, ont chanté alternativement & quelquefois le même jour, se sont enfin livré dimanche un dernier assaut, où toutes deux ont été applaudies à tout rompre.

Il est certain que madame *Mara* a l'organe infiniment supérieur, que les connoisseurs les plus difficiles, les étrangers qui ont le plus voyagé, assurent qu'il n'y en a pas deux de cette espece ; force, netteté, pureté, aisance, étendue, elle a toutes ces qualités au suprême degré ; elle se joue des difficultés, elle excelle dans les airs de bravoure ; mais madame *Todi* a infiniment plus de sensibilité & la surpasse de beaucoup dans le *cantabile* ; en un mot, la premiere n'est que cantatrice ; c'est peut-être la plus parfaite qu'on ait entendu pour flatter l'oreille ; la seconde remue le cœur & le pénetre. Une dame balançant

la couronne entre elles deux , a fait à cette occafion le madrigal fuivant.

Todi , par fa voix touchante
De doux pleurs mouille mes yeux ;
Mara , plus vive , plus brillante
M'étonne , me tranfporte aux cieux.
L'une & l'autre ravit , enchante ;
Et celle qui plaît le mieux ,
Eft toujours celle qui chante.

Ces deux chanteufes ont auffi donné lieu à un
calembour de la part d'un amateur à qui l'on demandoit celle qu'il aimoit le mieux ; il répondit :
Ah ! c'eft bientôt dit (*c'eft bien Todi.*)

29 *Avril.* La récapitulation des ouvrages donnés au théatre lyrique jufqu'à la vacance , annonce
auffi beaucoup de zele & d'activité de la part du
comité & des fujets exécutants , d'autant qu'il
y en a eu de tous les genres , allemands , françois , italiens. Le détail confifte en fix ouvrages
nouveaux , deux remis avec des changements
confidérables , dix autres enfin mis au courant
du répertoire.

On a fait en outre les répétitions de plufieurs ouvrages qu'on a effayés , acceptés ou
rejetés.

29 *Avril.* Relation de la féance de l'académie
royale des infcriptions & belles-lettres pour fa
rentrée publique d'après pâque , aujourd'hui mardi.

On a été furpris de voir à cette affemblée infiniment plus de monde que de coutume , beaucoup de femmes fur-tout , les tribunes prefque

toujours défertes en étoient garnies, quelques-
unes même s'étoient répandues dans la falle, &
le cercle des étrangers de diftinction étoit confidérable.

Tel eft l'effet de la nouveauté & du zele d'un
homme intelligent. On étoit envieux d'entendre
le fecretaire qui a remplacé M. *Dupuy* ; & il a
fort à cœur d'imiter fes confreres des autres académies, & d'employer, s'il le faut, jufqu'à leur
charlatanerie pour affimiler fa compagnie aux
leurs & en rendre les féances auffi courues, auffi
fêtées ; en conféquence il a cherché à attirer le
fexe, bien fûr que les hommes ne manqueroient
pas d'arriver à fa fuite. Il a auffi introduit l'invitation par billet, qui ne s'eft pas encore trouvée
de rigueur cette fois, mais qui le deviendra fans
doute inceffamment.

Quoi qu'il en foit, ce nouveau fecretaire eft
M. *Dacier*, peu ancien & dont les talents ne
font pas encore bien établis ; cependant, la compagnie l'a préféré à d'autres membres plus connus ou plus méritants, mais dont elle craignoit
le crédit, l'efprit de domination & de defpo-
tifme.

M. *Dacier*, fuivant l'ufage, a commencé par
dire que l'académie avoit propofé pour fujet du
prix à diftribuer dans cette féance, de déterminer :
*Quelle étoit l'étendue des domaines de la couronne
lors de l'avénement de Hugues-Capet au trône ;
quelles poffeffions ce prince y ajouta ; comment &
par quels moyens ces domaines s'accrurent jufqu'au
regne de Philippe-Augufte exclufivement.*

Il a continué : « Les mémoires n'ayant pas fa-
» tisfait pleinement aux vues de l'académie, elle
» propofe de nouveau le même fujet pour pâque

» 1785 , & invite les auteurs à se renfermer
» dans les bornes de la question , sans se livrer à
» des discussions qui ne tendent pas directement
» à l'éclaircir. »

Le secretaire a encore lu l'annonce du sujet
d'un autre prix à distribuer à la Saint-Martin
1784 , qui est d'examiner : *Quel fut l'état du
commerce chez les Romains , depuis la premiere
guerre punique jusqu'à l'avénement de Constantin
à l'empire.*

Il est passé de suite à *l'éloge de M. Danville.*
Par un concours de circonstances fâcheuses il s'est
trouvé que le défunt étoit aussi membre de l'académie des sciences , & que son secretaire infiniment actif avoit déja rempli son ministere. Encore, si M. *Danville* , comme beaucoup d'autres
savants , eût eu plusieurs genres de travail qui
eussent laissé la liberté de le présenter sous des
aspects différents ! mais il n'avoit jamais été que
géographe ; il n'avoit jamais étudié que la géographie ; il ne s'étoit occupé que d'elle toute sa
vie ; & il falloit absolument revenir sur les mêmes
études , sur les mêmes ouvrages , sur les mêmes
faits ; car , pour surcroît d'embarras , la vie du
défunt uniquement concentrée dans son cabinet,
n'offroit pas même le choix d'une foule d'anecdotes dont les meilleures , sans doute mises en
œuvre par le premier orateur , auroient du moins
laissé au second la faculté de faire briller son art
en faisant valoir les autres , en les enchâssant ,
en les présentant sous un point de vue philosophique qui donnât à l'auditeur lieu d'exercer sa
sensibilité ou sa réflexion.

M. *Dacier* n'a donc pu que glaner après son
confrere , en revenant avec lui sur le goût inné

de M. *Danville* pour la géographie ; fur ces cartes qu'il traçoit dès fon enfance. Il a parlé d'un profeffeur, qui, regardant d'abord ce travail étranger à l'étude du moment, comme une diftraction ou un jeu, fe difpofoit à le punir, lorfque frappé de la fagacité & des lumieres de fon écolier, il l'encouragea par fes louanges, au contraire, à fuivre une carriere dans laquelle il montroit tant de difpofitions à courir avec fucces.

Lors de la difpute élevée entre les favants fur la figure de la terre, M. *Danville* prit parti, & prétendit la déterminer d'après fes connoiffances & obfervations géopraphiques ; mais les expériences faites fous l'équateur & au pôle s'étant trouvees abfolument contraires au fyftême du géographe, il fut obligé de convenir de l'infuffifance de fa maniere de juger, que c'étoit dans les cieux, remarque ingenieufement monfieur Dacier, qu'il faut apprendre à connoître notre planete.

M. *Danville* avoit eu pour confeil & pour guide l'abbé *de Longuerue*, un des plus favants hommes de fon fiecle, auquel il s'étoit attaché. Celui-ci, qui n'étoit pas admirateur, très-cauftique même & dépréciateur ordinaire des talents, ne put s'empêcher de rendre juftice à ceux de fon éleve, & de convenir qu'il en feroit furpaffé.

Le panégyrifte n'a pas omis une circonftance affez finguliere de la vie de fon héros, fur laquelle n'avoit pas dû pefer le membre de l'académie des fciences pour l'honneur de fa compagnie : c'eft qu'elle ne l'adopta qu'au moment prefque où il n'étoit plus en état de travailler, à l'âge de foixante-quinze ans : il eft vrai que

M. *Dacier* obſerve qu'il n'y a dans cette compagnie qu'une ſeule place pour les géographes ; mais quand on eût fait une exception en faveur de M. *Danville* , elle n'auroit certainement pas tiré à conſéquence.

Tel eſt le petit nombre de faits que s'eſt approprié plus particuliérement M. *Dacier*. Du reſte, il s'eſt fait écouter avec attention ; il a mérité quelquefois & obtenu des applaudiſſements ; il ne court point trop après l'eſprit ; mais il ne le laiſſe point échapper quand il ſe préſente à portée : ſa maniere eſt moins philoſophique , ſon ſtyle moins ferme , moins noble que celui de M. *de Condorcet* ; mais on ne peut le juger encore définitivement ſur cet eſſai , & il faut attendre quelque éloge , où n'ayant point été devancé , il puiſſe n'imiter perſonne & ſe montrer tout entier.

A cet éloge a ſuccédé la lecture d'un *mémoire ſur la marine des Carthaginois* , par M. le Roi. Il y fait voir que les grands vaiſſeaux des anciens ont eu cinq voiles latines , le *Dolan* , l'*Acatian* , l'*Epidrome* , l'*Arrimon* & le *Suparum* : par voiles latines on entend des voiles triangulaires ; on s'en ſert particuliérement ſur la Méditerranée , & dans les vaiſſeaux de bas-bord qui vont à la voile & à rames. M. le Roi , pour plus d'intelligence , avoit mis ſous les yeux des ſpectateurs les figures gravées de ces différentes voiles.

Il en a voulu faire l'eſſai & joindre la pratique à la théorie ; cependant il y a fait faire des changements par les conſeils d'un homme de l'art , du ſieur *Midoucet* , capitaine de navire marchand , d'une habileté reconnue, & qui devoit paſſer le duc *d'Harcourt* dans l'expédition méditée en 1779.

a fait enfuite gréer ces voiles nouvellement rangées fur un canot , & il prouve , ou veut rouver par des expériences qui ont été faites à ouen & à Paris , que fi on les adaptoit au *Pencontore* impériffable des Grecs , les marins emarqués fur ce bâtiment pourroient, fans s'expofer de grands dangers , parcourir prefque toutes es mers du globe.

On juge facilement que l'objet de ce ménoire eft une fuite de la manie de tous les mateurs de l'antiquité , y découvrant fans ceffe les chofes merveilleufes & fupérieures aux découertes des modernes. Mais M. le Roi ne perfuadera perfonne que notre marine ne foit pas infininent meilleure que celle de tous les premiers peuples navigateurs , & nul des nôtres ne fera enté d'adopter aucune invention de l'enfance de et art.

M. l'abbé *Arnaud* a fait part enfuite aux auditeurs d'un *mémoire fur la vie & les ouvrages d'Apelle* , mémoire qu'il a prétendu rentrer effentiellement dans les études de l'académie, fpécialenent vouée à la recherche des principes, des progrès , des découvertes, & de l'hiftoire des arts chez les anciens.

Après avoir dit un mot de la dignité à laquelle a Grece éleva les arts du deffin , l'auteur a parlé de fon héros , de fes premiers pas dans la carziere, de fes heureux talents & de fes fuccès ; il a infifté fur la grace qui lui fut particuliere; il a entrepris une difcuffion légere de la différence qui fe trouve entre le gracieux & la grace: dans e cours de fa narration de la vie *d'Apelle* , il n'a pas oublié les perfécutions qui fe mélerent aux honneurs dont cet artifte fut comblé ; il a infifté

sur le cas que faisoit ce grand homme des juge-
ments de la multitude ; il a prouvé qu'il faut
en faire dans tous les arts, dont l'objet le plus réel
est de plaire & d'aller au cœur par les sens &
l'imagination : parmi les anecdotes qu'il a rap-
portées, il n'a fait que ressasser les anciennes;
mais il les a rajeunies par son goût, sa méthode & sa critique : il a distingué celles auxquelles
on doit ajouter foi, d'avec les autres à rejeter.
Enfin, ce mémoire offre des rapprochements curieux entre les aventures d'*Apelle* & celles de
quelques peintres modernes, & il est semé de
réflexions & de conjectures sur le degré de perfection où les diverses parties de la peinture furent
portées chez les anciens.

Le troisieme mémoire lu étoit de M. *de Rochefort*. Il roule sur une tragédie de sa façon, imitée
du grec, & intitulée *Antigone*. On connoît l'en-
thousiasme de cet académicien pour ses modeles.
Il a d'abord établi que son sujet étoit un de ces
sujets heureux qui doivent faire fortune dans tous
les temps, dans tous les lieux, & intéresser tous
les hommes, puisqu'il roule sur la piété sacrée de
rendre les derniers devoirs à une personne chérie.
Il est convenu que le sujet étoit trop simple, &
sans doute un peu nu pour notre théatre. Il a
rendu compte des moyens qu'il a employés pour
l'y adapter. De-là une digression sur l'amour,
passion que les anciens mettoient rarement en jeu
& que les modernes y mettent trop souvent,
parce que tous les caracteres & tous les sujets ne
sont pas susceptibles de cette effervescence, de ces
effets violents qu'il doit produire. M. *de Rochefort*
n'a pas oublié les chœurs ; & supposant assez mal-
à-propos qu'ils eussent beaucoup reussi dans son
Electre ;

Electre , il compte encore mieux dans cette piece
fur ce reffort vraiment tragique. En un mot,
M. *de Rochefort* a dit d'excellentes chofes fur-tout
cela ; il s'agit de favoir s'il les aura exécutées
auffi bien qu'il les a conçues , & malheureufement fes effais en ce genre n'ont pas encore été
fortunés.

M. l'abbé *Brothier* a fermé la féance par un
Mémoire fur le tableau de Jalifus , peint par
Protegene , & fur la peinture à plufieurs enduits,
reconnue dans une peinture antique découverte à
Smyrne fur la fin du dernier fiecle.

Cet art , qu'on a perdu , confiftoit jufqu'à
répéter fept fois le même fujet, de maniere qu'une
couche enlevée , il en reftoit une feconde , d'où
réfultoit un tableau non moins beau , & ainfi de
fuite. Le favant académicien n'a pu entrer dans
tous les détails intéreffants d'un pareil procédé ou
du moins de fes effets ; l'heure fatale ayant fonné ,
le directeur lui a coupé impitoyablement la parole,
en levant la féance , malgré le vœu du public qui
fembloit defirer la fuite du mémoire.

Il eft bien à fouhaiter que le nouveau fecretaire,
dans les améliorations qu'il paroît avoir à cœur
de procurer à ces féances publiques, faffe fur-tout
abolir cet ufage fcholaftique, contre lequel on s'eft
déja récrié fi fouvent & trop inutilement.

30 Avril. Relation de la féance de l'académie
royale des fciences tenue aujourd'hui mercredi
pour fa rentrée publique d'après pâque.... Le
fecretaire a d'abord , felon l'ufage , fait lecture du
programme des prix pour les années fuivantes,
après avoir proclamé le feul vainqueur qu'il y ait
eu à cette féance , M. *Henri-Albert Goffe* , de
Geneve. Le fujet étoit de *déterminer la nature &*

*les caufes des maladies auxquelles font expofés les
doreurs au feu ou fur métaux, & la meilleure
maniere de les préferver de cette maladie, foit
par des moyens phyfiques, foit par des moyens
méchaniques.* En couronnant le mémoire de monfieur *Goffe*, l'académie annonce qu'elle auroit
defiré que l'auteur y cût auffi renfermé des
moyens de mettre à l'abri de ces maladies les
doreurs de groffes pieces, & elle engage monfieur *Goffe* à tourner fes vues de ce côté important, & à tirer de fon fourneau préfervateur une
utilité plus générale.

La médaille obtenue par M. *Goffe*, eft de 1,080
liv. & la premiere décernée depuis la fondation
du bienfaifant anonyme qui a légué un fonds de
12,500 liv. dont le revenu doit être appliqué
chaque année à pareil ufage en faveur d'un *mémoire ou d'une expérience qui rendroit les opérations
des arts méchaniques moins mal-faines ou moins
dangereufes.*

Le fujet du prix de l'année 1784, déja connu
& annoncé, eft *relatif aux maladies des ouvriers
employés à la fabrique des chapeaux, particuliérement de ceux qui fecretent, & la meilleure maniere
de les préferver de ces maladies, foit par des moyens
phyfiques ou méchaniques, foit par des changements
avantageux dans les differentes opérations de leur
travail.* Et l'académie propofe dès à préfent pour
le fujet du prix de 1785, de *determiner la nature
& les caufes des maladies auxquelles font expofés
les ouvriers qui mettent les glaces au tain, & la
meilleure maniere de les en préferver par des moyens
phyfiques ou méchaniques.*

« L'académie ne fe diffimule pas la difficulté
de ce nouveau fujet, par la nature des opérations

des ouvriers qui mettent les glaces au tain;
mais elle a cru devoir le propofer, par le rapport
qu'il a avec celui des doreurs qu'elle vient de
donner; & dans l'efpérance de pouvoir recueillir ainfi une fuite de moyens de garantir ces
différents ouvriers des fâcheux effets du mercure,
dans les diverfes manieres dont ils l'emploient,
& de raffembler affez de détails fur ces effets,
pour pouvoir en former enfuite une hiftoire
bien circonftanciée des maladies qui en réfultent.

,, L'académie regarde le fujet dont il s'agit ici,
,, comme d'autant plus digne d'occuper les fa-
,, vants & les artiftes, & d'exciter leur zele, que
,, les ouvriers qui mettent les glaces au tain éprou-
,, vent en grande partie les mêmes maladies que
,, ceux qui dorent au feu, quoiqu'ils n'emploient
,, le mercure qu'à froid; car la maniere dont ils
,, en font affectés, femble fournir une nouvelle
,, preuve de la volatilité de ce métal, & montre
,, en même temps avec quelle facilité il pénetre
,, dans les pores de la peau, puifque le travail
,, principal de ces ouvriers ne confifte qu'à em-
,, ployer du mercure, pour l'étendre fur les
,, feuilles du métal qui doivent fervir à étamer
,, les glaces. ,,

A l'égard des prix fondés par feu monfieur
Rouillé de Meflay, celui à décerner dans cette
féance concernoit *la théorie des affurances maritimes*. Les mémoires reçus n'ayant pas paru à
l'académie mériter le prix, elle propofe le même
fujet pour 1785, avec un prix double; c'eft-à-dire
de 4,200 liv. L'académie, toujours par l'organe
de fon fecretaire, a cru devoir donner aux concurrents quelques inftructions détaillées fur la
maniere de traiter cette queftion. Il a dit: " Par

L 2

,, théorie des affurances on entend particulière-
,, ment l'application du calcul des probabilités aux
,, queftions relatives aux affurances : ce fujet
,, a déja été traité par plufieurs géometres cé-
,, lebres.

,, Comme le rifque auquel le négociant &
,, l'affureur font expofés, l'un avant d'avoir fait
,, affurer, l'autre après avoir affuré, ne peut être
,, connu que par les événements antérieurs d'un
,, commerce femblable , on demande la maniere
,, de déterminer ce rifque d'après les événements ,
,, foit pour un feul bâtiment, foit pour un nom-
,, bre déterminé de vaiffeaux.

,, Le rifque étant fuppofé connu , on demande
,, enfuite quelle proportion on doit établir entre
,, le rifque & le taux de l'affurance , pour
,, pouvoir remplir l'une & l'autre de ces deux
,, conditions, que le négociant ait intérêt de faire
,, affurer à ce prix, & que l'affureur y trouve fon
,, avantage. Cette queftion doit être réfolue dans
,, deux hypothefes différentes , d'abord en fuppo-
,, fant que le négociant fe détermine à faire
,, affurer avant que fes fonds foient expofés à
,, aucun péril , enfuite en fuppofant qu'il ne fafe
,, affurer qu'après que fes fonds font déja ex-
,, pofés.

,, Enfin, le nombre des vaiffeaux qui ont péri,
,, & le nombre de ceux qui ont échappé au
,, danger, étant fuppofés connus par des regiftres ,
,, ainfi que les différents taux auxquels ils ont
,, été affurés dans différentes circonftances, &
,, pour différents degrés de rifque ; on propofe
,, de trouver la loi fuivant laquelle les affureurs
,, & les négociants ont réglé le rapport entre le
,, rifque & le taux des affurances , c'eft-à-dire,

,, comment ils ont réfolu par la pratique , la
,, queſtion dont on a demandé ci-deſſus la réfolu-
,, tion théorique. Par-là on pourra comparer la
,, pratique des négociants & celle des aſſureurs,
,, avec les réfultats que donne la théorie.

» L'académie exige ſeulement que les concur-
» rents établiſſent & diſcutent les principes ſur
» leſqueſs les ſolutions de ces différentes queſtions
» doivent être fondées, & qu'ils donnent les for-
» mules qui renferment ces ſolutions , de maniere
» qu'elles puiſſent être immédiatement applicables
» à la pratique. »

A toutes ces annonces a ſuccédé l'éloge de *Da-*
niel Bernouilli, qu'a lu de ſuite le ſecretaire. C'étoit
un aſſocié étranger , dont le nom étoit depuis
long-temps connu dans les ſciences & à l'académie, puiſque ſon pere & ſon oncle l'avoient deja
illuſtre dans le même genre. Leur partie étoit la
géométrie. On eſtime que *Daniel* a encore ſur-
paſſé les deux autres , au point que ſon pere
ſur-tout en étoit devenu jaloux. Il avoit eu un
frere qui auroit couru auſſi la même carriere , &
qui s'étoit aſſez montré pour qu'on jugeât qu'il
n'auroit pas dégénéré, ſi la mort lui eût laiſſé le
temps de développer ſes talents.

M. *de Condorcet* a obſervé avec raiſon que ç'auroit ſans doute été un phénomene unique dans
les ſciences, de trouver ainſi ſans interruption dans
la même famille quatre ſujets auſſi diſtingués.

Daniel Bernouilli a fait pluſieurs découvertes
en géométrie, & a beaucoup écrit ſur cette ſcience ;
ſon panégyriſte s'eſt peut-être un peu trop appe-
ſanti ſur l'analyſe des divers mémoires de ce grand
homme , dont les ouvrages ſont très au deſſus de
la ſphere ordinaire.

On a remarqué auſſi qu'ayant occaſion de parler pluſieurs fois de M. d'*Alembert*, géometre quelquefois rival *de Bernouilli*, & qui étoit en face du ſecretaire, M. *de Condorcet* n'a pas manqué de lui donner le coup d'encenſoir.

Il ſe trouve peu d'anecdotes dignes d'être retenues dans cet éloge. Une ſeule, très-frappante, a fait une grande ſenſation. M. *de Condorcet* a obſervé que *Daniel Bernouilli* paſſoit pour n'avoir pas infiniment de religion, même pour n'en avoir point du tout. On n'avoit pas manqué de répandre en conſéquence ſur ſon compte des bruits fâcheux, que, ſuivant ſon panégyriſte, il n'avoit point aff. été d'augmenter, mais qu'il ne s'étoit pas non plus embarraſſé un inſtant de détruire.

C'eſt M. *Jean Bernouilli*, ſon frere, qui lui a ſuccédé dans ſa place d'aſſocié étranger ; place qui depuis qu'elle a été créée, c'eſt-à-dire, depuis quatre vingt-quatre ans, eſt devenue comme héréditaire dans cette famille.

M. le marquis *de Chabert* a pris la parole après M. le marquis *de Condorcet*, & fait part à l'aſſemblée d'un *Mémoire ſur l'uſage des horloges marines*.

Il y expoſe « qu'il eſt conſtaté, par les expé-
» riences des horloges marines, qu'on parvient
» à en conſtruire qui ſurpaſſent l'exactitude exi-
» gée pour la ſolution du problème de la longi-
» tude ; que l'avantage réſultant de cette ſolu-
» tion conſiſte, comme on ſait, à trouver la
» longitude en mer avec une telle préciſion qu'il
» n'y ait au plus qu'un demi-degré d'erreur ſur
» quarante-deux jours de route.
» Qu'outre ce premier avantage relatif à la
» navigation proprement dite, on peut, par le

» fecours des horloges marines, porter avec au-
» tant de célérité que d'exactitude, les détails
» de la géographie à un degré de précifion très-
» fupérieur à celui qu'on obtenoit des moyens
» aftronomiques & géodéfiques, toujours lents
» & fouvent impraticables.

„ Frappé de la double utilité de ces horloges,
» dont il a fait ufage dans toutes fes campagnes
» depuis leur découverte, M. le marquis *de Cha-*
» *bert*, au commencement de la guerre, fe char-
» gea d'en embarquer fur le vaiffeau *le Vaillant*,
» fous les ordres de M. le comte *d'Eftaing*, &
» depuis fur *le Saint Efprit*, fous ceux de M. le
» comte *de Graffe*. Par-là, il a été affez heureux
» pour mettre ces généraux à portée de profiter,
» pour la direction de leurs routes, des avanta-
» ges qui réfultent de l'emploi de ces horloges;
» & de fon côté, il a faifi, au milieu des opé-
» rations de guerre, les occafions de s'en fervir
» auffi utilement pour déterminer les pofitions
» refpectives de plufieurs points effentiels des An-
» tilles & des côtes de l'Amérique feptentrionale,
» dont on trouvera les réfultats dans les mémoires
» de l'académie.

M. *Vicq d'Azir* a lu un *Mémoire* fur l'anatomie comparée du cerveau de l'homme & de celui
des différentes claffes d'animaux. Le but de cet
ouvrage eft de rechercher s'il exifte entre ces parties confidérées dans les différentes claffes d'êtres
animés, des rapports qui aient entre eux des
proportions analogues aux divers degrés de leur
intelligence.

Pour mieux faire fentir cette comparaifon,
l'anatomifte avoit mis fous les yeux du public &
de l'académie, le réfultat de fes obfervations con-

ſigné dans pluſieurs planches deſſinées en grandeur & en couleur naturelles par M *Briccau*, artiſte très habile.

Ce réſultat conſiſte à établir que dans toute
l'étendue de la chaîne qu'a parcouru ce médecin
obſervateur, les organes nerveux vont toujours
en décroiſſant, ſoit par le volume, ſoit par le
nombre, ſoit par l'élégance des formes, à meſure que les claſſes d'animaux ſont moins parfaites.

A ce mémoire non moins ennuyeux que celui de M. *de Chabert*, a ſuccédé heureuſement
pour la clôture la lecture d'un ſecond éloge,
compoſé par M. *de Condorcet*: c'eſt celui de monſieur *Duhamel*. Ce ſavant avoit fait peu de progrès au collège. La phyſique ſeule avoit eu des
attraits pour lui; & mal ſatisfait de la maniere
dont on la lui avoit enſeignée, il réſolut de
profiter de ſa liberté pour l'apprendre mieux. Il
cultiva les plus grands maîtres d'alors en ce genre,
& ne tarda pas à ſe rendre utile en mettant en
pratique la théorie. L'agriculture fut la partie à
laquelle il ſe conſacra davantage, & la *phyſique des
arbres*, traité le plus inſtructif & le plus complet qui exiſte ſur cette matiere importante,
prouve qu'il n'avoit pas travaillé inutilement:
il fut plus de trente ans à le rédiger.

M. *Duhamel* avoit auſſi embraſſé toute l'étendue de la ſcience navale, & ce genre de connoiſ-
ſances avoit déterminé le comte *de Maurepas*
à créer pour lui une place d'inſpecteur- général
de la marine. Celui-ci à ſon tour fit établir une
école pour les conſtructeurs, qui n'avoient pas
été juſques-là ſéparés de la ſimple claſſe des ouvriers; il eſt auſſi l'auteur de l'académie de
marine.

Les officiers, qui n'eſtiment que leur corps, étoient jaloux de M. *Duhamel* : de-là quelques anecdotes peu honorables pour ces meſſieurs.

Le nouvel inſpecteur de la marine avoit donné un mémoire relatif au port de Toulon ; il n'avoit point été agréé dans ce département, & l'on avoit traité ſon projet de ridicule ou d'abſurde. Peu après le miniſtre lui communiqua ſur la même matiere un mémoire venant de Toulon, & il ſe trouva que c'étoit le ſien qu'on s'étoit approprié.

Un jour qu'un jeune officier, cherchant peut-être à l'embarraſſer, lui fit une queſtion : *Je n'en ſais rien*, fut la réponſe modeſte du philoſophe. *A quoi ſert donc d'être de l'académie*, dit le militaire préſomptueux ? Un inſtant après, interrogé lui-même, il ſe répandit dans des réponſes vagues qui déceloient ſon ignorance. *Monſieur*, reprit alors M. *Duhamel*, *vous voyez à quoi ſert d'être de l'académie ; c'eſt à ne parler que de ce que l'on ſait.*

La tendreſſe de l'académicien défunt pour ſon frere, dont il a partagé pendant toute ſa vie la bienfaiſance & les travaux, occupe un épiſode conſidérable dans cet éloge. Enfin, M. *de Condorcet* le termine en obſervant que le nom de monſieur *Duhamel* fera époque, parce qu'il s'eſt trouvé lié avec cette révolution dans les eſprits, qui a dirigé plus particuliérement les ſciences vers l'utilité publique.

30 *Avril*. Avant-hier s'eſt faite l'ouverture de la nouvelle ſalle de la comédie italienne, & l'on ſe doute que cela n'a pas été ſans une affluence conſidérable. Il paroît que le grand nombre a été

aſſez content de ſa forme , de ſes commodités & de ſes ornements.

On critique toujours le plan général du quartier du ſieur *le Camus* , architecte du duc *de Choiſeul* , comme triſte & étranglé. Tous les bâtiments qui environnent la ſalle ont été exécutés d'après ſes deſſins ; au contraire , la ſalle eſt une maiſon qui y a été adoſſée , & que les comédiens , ainſi qu'on l'a obſervé dans le temps , ont eu l'inſolence d'exiger , & les chefs la complaiſance de leur accorder , pour intercepter la communication du boulevard : elle a été élevée par les ſoins & ſur les deſſins du ſieur *Heurtier* , architecte du roi , & inſpecteur général de ſes bâtiments.

La face méridionale , ornée d'un avant corps de ſix colonnes ioniques formant *porche* , produiroit un coup d'œil aſſez impoſant , s'il y avoit un point de vue. Au deſſous on lit en lettres d'or : *Théatre Italien.*

Dans les trois entrecolonnements du milieu ſont les trois principales entrées d'un veſtibule très-vaſte.

Il y a ſur les rues latérales deux entrées de deux autres veſtibules ſecondaires , qui auront leur commodité pour ceux obligés d'attendre leur voiture.

Dans le grand veſtibule de droite & de gauche , ſont placés les eſcaliers principaux qui mènent à tous les endroits de la ſalle , & d'abord au foyer , auſſi beau & auſſi vaſte que le veſtibule au deſſus duquel il eſt. Il y a enſuite nombre d'autres eſcaliers de dégagement pour les diverſes parties.

L'intérieur de la ſalle entre dans la forme de nos anciennes ſalles ; il eſt une forme ovale.

ayant l'ouverture de l'avant-scene sur le petit côté
de l'œuf.

Ce qu'on appelloit corniche en terme de l'art,
se nomme entablement corinthien ; il couronne
toute la salle majestueusement ; il est lui-même
surmonté d'une voussure ornée de caissons, dans
lesquels on a ménagé des coulisses qu'on ouvre
à volonté pour donner de l'air.

L'espace que laisse l'ouverture de la voussure
est occupé par un plafond représentant *Apollon*
au milieu des muses, peint par M. *Renou*.

L'avant-scene, dont la largeur est le même
que celle de l'opéra brûlé, de trente-six pieds,
est décorée par une partie de rideau, qu'une
figure de renommée est supposée retrousser : il a
semblé lourd.

On critique aussi la toile, de la même étoffe
que le retroussé du rideau, d'une couleur qui
contraste mal avec le reste de la salle ; on la
croiroit de papier, & de vilain papier. Du reste,
elle se releve droite comme un tableau, à l'instar
de celle de la salle actuelle de l'opéra. On y a
conservé la même devise de l'ancien théatre, imaginée par *Santeuil : Castigat ridendo mores*, devise
de la vraie comédie, mais qui ne va plus guere
au nouveau, où l'on joue plus d'opéra comiques
que d'autres choses ; & l'on sait que les opéra
comiques sont peu châtiés, & peu châtiant les
mœurs.

Les loges des acteurs ont à tous les étages
des corridors particuliers qui menent au théatre,
& sont au nombre de quarante-neuf. Les magasins
& les atteliers nécessaires au service du théatre,
les bureaux, les logements de la garde militaire
& des pompiers, du suisse, du portier, du

concierge & autres , occupent le reſte du bâtiment.

La Reine , *Madame* , madame *Elizabeth* ,
Monſieur , M. le comte *d'Artois* , les princes &
princeſſes du ſang , les miniſtres & autres grands
perſonnages ont orné cette premiere repréſentation. La nouveauté ſervant de compliment d'ouverture , très - mal entendue par les brouhaha
du public , qui , ſans ſavoir pourquoi , s'eſt
dégoûté dès le commencement , a été fréquemment huée quant à la partie dramatique ; mais
très-goûtée quant à la partie de la muſique &
du chant. Il faut attendre une ſeconde repréſentation pour en mieux juger.

30 *Avril.* Il paroît un imprimé ſans titre qui
contient certaines pieces choiſies , relatives à ce
qui s'eſt paſſé à Beſançon ; on ne ſait pourquoi
l'on n'en a pas donné la collection complete ;
apparemment parce que les arrêts & arrétés précédents étant imprimés déja , l'on a craint de
multiplier les êtres. Quoi qu'il en ſoit , on trouve
dans ce recueil ,

1°. *Extrait du regiſtre des délibérations de
la cour à la ſéance du* 30 *juillet* 1783. C'eſt
l'arrêté dudit jour , relatif à l'édit des deux
ſous pour livre d'augmentation , où l'on établit
douze conſidérations devant former la baſe des
itératives remontrances. On y trouve cette phraſe
remarquable : « Le roi ayant , dès les premiers
» moments de ſon regne , marqué ſa volonté de
» remplir les engagements de ſes prédéceſſeurs , il
» eſt de ſa bonté & de ſa juſtice , comme de ſa
» gloire , de ne pas permettre qu'on enchériſſe
» ſur les opérations qui avoient décrié le régime
» des finances au moment où ſa majeſté a pris

» les rênes du gouvernement ; il est contre la
» majesté & la dignité du trône d'autoriser
» les agents de finances de transformer une aug-
» mentation de *deux nouveaux sous* , en une
» création tacite de *dix sous* pour livre , &c. »

2°. Un arrêté très - curieux de la séance du
5 septembre 1782 , où la cour, sur le dire du
premier président , que le comte *de Vaux* lui
avoit fait visite le quatre en son hôtel, & lui
avoit demandé l'assemblée des chambres pour le
six , &c.

Décide que M. le conseiller *Bourgon* , & M. le
conseiller *Boulignez* fils, sont restés députés pour
recevoir M. le comte *de Vaux* , lorsqu'il se pré-
sentera au palais.

Et il a passé que le premier président deman-
deroit au comte *de Vaux* communication de ses
ordres, ainsi que des lettres de jussion dont il
seroit porteur, ou de la réponse du roi aux remontrances de la cour, pour y délibérer ; & au
cas où il se refuseroit à ces diverses demandes,
la cour proteste , &c. ; déclare en outre , qu'elle
entend concourir ou acquiescer à tout ce qui se
fera , & prétend se retirer pour se rassembler &
reprendre sa séance après la sortie du comte *de
Vaux* ; & au cas où il seroit porteur d'ordres
qui lui enjoignent d'être présent à ce qu'il fera ,
elle proteste même contre sa présence forcée , &c.

3°. Le fameux arrêté de la séance du 19
février 1783 , dont on a déja rendu compte.

4°. *Extraits des actes importants de la cour ,*
contenant les lettres - patentes enrégistrées, dans
la séance du 9 janvier à Versailles , ainsi que
la réponse du roi dudit jour , dont on a aussi
rendu compte.

5°. La *lettre close* adreſſée au parlement. De par le roi, nos amés & féaux, nous avons chargé le ſieur marquis *de Saint-Simon*, lieutenant-général de nos armées, commandant pour notre ſervice en Franche-Comté, de vous faire connoître nos intentions. Voulons en conſéquence que vous ayiez à le recevoir lorſqu'il le requerra ; que vous ayiez, en ce qu'il vous dira, & en ce qu'il fera de notre part, la même confiance que vous auriez en notre perſonne. Défendons à vous tous en général, ainſi que nous l'avons déja fait à chacun de vous en particulier, non-ſeulement de déſemparer l'aſſemblée des chambres avant que ledit ſieur marquis *de Saint-Simon* ait entiérement rempli la miſſion dont nous l'avons chargé, mais encore de faire aucunes proteſtations, ni de prendre aucunes délibérations ou arrêtés qui pourroient tendre à retarder, ou à empêcher l'exécution de nos volontés, le tout à peine de déſobéiſſance, ſi n'y faites faute ; car tel eſt notre plaiſir. Donné à Verſailles, le 9 janvier 1783. Signé *Louis*, & plus bas *Gravier de Vergennes*.

6°. Copie des lettres de commiſſion de M. *de Saint-Simon*, de la même date, pour ſon expédition derniere.

1 *Mai* 1783. Ces jours derniers M. *de Marivetz* (l'auteur de la phyſique du monde) entroit dans une maiſon avec M. le baron de *Montmorenci* ; ils ſe trouverent enſemble dans l'antichambre, & un laquais annonce meſſieurs les barons *de Montmorenci & de Marivetz* : ce dernier baron de nouvelle date, & qui ſentoit combien il figuroit mal avec le *premier baron chrétien*, craignant que cet accouplement ne fît un mauvais effet & ne déplût à M. *de Montmorenci*, s'écrie avec beau-

coup de préfence d'efprit : *voilà bien une preuve que les extrémités fe touchent* ! & chacun d'applaudir, & de trouver que M. *de Marivetz* étoit homme d'efprit, auffi fin que favant & profond.

1 *Mai.* On a dit depuis long-temps dans le monde que madame *Elifabeth*, touchée du bel exemple de fa tante madame *Louife*, avoit l'intention de fe faire religieufe ; mais le roi s'y eft oppofé, & a déclaré qu'il falloit que cette princeffe, avant de prendre ce parti, eût vingt-cinq ans ; qu'alors même il délibéreroit s'il étoit de fa fageffe d'y confentir. Il paffe pour conftant que madame *Elifabeth*, ferme dans fa réfolution, & ayant aujourd'hui dix-neuf ans, vouloit s'évader furtivement de la cour & aller fe réfugier aux carmélites de St. Denis ; que le projet a été éventé, & qu'elle n'a pu l'accomplir.

2 *Mai.* Le fieur *Sedaine*, dégoûté de l'humeur du public, lorfqu'il s'attendoit au plus grand fuccès, ne veut pas abfolument effayer un fecond choc. Il paroît qu'en effet il y a eu de la malveillance ou défaut d'intelligence de la part des fpectateurs. Cet auteur, qui vouloit jeter un peu de piquant dans ce début, avoit imaginé de traiter allégoriquement la queftion des deux troupes ; & il ne pouvoit mieux caractérifer le théatre françois, que par le perfonnage de *Melpomine*, jaloufe des fuccès de l'autre theatre, cherchant à écarter ce rival, à le dégrader, à l'avilir, à le tourner en ridicule, c'eft-à-dire, à faire tomber le projet de l'ériger infenfiblement en rival du fien ; projet agité fi long-temps dans les affemblées du bureau de légiflation dramatique, foutenu vigoureufement par M. *Rochon de Chabannes*, & regardé comme le feul capable de remédier à tout

promptement & facilement. Quoiqu'il n'ait pas
paffé , les comédiens françois qui en fentent l'ex-
cellence , craignent toujours qu'on ne l'adopte
tôt ou tard.

Le public n'a point faifi tout cela ; il n'a vu
dans la *Melpomene* du moment que la mufe de la
tragédie , c'eft-à-dire, un perfonnage totalement
étranger à la fcene du vaudeville & des ariettes.
La maniere dont madame *Verteuil* a rendu ce
rôle en le chargeant beaucoup , adreffe de fa part
pour faire mieux fentir la parodie , n'a fait
qu'indifpofer davantage. Les fots , qui prennent
tout à la lettre , ne trouvant que du férieux &
de l'ennui où ils s'attendoient à quelque chofe
de gai & de plaifant , fe font récriés fur l'abfurdité du rôle , & il n'a plus été poffible
de fuivre la marche du poëte & d'en faifir les
intentions.

2 *Mai.* Le projet d'évafion de madame *Elifabeth*
fe confirme de plus en plus , & l'on veut que
madame la vicomteffe *d'Aumale* , qui avoit été
précédemment fa fous gouvernante & étoit attachée depuis à madame royale , la foutint dans
fon deffein , & ait en conféquence été deftituée
& exilée. Il paroît que pour mettre plus d'adreffe
dans la négociation religieufe , dont la fource
remontoit à madame *Louife* , celle-ci ne paroif-
foit s'en mêler en rien , & c'étoit madame *d'Aumale* , qui rendoit les lettres & les converfations
de la tante , à la niece.

On parle encore d'autres fubalternes , de femmes de chambre entr'autres de *madame royale* ,
renvoyées auffi comme étant les derniers intermédiaires entre madame *Elizabeth* & madame
d'Aumale.

Quoi qu'il en foit , on affure que la reine , inftruite du jour où madame *Elizabeth* devoit s'arracher aux plaifirs de la cour, l'a adroitement invitée à *Trianon*, & depuis amenée à l'ouverture de la comédie italienne , jufqu'à ce ce qu'on eût rompu la chaîne de cette pieufe intrigue par l'expulfion de fes agents.

3 *Mai*. Malgré les clameurs du public , malgré les pamphlets , malgré les reproches & les injures de leurs confreres , les grands-chambriers épiciers tiennent bon , en forte que le travail avance bien lentement.

M. *d'Outremont*, en faifant fa dénonciation , avoit propofé un arrêté qui étoit fait pour abréger, en ce qu'on y auroit fixé d'abord les objets de réforme , enfuite l'ordre & la marche , pour y procéder ; mais les intéreffés à éluder les bonnes intentions de meffieurs des enquêtes , em, êcherent que l'arrêté ne paffât , & il a fallu déterminer la forme avant de s'occuper du fonds.

Dans la feconde on a divifé les affaires en affaires d'audience , affaires fommaires & affaires appointées. On a voulu d'abord favoir quels étoient les abus dans le premier genre , & on a trouvé que les gens du roi préfents étoient plus propres que tout autre membre à les connoître & à en rendre compte. On a interrogé en conféquence M. *Seguier*.

M. *Seguier* a répondu qu'il ne pouvoit rendre raifon fur le champ de ce qu'on lui demandoit ; que d'ailleurs il étoit fort occupé ; que cependant il fe conformeroit aux ordres de la cour , mais ne pourroit le faire qu'il n'eût lui-même conféré avec les avocats & les procureurs les plus honnêtes.

Dans la troifieme affemblée, M. Seguier a donné fon mémoire.

Depuis ce temps font venues les vacances de pâque, & l'on n'a encore ftatué fur aucune des parties de ce mémoire.

3 *Mai*. Extrait d'une lettre de Compiegne, du 28 avril. . . . Tandis que le roi déclaroit à Verfailles qu'il ne vouloit point s'occuper de bâtiments, que les frais de la guerre ne fuffent acquittés, on éludoit les intentions de ce bon maître en lui faifant dépenfer des millions ici, c'eft-à-dire, dans un château qui ne fervira prefque plus, puifque la reine ne s'en foucie pas. Quoi qu'il en foit, j'ai été émerveillé de ce palais que je n'avois pas vu depuis long-temps : il avoit autrefois l'air d'une grange ; aujourd'hui c'eft une maifon royale très-grande, très-magnifique, compofée d'un vafte corps de logis, de deux ailes & de tous les acceffoires néceffaires à l'habitation du premier fouverain de l'Europe. La façade du côté de la forêt eft fur-tout admirable.

On force les travaux, & il y a peut-être actuellement deux mille ouvriers.

3 *Mai*. La reine s'occupe véritablement de l'éducation de *madame royale*, & tous les matins à dix heures une fous-gouvernante amene la jeune princeffe chez S. M., où elle reçoit les leçons de fes maîtres en préfence de fon augufte mere jufqu'à midi. Il paroît même que la reine eft très-févere & ne lui paffe rien. On raconte que madame royale, un jour degoûtée de lire, prétendit qu'elle avoit mal à la tête ; fur quoi S. M. fe doutant qu'elle avoit de l'humeur, ordonna qu'on la fît mettre au lit & qu'on ne lui donnât point à dîner. L'appétit vint, elle voulut manger, on

lui objecta les défenses de la reine , & le besoin
augmentant , elle fut obligée d'avouer fa petite
fupercherie , ce dont on rendit compte à fa mere ,
qui exigea avant tout qu'elle prît fa leçon.

On parle finguliérement de cette anecdote à
l'occafion du renvoi des femmes de chambre de
madame royale ; en ce que n'en voulant pas donner la vraie raifon dans le public , on a dit que
c'eft que la reine trouvoit que cette enfant étoit
déja très-mal élevée , avoit beaucoup de hauteur ,
aimoit le fafte , & qu'elle attribuoit ces petits
défauts à l'adulation & au trop grand appareil
de fa fuite ; qu'elle avoit déclaré que n'ayant eu
elle-même que quatre femmes de chambre , elle
avoit fait une réforme dans la maifon de fa
fille , & ne vouloit pas que madame royale en
eût davantage.

4 *Mai.* On a fait une épigramme fur la nouvelle falle des Italiens en forme de calembourg ,
qui a cependant une forte de juftefle en deux
points , & fur le goût connu de cette nation , &
fur la gaucherie de l'architecte , n'ayant pas ouvert
fon édifice , fuivant les regles de l'art , c'eft-à-dire ,
du côté des boulevards où la foule abonde , & par
où il auroit eu un point de vue , manqué de
l'autre côté.

Qu'apperçois-je ! Quel eft ce nouveau monument ?
J'approche & lis en très-gros caractere ,
Théatre Italien , ... italien vraiment :
Aux paffants indignés il offre le derriere.

5 *Mai.* A la lecture du prologue imprimé de
M. *Sedaine* , pour l'inauguration du nouveau

théatre italien, on trouve que cette piece, jugée sans avoir été entendue, est sinon détestable, au moins très-médiocre, & sur-tout très-longue comme piece à tiroir.

Melpomene curieuse de voir si *Thalie*, prenant possession de son nouveau domicile, est mieux logée qu'elle, s'introduit en scene assez naturellement, & la hauteur dont elle la traite & témoigne sa jalousie, indique bien une partie de l'intention maligne de l'auteur ; mais point assez pour le vulgaire, dont il faut frapper fortement les yeux & les oreilles au théatre.

Arrivent ensuite le bon homme Vaudeville, le Parodiste, l'Ariette. Tous ces personnages n'égaient point la scene autant qu'il le faudroit dans les débats qu'ils ont entr'eux sur la prééminence de leur talent, si susceptibles de piquant & de critique : ils n'ont rien de tel, sont même si froids & si ennuyeux, qu'on a été obligé d'abréger leur rôle à la représentation, & qu'on n'auroit pas mal fait de l'abréger encore à la lecture.

Ce qui est fort gauche sur-tout & a déplu généralement, c'est que sur le théatre italien, M. *Sedaine* se soit permis de déprimer le talent de *Boissi* & de *Marivaux*, auteurs qui en ont été long-temps les appuis, & dont les productions, sans être dans la maniere moderne, annoncent une grande intelligence de la scene, sont remplies de finesse & pétillent d'esprit, toutes qualités dont manquent souvent leurs successeurs.

5 *Mai*. Jusqu'à présent la seule retraite qu'on annonce au théatre françois, c'est celle de mademoiselle *Doligny*. On en voit dans le journal

de Paris un éloge si emphatique & si outré qu'on ne peut l'attribuer qu'à M. *Dudoyer*, son chevalier depuis vingt ans. On les prétend mariés il y a long-temps, ce qui ne peut se présumer : il n'en seroit pas resté si aveuglément épris, & rougiroit de ce qu'il en dit.

Mademoiselle *Doligny* est laide, couperosée, malpropre & dégoûtante quant au physique.

Elle a débuté au théatre en 1763, par le rôle d'*Angélique* dans la Gouvernante. Beaucoup de naturel, de vérité, de sensibilité, d'intelligence lui concilierent les suffrages ; mais un foible physique, un ton pleureur & monotone, une figure froide & triste, une voix d'un timbre sonore & touchant, mais qui ne sortoit que par intervalles, ont toujours déplu aux connoisseurs & empêché qu'elle ne soit mise au rang des grandes actrices.

Beaucoup d'honnêteté, de candeur, de décence, de modestie, l'ont constamment rendue très-estimable ; &, ce qui est peut-être sans exemple de la part d'une actrice, il n'est aucun auteur qui ait à s'en plaindre ; elle s'est en tout temps comportée avec eux, avec les égards & le respect même que son état exigeoit.

Mlle. *Doligny* se sentant déplacée par sa façon de vivre, de penser & de sentir, au sein de la corruption & de l'infamie, aspiroit depuis long-temps au terme de sa retraite, fixé à vingt ans de service. Il y a un an qu'elle en prévint les gentilshommes de la chambre, qui ont tout tenté pour l'engager à continuer ses services ; enfin, convaincus que des raisons de santé s'y opposoient absolument, ils n'ont pu lui refuser sa liberté.

Cette actrice ne dépensoit guere que 2,000

écus pat an; avec les préfents qu'elle a reçus,
& l'argent qu'elle économifoit fur fa part, on
affure qu'elle s'eft ménagé environ 15,000 livres de
rentes.

6 *Mai.* L'*automate* joueur d'échecs revenu à
Paris, attire beaucoup de monde, & l'on en
examine les moindres détails.

La commode devant laquelle il eft, eft large
tout au plus de trois pieds, & haute de deux &
demi. On n'entend durant la partie, quand
l'automate joue, que le bruit d'une détente &
d'une fufée, tel que celui d'une pendule qui va
fonner.

Un homme fe tient debout auprès de la machine, & comme il ne la quitte pas, on juge
que c'eft lui qui dirige fes mouvements, quoique rien ne femble l'indiquer. Quoi qu'il en
foit, on regarde comme de la troifieme force
l'automate. A vue d'œil il n'y a dans Paris que
fept à huit perfonnes en état de lui faire avantage.

Un M. *Bernard* avocat, l'un des plus forts
joueurs après le fieur *Philidor*, mais lourd & lent,
fe préfenta contre l'automate, en préfence du
maréchal *de Biron* & fa compagnie, & quoiqu'il
eût gagné par la force de fon génie, il eft convenu que fon adverfaire avoit déployé de grandes
reffources.

On ne peut qu'admirer cette machine ingénieufe, qui fuppofe dans l'inventeur de grandes connoiffances en mathématiques, en phyfique & en méchanique. En outre, il eft d'une
galanterie fpirituelle, fine & vraiment françoife.

Il y avoit préfente à la partie du duc *de Bouil-*

on, une dame de qualité avec fa fille, âgée de dix à onze ans. On interrogea l'automate fur le compte de la jeune perfonne, on lui demanda fi elle étoit fage ? Il répondit : *Elle imite madame fa mere*.

6 *Mai*. M. *Desfontaines* a fait auffi une piece pour l'inauguration de la nouvelle falle italienne : elle a pour titre, le *Réveil do Thalie*. Elle eft en trois actes & en vers, mêlée de vaudevilles & d'ariettes. C'eux qui ont vu la répétition de ce matin affurent que cet ouvrage ne vaut pas mieux que celui de M. *Sedaine*, qu'il eft long, froid & découfu.

7 *Mai*. Depuis long-temps on parle d'un mémoire que M. *Linguet* a compofé en faveur de M. *Radix de Sainte-Foy*, réfugié à Londres depuis fon décret de prife de corps. On prétend aujourd'hui qu'il ne paroîtra pas, que l'affaire refte là, & qu'on ne pourfuivra pas la contumace par ordre du gouvernement, qui veut le récompenfer ainfi des peines qu'il a prifes pour la paix ; on raconte à ce fujet une anecdote.

M. *de Sainte-Foy* promit à quelqu'un qui partoit de Londres & revenoit à Paris, pour lui prouver qu'il étoit dans la bouteille à l'encre, de lui apprendre la paix avant qu'elle fût fignée. On lui objecta qu'il n'oferoit pas fans doute s'expliquer par écrit fur une pareille matiere ; il répondit qu'il n'écriroit point, mais enverroit une feuille de papier blanc pour le fignal de cette grande nouvelle. On ajoute que la feuille de papier blanc eft en effet arrivée avant la fignature des préliminaires.

7 *Mai*. Extrait d'une lettre de Berlin, du 29 avril.... L'abbé *Raynal* a la manie dans ce pays-ci

de devenir, comme en France, fondateur de prix.
Il en propose un, confiftant en une médaille d'or
de la valeur de mille livres, qui fera adjugée par
notre académie des fciences, fur les queftions:
1°. Quels font les devoirs qu'un hiftorien doit
remplir, & quels font les talents qu'il doit poffé-
der? 2°. Quels font parmi les anciens & les modernes, les auteurs qui ont le mieux rempli le
devoir d'hiftorien ? 3°. Les hiftoriens modernes
ont-ils plus ou moins de difficultés à vaincre que
les anciens ?

Ce philofophe vient en outre de doter deux
pauvres filles, l'une de la religion réformée,
l'autre catholique, qui ont été jugées les plus
vertueufes & les plus diligentes de leur commu-
nion, par les conducteurs de leur troupeau refpectif : vous voyez qu'il a affecté de choifir fes
fujets dans les deux communions pour marquer
l'efprit de tolérantifme qui le dirige, & qui fait
la bafe de fa religion.

8 *Mai.* Extrait d'une lettre de Breflau, du 11
avril 1783.... Nos muficiens font bien auffi fous
que les vôtres de France, & fi vous en doutiez,
fachez que nous avons ici le pendant de votre
Rameau, qui mettoit en mufique la gazette ou le
privilege du roi. M. *de Dittersfdorf*, célèbre fous
le nom de *Ditters*, fe difpofe à donner au public quinze métamorphofes d'Ovide, dirigées fur
ce qu'il a fenti, en lifant chacune defdites fa-
bles. On attend avec impatience ce délire harmo-
nique, qu'il faudra entendre, dit-il, fon ovide
à la main, pour connoître la marche & mieux
éprouver les effets d'une mufique auffi fupérieure,
& certainement auffi bizarre.....

8 *Mai.* En vertu de l'arrêt du confeil, fuivant
lequel

lequel le roi s'eſt fait une loi de conférer tous les ans des lettres de nobleſſe à quelques négociants qui ſe ſeront diſtingués dans leur état , le ſieur *Pierre Thomaſſin* , négociant fabricant en la ville de Troyes en Champagne , ſur un expoſé fait à S. M. de l'activité , du zele & de l'induſtrie de ce négociant , qui depuis long - temps rend à cette ville les ſervices les plus ſignalés & les plus utiles au commerce , vient d'odtenir cette faveur , ou plutôt cette récompenſe.

8 *Mai.* Le *Réveil de Thalie* n'a pas été plus heureux que *Thalie à la nouvelle ſalle.* Cette piece en trois actes eſt pourtant à tiroir , de maniere que le premier n'eſt point attaché au ſecond , celui-ci au troiſieme ; les ſcenes mêmes ſont ſi peu liées entre elles , qu'on croiroit toujours que la piece va finir ſans finir jamais ; ce qui la fait paroître encore plus longue & plus en-nuyeuſe.

Ce qu'on y a trouvé de mieux , c'eſt le rôle d'un Gaſcon qui paroît au troiſieme acte , & dit des gaſconiſmes , genre de plaiſanterie très-pro-pre à faire fortune , ſur-tout dans ce ſiecle de calembours. La décoration de ce même acte repré-ſentant les ſtatues des principaux auteurs , acteurs & actrices qui ont illuſtré la ſcene italienne , fournit auſſi matiere à des couplets aſſez piquants en faveur de chacun d'eux ; ces deux ſeuls endroits on réveillé ſinon *Thalie* , au moins le public de ſon aſſoupiſſement.

9 *Mai.* Un ouvrage poſthume de l'abbé *Guidi*, donne lieu d'en parler & de jeter quelques fleurs ſur le tombeau de ce homme de lettres , mort le 7 janvier 1780. Il étoit né avec beaucoup d'eſprit , & a compoſé pluſieurs ouvrages qui lui

auroient fait un nom dans la littérature , s'ils euffent roulé fur d'autres matieres ; entr'autres un , intitulé : *Entretiens philofophiques fur la religion* , en trois volumes , qu'on ne connoît guere.

La brochure dont il s'agit aujourd'hui , a pour titre : *Ame des bêtes.* L'auteur embraffe le fyftême de *Defcartes* , qui les regarde comme de pures machines , fyftême néceffité dans les principes de la religion , quelques abfurdités qu'il entraîne. Elle eft auffi écrite en forme de dialogue ; elle eft très-ingénieufe ; le ftyle en eft vif , preffé , naturel.

L'abbé *Guidi* étoit vraifemblablement oncle de M. *Guidi* , cenfeur qui paroît beaucoup s'occuper de la langue italienne , la poffëder à fond , & qui en a fait diverfes traductions non imprimées.

9 Mai. C'eft aujourd'hui que s'eft faite l'élection du bâtonnier par l'ordre des avocats , & que s'en eft arrêté définitivement le tableau , qui fe renouvelle chaque année à cette époque. Les amis de M. *Courtin* craignoient fort qu'il ne fût queftion de lui dans l'affemblée d'une maniere défagréable.

On fe rappelle fon affaire contre Mad. *de Valory* , agitée il y a un an ; elle a été jugée le lundi-faint au châtelet. Cet avocat a gagné la queftion d'intérêt , mais a perdu la plus effentielle , celle de l'honneur. Mad. *de Valory* lui reprochoit des ingratitudes , des actes ufuraires.

C'eft M. *de Seychelles* , avocat du roi , qui portoit la parole , & a prouvé que cette dame ne pouvoit revenir par des lettres de refcifion contre un acte qu'elle avoit confirmé plufieurs fois en fix ans ; mais en même temps il n'a point diffimulé que fi la forme étoit en faveur de M Cour-

tin , le fonds étoit vraiment repréhensible. Du
refte , il a dit que c'étoit la feule faute qu'on
eût à reprocher à cet avocat , qui avoit joui
jufques-là de l'eftime de fes confreres & de celle
du public ; qu'en conféquence il fe mettoit aux
pieds de la cour , & requéroit fon indulgence
pour lui.

La fentence a donc confirmé l'acte comme
valable ; mais quant à la demande en réparation
d'honneur , en fuppreffion de mémoires , en
publication & affiche du jugement , il a été mis
hors de cour : ce qu'on regarde comme injurieux
en pareille matiere. Cependant comme les deux
parties en ont appellé au parlement , l'on ne
ftatuera rien fur ce membre avant l'arrêt définitif.

10 *Mai.* Les grands chemins font dans un état
de délabrement fi confidérable , que le gouvernement fe trouve néceffité de s'en occuper enfin
avec le plus grand foin , & d'adopter à cet égard
plufieurs chofes de la police angloife.

Il paroît un arrêt du confeil en date du 20 avril
1783 , motivé fur ce que les rouliers & voituriers
négligent d'exécuter les difpofitions de la déclaration de 1724 , & autres réglements concernant le nombre des chevaux qu'il eft permis
d'atteler aux voitures à deux roues ; fur ce que
la charge énorme que l'on fe permet de mettre
dans des voitures à deux & à quatre roues , &
la forme des roues , font très-préjudiciables à la
confervation des chemins ; fur ce que les dégra-
dations qui en font la fuite augmentent les dépenfes d'entretien , ainfi que le travail des corvéables, auxquels fa majefté doit une protection
finguliere. En conféquence , le roi renouvelle

les sages loix déja faites à cet égard, & y ajoute
de nouvelles difpofitions.

10 *Mai*. Depuis le jeudi 24 les plaidoyers
dans l'affaire des *Montefquiou* ont recommencé ;
c'eft M. *Treilhard* qui a plaidé le premier ; il l'a
fait avec peu de fuccès ; & ayant voulu entreprendre l'éloge de fon client, a même été hué. Il
paroît que le public du palais n'eft pas mieux
difpofé en faveur de ce courtifan, que le public
du châtelet.

18 *Mai*. Il fe publie enfin les tomes cinq, fix
& fept de l'*Efpion Anglois*, interrompu depuis
plufieurs années, & dont on craignoit de ne point
avoir la continuation. Ces trois nouveaux volumes embraffent l'année 1777. Dans *l'avertiffement
des libraires* qu'on trouve à la tête du cinquieme volume, ils raffurent le public & promet-
tent la fuite de l'ouvrage jufqu'à la fin de la
guerre. Du refte, ils défavouent de la part de
l'auteur un prétendu *fupplément à l'Efpion Anglois*,
qu'on a mis fous fon nom ; il déclare qu'il ne
connoît point l'*Efpion François à Londres*, l'*Efpion
des boulevards*, l'*Efpion dévalifé*, & qu'il n'a ni
veut avoir rien de commun avec ces confreres de
trop mauvaife & trop dangereufe compagnie.

11 *Mai*. On eft un peu raffuré fur la crainte
de perdre M. *d'ormeffon*, & fur les bruits qui
avoient couru de fa retraite. On en étoit d'autant
plus fâché, que, malgré fon élévation, il eft
toujours modefte ; il convient de fon peu d'expérience & de capacité dans les reviremens de
finances ; il fe montre difpofé à recevoir toutes
les lumieres qu'on voudra bien lui donner ; il
interroge ceux qu'il croit les plus propres à

le diriger , & ne néglige aucun moyen de s'inftruire.

On ajoute , pour démentir le bruit généralement répandu à cet égard; que le roi en a grondé Mad. la comteſſe *de Teſſé*. Cette femme enthou-fiafte du *Necker* , voudroit bien, ainſi que tout fon parti, qu'on fût obligé de recourir de nou-veau à cet ex-directeur général des finances , & l'on prétend aujourd'hui que ce font ſes créa-tures qui avoient affecté de publier la nouvelle.

11 *Mai.* M. le marquis *de Louvois* vient d'être exilé dans une de ſes terres : on dit que c'eſt pour ſon dérangement. Il eſt exceſſif malgré les reſſources infinies qu'il a eues. Marié en pre-mieres noces à une femme qui lui avoit apporté du bien , il a tout mangé ; & devenu veuf, s'étoit raccroché à une Hollandoiſe , laide en diable, qui, voyant en lui un homme ſuperbe , renommé pour ſes talents amoureux , avoit voulu en tâter, & l'avoit féduit par l'annonce d'une fortune confidérable. Celui-ci ne s'acquittant pas convenablement du devoir conjugal , la nouvelle marquiſe de Louvois avoit pris le parti de re-tourner dans ſa patrie , où ſon mari, qui ne ſavoit comment ſubvenir à ſes créanciers , avoit été obligé de la ſuivre. Il a perdu cette ſeconde femme , & eſt en conféquence entré en jouiſſance de ſon bien , d'après les difpofitions du contrat de mariage , & tout cela a fondu encore. La mort du marquis *de Courtenvaux* lui a l[...] [...] immenſe , dont il ne lui reſte p[...] [...] il eſt remarié en troiſiemes noces , & a plus de dettes que jamais. *Louis XVI*, qui n'aime point le déſordre, a fait difparoître de ſa cour ce ſei-gneur ſcandaleux. C'eſt le même renommé pour

ſes calembours, ſes chanſons, ſes épigrammes, & qui ſans avoir autant d'eſprit que le marquis *de Souvré*, ſon pere, n'eſt pas moins cauſtique.

11 *Mai.* L'artiſte ingénieux qui a l'art de repréſenter au naturel toutes ſortes de perſonnages connus ſous le nom de *figures du ſieur Curtius*, a imaginé de raſſembler dans un même lieu celles des illuſtres-ſcélérats étrangers ou nationaux, qu'il appelle *la caverne des grands voleurs*. Il s'eſt établi ſur les boulevards depuis quelques années & ſuit les foires. Comme à meſure que la juſtice en expédie quelqu'un, il le modele & le place dans ſa collection, elle offre ainſi toujours quelque choſe de nouveau aux curieux; & ce ſpectacle n'eſt point cher, puiſqu'il ne coûte que deux ſous.

. Ces jours derniers l'*Aboyeur* crioit à l'ordinaire: *Meſſieurs entrez, venez voir ces grands voleurs*; le marquis de Villette paſſoit, il demande tout haut: *Monſieur le prince & madame la princeſſe de Guimene y ſont-ils ?* On lui répond que non. *Tant pis ; votre collection n'eſt point complete ; j'aurois donné ſix livres pour les voir.*

12 *Mai.* Il paroît que le gouvernement veut profiter du retour de la paix pour favoriſer le commerce intérieur. On a donné par-tout des ordres pour la réparation des grands chemins, & l'on a vu les ſages diſpoſitions priſes à cet égard. Il eſt auſſi queſtion d'établir des communications pour mettre à portée de profiter des routes publiques les habitants reculés dans l'intérieur des terres ; mais ce travail exige une attention ſcrupuleuſe & détaillée pour ne point bleſſer les propriétés, & épargner les peines des corvéables auxquels

on courroit rifque de faire faire un ouvrage
inutile par les plaintes qui furviendroient & fur
lefquelles on ne pourroit s'empêcher de faire droit:
en conféquence il a été rendu un fecond *arrêt du
confeil* le 20 avril dernier , *concernant les nouvelles
routes de communication & les formalités qui
devront à l'avenir précéder la confection des routes.*

12 *Mai.* On annonçoit une grande réforme
dans les fujets de la comédie italienne ; on difoit
même qu'on avoit pris à l'égard des anciens
la tournure ufitée vis-à-vis des cours fouveraines
quand on veut les changer & en refondre la
conftitution ; que le roi avoit caffé cette troupe
en entier par un arrêt du confeil, & l'avoit tout
de fuite recréée fur un pied nouveau. Il paroît
qu'il n'a pas fallu avoir recours à ce moyen extrême & defpotique.

Quatre fujets, dont deux feulement comédiens
penfionnaires , ont été remerciés ; favoir, les
fieurs *Saint-Preux* & *Chevalier*, & deux à part
ont reçu leur ordre de retraite, une Mad. *le Roi*
& le fieur *Sain*. Le renvoi de la premiere qui
n'étoit incorporée dans la troupe que de 1781,
& avoit peu de talents & de moyens de plaire,
ne pouvoit fouffrir beaucoup de difficulté ; quant.
au fecond , admis dès 1773 , il ne manquoit ni
de raifon, ni d'intelligence, ni de vérité, ni de
naturel : mais fon organe , fourd dans le chant
& trifte dans la comédie , déplaifoit au public,
& rebutoit dès le premier abord : une anecdote le
rendoit en quelque forte facré.

Il avoit eu le malheur de répugner à la reine
dès qu'elle l'avoit vu. S. M., dans un mouvement
involontaire, n'avoit pu s'empêcher de manifefter
fon degoût d'une façon fi expreffive , qu'on avoit

M 4

intéreffé fon humanité & la bonté de fon cœur
en lui faifant fentir que, fi elle ne réparoit
l'humiliation qu'elle venoit de donner à cet acteur
par quelque marque de bienveillance, elle alloit
lui faire perdre fon état, & qu'il feroit néceflaire-
ment renvoyé. La reine voulut bien déclarer aux
gentilshommes de la chambre que ce n'étoit pas
fon intention, & qu'elle exigeoit que le fieur
Suin reftât à la comédie.

Il a fallu réparer cette forte d'injuftice par
une forte penfion & par une gratification confidérable proportionnée à fes fervices. La dame le
Roi a eu auffi penfion & gratification, mais beaucoup moindres.

13 *Mai. Mémoires fur la vie & les ouvrages
de M. Turgot, miniftre d'état*. Tel eft le vrai titre du livre annoncé depuis quelque temps.

L'éditeur dit dans un petit avertiffement que
ces mémoires avoient été rédigés pour fervir de
matériaux à l'éloge hiftorique de M. *Turgot*,
prononcé en 1782 par M. *Dupuy*, le fecretaire de l'académie des belles - lettres, dans une
féance publique de rentrée. Les formes oratoires
& les bornes prefcrites à fon travail ayant obligé
ce fecretaire de laiffer à l'écart une grande partie de ces matériaux fans en faire aucun ufage,
celui qui les avoit raffemblés n'a pas voulu les
perdre, & il les a mis en ordre de façon à être
préfentés au public. Telle eft l'origine de cet ouvrage, plein de fautes au furplus & d'omiffions,
comme tout ce qui s'imprime chez l'étranger &
loin des yeux de l'auteur.

13 *Mai*. Lorfque le roi a rendu à la comédie
italienne le privilege de jouer la comédie françoife, les gentilshommes de la chambre fe font

proposés d'examiner, quand les circonstances le permettroient, si l'administration de ce théatre devoit & pouvoit conserver le même régime. Après trois années d'observations, on a vu que la variété des trois genres qu'on y représente exigeant un très-grand nombre de sujets, il falloit, en fixant leur sort d'une maniere durable, pour faciliter les moyens de le faire, augmenter le nombre des parts : en conséquence les vingt parts existantes dans l'ancienne constitution sont portées à vingt-trois.

Ces parts seront, comme par le passé, susceptibles d'être divisées en trois quarts de part, demi-part & quart de part; mais la réception à quart de part ne sera regardée que comme une réception à l'essai, & le sort du comédien italien ne sera véritablement & irrévocablement fixé que par la demi-part.

Les gentilshommes de la chambre se sont en outre réservé le droit de partager les quarts de part en deux demi-quarts, afin de pouvoir répartir les augmentations sur un plus grand nombre de personnes.

Ce zele des gentilshommes de la chambre, pour compléter d'une façon plus étendue & faire mieux prospérer la troupe italienne, fait présumer de plus en plus qu'ils veulent l'ériger en rivale de la troupe françoise, ce qui augmente davantage la jalousie de celle-ci, & justifioit encore mieux le personnage de *Melpomene*, dans la petite piece de M. *Sedaine*, si elle eût dit de meilleures choses, des choses plus fines & plus piquantes, & sur-tout si elle eût été mieux écoutée.

13 *Mai*. M. l'abbé *Auger* est un des hommes

M 5

de lettres les plus laborieux dans un genre d'érudition infiniment utile & devenu très-rare. Il a conçu le projet de nous faire connoître successivement tous les grands orateurs grecs par des éditions exactes & des traductions fidelles ; mais ce projet qu'il a déja commencé d'exécuter est sujet à des difficultés par l'altération du texte de la plupart de ces anciens auteurs ; ce qui a donné lieu à diverses questions parmi les savants. M. l'abbé *Anger* les rappelle & les résout dans dans un *Mémoire critique sur les devoirs & sur les qualités d'un éditeur des anciens*. Ce mémoire a excité une tempête considérable dans le monde érudit ; & pour connoître l'importance de cette grande querelle qui divise nos savants en *us*, il suffira d'en établir les points essentiels.

1°. Y a-t-il des cas où l'on puisse insérer des corrections dans un texte qui paroît avoir été défiguré par les copistes ?

2°. Faut-il indiquer ces corrections, ou ne les pas indiquer ?

3°. Faut-il donner deux leçons du texte, l'une qui représente fidellement le manuscrit tel qu'il est, l'autre tel qu'il a été réformé ?

On conçoit que le bon sens, si l'on le consultoit seul, auroit bientôt donné la solution de ces graves questions ; & M. l'abbé Anger est sans doute trop bon d'y avoir mis tant d'importance. Quoi qu'il en soit, malgré la sagesse avec laquelle il établit dans son mémoire la liberté qu'il accorde à un éditeur, toutefois avec des restrictions considérables, plusieurs savants lui ont tombé sur le corps, lui ont reproché de fournir des armes à des éditeurs téméraires, d'autoriser les altérations du texte, la corruption conséquemment des sources de la saine éloquence & du bon goût, & dans leur mauvaise humeur l'ont accablé d'injures à la maniere de leurs confreres du quinzieme siecle , & cette guerre fait gémir les philosophes & rire les sots.

13 *Mai.* On parle beaucoup d'une facétie qui paroît tout récemment, intitulée : *Requête de Volange , dit Jeannot , à monseigneur Hue , le garde-des-sceaux de France.* On conçoit qu'elle doit être très-recherchée & très-rare. La police veille avec le plus grand soin à ce qu'elle ne se répande pas.

14 *Mai.* Les mémoires sur la vie & les ouvrages de M. Turgot, en un gros volume in-8°. de plus de 400 pages , sont divisés en deux parties.

Dans la premiere on parle de sa jeunesse , de son administration dans la généralité de Limoges , & de son ministere à la marine.

Dans la seconde on embrasse ses opérations durant le court espace de temps qu'il est resté à la tête des finances.

M. Dupont, à qui l'on attribue cet ouvrage, & qui en est très-digne , est tellement enthousiaste de son héros, qu'il ne fait grace sur rien au lecteur , & entre dans des détails extrémement minutieux , fatigants & ennuyeux.

A l'entendre vanter les ouvrages de la jeunesse de M. Turgot, dont peu ont transpiré dans le public, ce seroient autant de chef-d'œuvres, & il y a bien à parier , au contraire , que tout cela est au moins très-médiocre , & peut-être très-mauvais. La seule annonce de certains, pour leur bizarrerie , les caractérise & ôte toute envie de

les connoître , fi ce n'eft pour rire de leur ridicule.

C'eft bien autre chofe quand l'hiftorien exalte
l'homme d'état. Il n'eft pas un arrêt du confeil,
provoqué & rendu par M. Turgot, qu'il ne rapporte , ne difcute, ne commente ; il n'eft aucun
de fes projets qu'il ne développe dans la plus
grande étendue , & qu'il ne hériffe de calculs ef-
frayants ; tout eft chef-d'œuvre de génie & de
patriotifme.

Du refte, peu de faits , encore moins d'anecdotes. La maniere dont eft parvenu monfieur
Turgot au miniftere, l'épifode des émeutes de 1775,
l'origine de la haine que le parlement portoit à
ce miniftre, les caufes de fa difgrace & la maniere dont elle s'eft effeétuée , mille autres traits
curieux de fa vie & de fon miniftere font entiérement paffés fous filence ; en forte que malgré la longueur de cette vie prétendue , elle eft
encore à faire , & malgré le talent du panégyrifte , on a bien de la peine à lire en entier fa
verbeufe production.

14 Mai. Extrait d'une lettre de Riom en Au-
vergne, le 6 mai.... Il y a un mois effeétive-
ment que nous avons eu le plaifir de poffeder
ici le marquis de la Fayette , c'eft-à-dire, qu'il
y étoit le 5 avril. Il a été reçu avec tous les
honneurs dont on vous a rendu compte & qu'il
mérite bien. Le corps de ville , précédé d'inftru-
ments & des fergents de la milice bourgeoife,
alla lui préfenter le vin d'honneur ; trois députés du préfidial en robes rouges, le complimen-
terent. Enfin, c'étoit une alégreffe générale dans
la ville ; on s'embraffoit prefque fans fe connoître ; on ne ceffoit de crier : *Vive la Fayette* ! Cha-

cun de ſes concitoyens ſembloit participer à ſa gloire ; car il faut que vous ſachiez que cette maiſon eſt de notre province. C'eſt même ce qui nous a procuré l'avantage de poſſéder un inſtant ce jeune ſeigneur. Il venoit d'y perdre une de ſes tantes, & s'empreſſoit d'arracher une autre qui lui reſte à ſa douleur & de l'emmener avec lui. Cet acte de tendreſſe vous prouve qu'il eſt ſuſceptible de tous les ſentiments. Il a reçu avec la modeſtie qui le caractériſe tous les hommages qu'on lui a offerts.

15 *Mai*. Extrait d'une lettre de Breſt , du 9 mai. . . . . Il tranſpire ici des copies d'une réponſe du comte *de Vergennes* , au commandant qui lui avoit adreſſé une lettre au nom de ſon corps pour le féliciter de la place de préſident du conſeil des finances, accordée depuis peu par le roi à ce miniſtre. Elle eſt beaucoup trop flatteuſe pour nos officiers de la marine , qui prennent à la lettre tous ces compliments de cour & s'en rengorgent. M. *de Vergennes* y dit ingénieuſement : « ſi la ,, nouvelle marque de confiance que je viens de ,, recevoir de ſa majeſté eſt une récompenſe du ,, ſuccès des négociations pour la paix, je ne me ,, diſſimule point à qui je dois un des premiers ,, hommages de ma reconnoiſſance , & je m'ac- ,, quitte avec empreſſement de cette dette envers ,, les intrépides coopérateurs que j'ai trouvés dans ,, le corps de la marine. Je ſuis d'autant plus flatté ,, de ce que vous me mandez de leurs ſenti- ,, ments à mon égard , Monſieur, que je crai- ,, gnois qu'ils ne me pardonnaſſent que difficile- ,, ment d'avoir enchaîné leur courage. Je vois ,, avec bien du plaiſir qu'ils ont fait céder l'inté- ,, rêt de leur gloire à l'intérêt de l'humanité. »

15 *Mai*. La France a déja quatre grands canaux. Celui de *Briare* qui établit à *l'est* la communication de la Loire par le Loing ; celui d'*Orléans* qui unit à *l'ouest* les deux mêmes fleuves ; celui de *Picardie* qui joint la *Somme* à l'*Oise* & le *Canal Royal*, le fameux *Canal de Languedoc*, qui unit *la Méditerranée* à *l'Océan* par le *Languedoc* & *la Guyenne*.

Il est toujours question d'un cinquieme qui joindroit *le Rhin* à *la Saône* & au *Rhône*, la mer du nord à la Méditerranée par *la Bresse*, *la Bourgogne*, *la Franche-Comté* & *l'Alsace*.

15 *Mai*. Depuis que M. *Linguet* a répandu son mémoire sur une communication plus prompte à des distances très-éloignées, d'autres physiciens se sont évertués, & entr'autres *Dom Ganthey*, religieux de l'ordre de Cîteaux. Il propose trois moyens de faire parvenir une nouvelle avec une extrême diligence.

1°. L'on pourra donner un signal secret à plus de cent lieues dans moins d'une minute, sans qu'on puisse s'en appercevoir dans l'intermédiaire. Il aura lieu en tout temps, dans toute saison, à toute heure, sans augmentation de dépense ; enfin, il pourra se porter à trente lieues en quelques secondes, sans stations intermédiaires..... Ce moyen est connu de l'académie des sciences, mais il est secret pour le public.

2°. *Dom Ganthey* se flatte de faire parvenir l'avis le plus détaillé, & l'instruction la plus longue à cent lieues dans une demi-heure environ, & de les faire articuler par un tiers aussi parfaitement que si l'on étoit en présence.

3°. Il pense qu'il seroit possible de faire parvenir une lettre effective & un paquet de quelques onces, à cent lieues, dans fix heures, dans une fleche, de ftations en ftations, avec un arc affez puiffant.

Tout cela fe voit dans un profpectus imprimé du religieux. Il voudroit une fomme de 1,100 liv. pour les expériences qu'il fe propofe à ce fujet.

16 *Mai*. Le réfumé des opérations du miniftere de M. *Turgot*, donné par M. *Dupont*, feroit le plus grand éloge qu'on en pût faire, s'il étoit vrai, exact & fans aucun retour fâcheux.

Il a fupprimé vingt-trois efpeces de droits ou d'impofitions établies fur des travaux néceffaires, ou fur des conventions utiles, ou fur des récompenfes méritées. Il avoit aboli la corvée des chemins, & fubftitué à cette épargne de 40 millions pour la nation une dépenfe fuffifante de 10 millions. Il a fupprimé l'autre corvée qui avoit lieu pour le voiturage des troupes. Il a diminué la rigueur de la régie des impofitions indirectes au très-grand profit des contribuables du roi, & même des financiers : il a de même adouci la perception des impofitions territoriales en aboliffant les contraintes folidaires, & autant qu'il a été poffible, le croifement des pourfuites des receveurs. Il a arrêté le cours de la plus terrible des épizooties ; il a réprimé une fédition conduite avec art. Il a pourvu à l'égale diftribution des fubfiftances. Il a donné les plus grands encouragements au commerce & à la nature des trois principales productions du territoire, le bled, la viande & le vin. Voici pour les propriétaires.

Quant au peuple, il lui a donné la liberté du commerce & du travail, & ne vouloit pas

qu'on la lui vendît. Il a réformé une multitude
d'abus, dont quelques-uns étoient au profit de sa
place. Il a aboli la vénalité des charges, autant
qu'il a dépendu de lui. Il a fait un grand nombre d'établissements utiles. Il s'est refusé & opposé aux mauvaises institutions. Il a été au secours des plus pauvres de l'état ; il leur a fait
payer leurs pensions arriérées de quarante ans. Il
a remboursé les hôpitaux, dont les rentes coû-
toient trop de frais aux propriétaires proportion-
nellement à leur valeur. Il a essuyé les dépenses
extraordinaires du sacre du roi, du mariage d'une
princesse, de la naissance d'un prince. Il a ré-
paré une banqueroute faite ; il en a prévenu une
prête à faire. Il a facilité les paiements jusqu'aux
Indes. Il a soldé une partie des dettes des colonies & mis l'autre en ordre. Il a trouvé le crédit
à cinq & demi pour cent, & l'a laissé à quatre.
Il n'a chargé le trésor royal que de 10 millions
d'avance ; il a cependant payé 24 millions de la
dette exigible arriérée, 50 millions de la dette
constituée, 28 millions d'anticipations : il a fait
cela en vingt mois, & dans ces vingt mois, il
n'en a pu travailler que treize.

Il avoit pris les finances à 19 millions de
deficit : il les a laissées avec un excédent de 3
millions & demi.

16 *Mai*. Il faut se rappeller que depuis la
mort du marquis de Menars, il s'étoit élevé un
procès entre ses héritiers & la veuve, à l'occasion
de la terre de Menars, substituée par Mad. de
Pompadour à son frere, & en cas de mort, à
M. Poisson de Malvoisin. M. de Menars avoit
profité de son crédit pour faire casser au parlement la substitution ; depuis sa mort M. de

Malvoisin est revenu par requête civile, & a fait juger la substitution en sa faveur. Ainsi le parlement avoit jugé le pour & le contre, & sans doute toujours bien. Cependant cette contradiction d'arrêt fournissoit ample matiere à se pourvoir au conseil qui a jugé l'affaire lundi, & a trouvé la substitution bien faite & valable.

16 *Mai*. Les comédiens italiens avoient annoncé pour aujourd'hui la premiere représentation de *la Fidelle Inconstante* ou *les Voyages de Rozine*, opéra comique nouveau en trois actes, en vaudevilles. Elle est remise. Le sujet est tiré d'un conte de Piron, dont la moralité très-orduriere est : *Tout vient à point à qui peut attendre*. La piece a été adressée anonymement au sieur Trial, qui en est devenu le pere adoptif. On la croit de messieurs Plis & Barré.

16 *Mai*. Le maître clerc d'un M. Perron notaire, a été conduit hier, par ordre du roi, à l'hôtel de la Force, pour une excroquerie de 40 mille livres qu'il a fait à une dame qui l'avoit chargé de prendre des récépissés du dernier emprunt du trésor royal, où elle ne s'est pas trouvée inscrite lorsqu'il a été question de les échanger. Il a subi interrogatoire, & est convenu avoir excroqué comme cela environ 200,000 livres.

17 *Mai*. Mad. de Pompadour par son testament, avoit constitué son frere son légataire universel, & en cas de mort de son frere sans enfants, avoit mis en son lieu & place M. Poisson de Malvoisin.

Par son codicile, elle avoit substitué à son frere le marquisat & pairie de Menars & ses dé-

pendances , & au cas de mort de son frere
sans postérité , elle avoit mis en son lieu & place,
aux mêmes conditions , M. Poisson de Malvoisin.

En 1766 , M. de Marigny , quoiqu'il eût reconnu la substitution , trouvant qu'elle le gênoit,
étoit revenu contre , & avoit profité de son crédit auprès de M. de Maupeou , pour faire déclarer par le parlement cette substitution , une
substitution vulgaire.

On entend par substitution vulgaire , une
substitution caduque au décès du testateur , qui
n'est faite que pour rassembler tous ses biens sur
une seule & même personne. Elle étoit fort en
usage chez les Romains , extrêmement impé-
rieux & jaloux de dominer jusqu'après leur
mort.

Non - seulement le droit romain n'a pas force
de loi en France , mais l'édit des substitutions
proscrit positivement les substitutions vulgaires.

M. de Malvoisin , ou plutôt ses enfants , revenus comme mineurs , n'ont donc pas eu de peine
de rappeller le parlement à la regle & à la véritable interprétation du testament.

Mad. de Marigny ou Mad. de Menars , dernier
nom qu'avoit pris son mari , avoit le plus grand
intérêt de faire tomber la substitution , en ce que
son contrat de mariage en acquéroit beaucoup plus
d'étendue dans les dispositions utiles , & les autres
héritiers faisoient cause commune avec elle , en
ce qu'ils se trouvoient par-là rentrer dans la succession pour leur part ; ils s'étoient donc pourvus
en cassation.

Au bureau composé de six conseillers d'état &
du rapporteur M. *de Bertrand* , celui-ci & trois

conseillers d'état étoient pour la cassation. Il a donc fallu assembler le conseil à Versailles, que de long-temps ou peut-être jamais on n'avoit vu si nombreux ; il s'est trouvé soixante - trois opinants.

Ce n'a pas été un spectacle peu agréable pour messieurs du conseil de se voir sollicités, pressés, cajolés par deux jolies femmes, Mad. *de Menars* d'un côté, & Mad. *de la Galissonniere* de l'autre, (en sa qualité de fille de M. Poisson de Malvoisin) ; mais l'embarras étoit de se déterminer. Les barbons étoient pour la première ; les jeunes gens pour la seconde ; enfin ceux-ci l'ont emporté. Elle a eu quarante - deux voix contre vingt-une.

Mad. *de saint - Aulaire*, jeune femme très-liée avec Mad. *de la Galissonniere*, s'est tenue dans l'antichambre du conseil, constamment pendant la séance, qui a duré plusieurs heures. Sur les trois heures un jeune maître des requêtes est venu lui dire que Mad. *de la Galissonniere* avoit gagné : elle avoit son valet de chambre tout prêt, qui n'a mis que trois quarts d'heures à venir apporter à Paris cette bonne nouvelle, & elle - même l'a suivi peu après dans sa chaise de poste pour féliciter & embrasser son amie.

17 *Mai*. Extrait d'une lettre de Bordeaux, du 13 mai. . . . . La paix nous a été infiniment plus funeste que la guerre, & depuis cet événement, si heureux pour les autres, nous comptons ici soixante-dix banqueroutes, sans le courant. Ces banqueroutes sont dues en partie au manque de parole du gouvernement, qui, n'ayant plus besoin de nous, ne se presse pas de tenir ses engagements & de payer le fret qui nous est dû.

17 *Mai.* Au renvoi de M. *de Fleuri* , ses
autres miniftres , les gens de la cour & tous ceux.
qui aiment à pêcher en eau trouble , qui font
ennemis nés de l'ordre , ont été enchantés , parcé
qu'ils fe font imaginés que le comité des finances,
inftitué par ce miniftre , tomberoit avec lui; mais
il fubfifte , & l'on lit une lettre répandue dans le
monde , par laquelle M. *d'Omerffon* écrit , au nom
du roi , à tous les fecretaires d'état & autres
ordonnateurs chargés de quelque département ,
que l'intention de fa majefté étant de profiter de
la tranquillité de la paix pour améliorer fes finances , elle ne peut travailler efficacement à ce grand
ouvrage , que chacun d'eux n'ait rendu compte
de celles qui lui ont été réparties , & de la
fituation de fon département, des dettes dont il
eft chargé , des réductions , économies , fuppref-
fions dont il eft fufceptible.

On affure que meffieurs les fecretaires d'état
regardant cette invitation de M. le contrôleur-général , comme une forte de fupériorité qu'il affectoit
fur eux , ont tenu entr'eux un petit conciliabule
pour favoir ce qu'ils feroient. On prétend que
M. *de Ségur* , M. *de Caftries* , plus altiers , étoient
d'avis de donner leur démiffion : mais que , tout
combiné , ils font convenus d'attendre que le roi
leur manifeftât lui-même fa volonté ; & qu'à
l'égard de M. *d'Ormeffon* , ils ont tenu un filence
méprifant , & ne lui ont pas répondu , fauf M. le
comte *de Vergennes*.

On ajoute que ce dernier a déja prêché d'exemple , s'eft mis en régie , & a rendu fes comptes
au comité.

C'eft le famedi de chaque femaine que ce comité a lieu ordinairement.

18 *Mai*. Ces jours derniers, le roi en revenant de la chaſſe s'eſt fait faire un chignon à la
maniere des femmes, & eſt allé ainſi chez la
reine. Sa majeſté s'eſt miſe beaucoup à rire, & lui
a demandé ce que ſignifioit cette maſcarade, ſi
l'on étoit revenu en carnaval ? Eſt - ce que vous
trouvez cela vilain, lui a dit ſon auguſte épou x ?
C'eſt une mode que j'ai envie d'amener ; je n'en
ai encore inſtitué aucune. Ah ! Sire, gardez-vous
bien de celle-là, elle eſt affreuſe, a repliqué
ſa majeſté. Cependant, Madame, a repris le
monarque, il faut bien que les hommes aient
quelque maniere de ſe coëffer diſtinguée de celles
du ſexe ; vous nous avez enlevé le plumet, le
chapeau, la cadenette, la queue ; aujourd'hui
c'eſt le cadogan qui nous reſtoit & que je trouve
fort vilain aux femmes..... La reine a ſenti ce
que cela vouloit dire, & n'ayant rien de plus à
cœur que de plaire au roi, a donné ordre qu'on
lui défît ſur le champ les *cadogans*, & a repris le
chignon.

Il y a apparence que cette mode adoptée avec
fureur à Paris, & fort ridicule effectivement,
va tomber au moyen de la plaiſanterie du roi.

18 *Mai*. M. le chevalier *de Chatelu* a compoſé,
comme on a dit, un gros livre ſur les Américains,
durant le temps qu'il eſt reſté à l'armée *de Ro-
chambeau*. Revenu ici, il ſe propoſoit de le répandre, & a été ſurpris de ſe trouver devancé
par M. l'abbé *Robin*, auteur qui a traité le même
ſujet, & dont on a dit un mot précédemment.
L'ouvrage de celui-ci, quoique ſuperficiel, peut-
être par cette raiſon même, a été aſſez bien accueilli, & plus goûté que celui de l'académicien.
Dans les morceaux qui ont pu ſe comparer, tels

que le portrait de *Washington* , on a jugé même l'abbé bien supérieur au militaire. Tout cela n'a pas peu contribué à exciter la jalousie de M. *de Chatelu.*

Il faut savoir en outre qu'au siege *d'Yorck-Town* , le seul échec qu'ait reçu l'armée françoise , est arrivé par une belle nuit où M. le chavalier *de Chatelu* commandoit la tranchée. Les Anglois firent une sortie , gagnerent une batterie , enclouerent sept picces de canons , tuerent quelques hommes , en blesserent une trentaine , & emmenerent des prisonniers. On plaisanta dans l'armée sur l'officier général qui commandoit ; on dit qu'occupé à quelque rêve philosophique , il s'étoit laissé surprendre , &c.

M. l'abbé *Robin* . connoissant le devoir de l'historien , par complaisance pour M. *de Chatelu* , ne pouvoit passer sous silence cet événement ; mais il a eu l'honnêteté de ne le nommer ni ne le désigner en rien. Cependant celui-ci a été furieux ; mais dissimulant son ressentiment , tandis qu'il accueilloit très-bien cet auteur , qu'il lui faisoit des compliments sur son livre , qu'il lui promettoit des secours & des conseils pour une autre édition , il en faisoit secrétement une critique malhonnête , injurieuse , qui a paru dans le mercure anonymement , mais où tous les connoisseurs , & sur-tout les gens au fait de l'anecdote , ont reconnu le cachet de M. *de Chatelu.*

L'abbé *Robin* a cru devoir répondre , & a voulu se servir du même champ de bataille qui s'est trouvé fermé pour lui. Le sieur *Pankouke* lui a déclaré qu'il ne pouvoit insérer sa réponse , ce qui a achevé d'indiquer les honnêtes gens contre son adversaire. L'abbé *Robin* a été obligé d'avoir

recours au courier de l'Europe, qui a reçu la défenfe de cet auteur , & en a enrichi fon journal
avec reconnoiffance.

19 *Mai*. Entre les idées fingulieres de M. *Turgot*,
dont fon hiftorien n'omet aucune , la plus bizarre
fans doute c'eft celle qu'il eut dans le peu de
temps qu'il occupa le miniftere de la marine ;
c'étoit de faire faire les conftructions habituelles
en Suede, il eft vrai d'après les plans & fous la
direction des conftructeurs françois, & d'amener
les vaiffeaux tout faits , tout gréés, montés d'une
partie de leurs canons , & chargés des matériaux
néceffaires pour en conftruire d'autres dans nos
arfenaux maritimes. Il avoit calculé que l'épargne
du fret difpendieux qu'exige toute la partie du
bois qu'il faut enfuite réduire en copeaux, celle
de la refonte du cuivre pour les pieces de bronze,
dans un pays qui le tire de l'étranger , & où le
charbon eft rare & cher , & enfin la différence
du prix des fubftances & de la main d'œuvre en
Suede & en France pourroient procurer une économie de deux cinquiemes fur la conftruction des
vaiffeaux du roi.

Une autre , c'étoit fon projet de l'établiffement
d'un *confeil de l'inftruction nationale* , compofé
d'un petit nombre de citoyens les plus recom-
mandables par leur naiffance , leurs lumieres &
leurs vertus , choifis parmi les plus grands feigneurs, dans le confeil du roi , dans le parlement. Ce confeil auroit eu la direction générale
des académies , des univerfités, des colleges, des
petites écoles. Il auroit fait faire un concours des
livres claffiques , établi des maîtres d'écoles dans
les paroiffes, des prédicateurs politiques pour inftruire le peuple de l'intérêt , du bien focial ,

ses droits , des devoirs qui l'attachent à la patrie , &c.

Deux anecdotes vraiment honorables pour ce
ministre , c'est l'amitié tendre que *Louis XVI*
avoit pour lui , la confiance affectueuse qu'il lui
avoit donnée , même avec des démonstrations
qui lui avoient fait oublier sa majesté , au point
de daigner presser les mains de M. Turgot dans ses
mains royales , comme pour accepter son dévoue-
ment absolu.

C'est ensuite la lettre qu'il reçut du roi de
Suede , de ce monarque si connoisseur , si bon
apréciateur du mérite , qui , en envoyant en
présent au roi de France , dans le temps des
émeutes , deux navires chargés de grains , l'exhor-
toit à soutenir toujours avec le même courage
des principes si utiles au royaume dont il admi-
nistroit les finances.

19 Mai. Un fermier de M. le duc *de Gevres*
vient de commettre un crime qui l'a fait con-
damner à être roué vif , & d'une nature si extraordinaire , qu'il mérite d'être consigné ici. Dans un
rendez-vous donné à une femme qui l'aimoit , au
lieu des caresses qu'elle en attendoit , il lui a
introduit dans la partie , un bâton armé de toutes
ses épines ; nouveau genre de supplice qui a bientôt fait mourir cette malheureuse , dans les dou-
leurs les plus horribles.

Le coupable , dans la vie duquel on ne trouve
du reste aucun trait qui désigne un caractere
atroce , est convenu du fait. Il a dit qu'il avoit autrefois vécu avec cette femme , mais sans beaucoup
de goût , & par une sorte de complaisance ; qu'il
n'avoit jamais couché avec elle que quatorze
fois ; que marié depuis peu , il avoit rompu ce
commerce

commerce criminel ; qu'elle , toujours folle de
lui , ne cessoit de le provoquer , & que dans
l'espoir de s'en débarasser , & de lui ôter toute
envie de le tourmenter déformais , il avoit imaginé ce moyen , qu'il n'auroit jamais cru pouvoir
être aussi funeste & la faire périr ; & réellement
on ne peut lui supposer aucun autre motif.

Le délit ayant été commis dans le ressort du
bailliage de Meaux , le conseiller au châtelet,
rapporteur du procès , après la confirmation du
parlement , est parti aujourd'hui pour aller faire
exécuter la sentence.

20 Mai. Pour entendre la *Requête de Jeannot* ,
il faut savoir que M. le garde-des-sceaux possède
supérieurement l'art de la pantomime & le talent
de la scene dans certains rôles de la comédie ,
qu'il est extrêmement gai en société , & fait
entremêler aux affaires les plus graves ces aimables
délassemens.

Il passe pour constant que , durant la disper-
sion des cours de magistrature , il a joué avec
beaucoup de succès les rôles de *Crispin* à *Pont-
chartrain* , qu'il a singuliérement amusé madame & M. *de Maurepas* , & que s'étant insinué
dans leur intimité par son art de les intéresser ,
il leur a fait voir ensuite qu'il ne manquoit pas
du génie nécessaire aux grandes places , qu'il
leur a fourni des vues & des moyens pour le
rétablissement de la magistrature , & que se trouvant en même temps du bois dont on fait les
chefs de la justice , il l'est devenu.

Quoiqu'un garde-des-sceaux ne puisse guere
avoir le temps de revenir à ce genre de plaisir ,
si l'on en croit l'auteur de la requête , M. *de
Miroménil* , chez M. *de Vergennes* , en petit co-

mité, a rappellé fon talent, & a très-bien rendu les rôles de la *Mere aux chats* & de *la Femme en couche*. en forte que les fieurs *Dugazon* & *Bay r*, les plus renommés pour ces farces, en ont été furpris eux - mêmes ; mais ce qui eft plus incroyable encore, c'eft qu'il contrefait fupérieurement *Jeannot*, & à s'y meprendre.

C'eft d'après ces faits, qui font aujourd'hui connus dans le public, que l'auteur de la requête fait parler *Jeannot*. Ce farceur fupplie monfeigneur le garde-des-fceaux de s'en tenir à fes grands talents pour la magiftrature, & de ne pas lui ravir le fien ; ou bien alors de le dédommager du tort qu'il lui fait en lui procurant une place d'acteur, foit à la comédie italienne, foit à la grand'chambre ; ce qui donne lieu à révéler deux anecdotes qu'on ne connoiffoit pas.

L'une, c'eft que M. le garde-des-fceaux a bien voulu s'intéreffer pour une demoifelle Favier, qu'il a fait recevoir chez le fieur *Nicolet* ; l'autre, qu'il a conféré des provifions de lieutenant - général au bailliage de Montargis au fieur *Caffagnade*, ancien chanteur de l'opéra. Au furplus, finit le fuppliant, fi monfeigneur lui laiffe le choix, il préféreroit encore une place de confeiller de grand'chambre, parce que les parts entieres à la comédie italienne ne font guere que de huit à dix mille francs, & qu'on lui a affuré que celles de la grand'chambre étoient de dix-huit à vingt.

Tel eft le réfumé de cette facétie, courte, ingénieufe, naturelle, & d'autant plus condamnable, en ce que, fous un air de gaieté, elle recele une méchanceté très-réfléchie.

25 *Mai*. Les Italiens ont exécuté hier la piece retardée des *Voyages de Rosine*.

Au premier acte, cette héroïne, françoise d'origine, contrariée par ses parents dans son inclination pour un amoureux auquel elle étoit fort attachée, a été enlevée sur mer, comme elle s'y promenoit dans une barque. Elle est vendue à un riche Turc, & se voit au milieu de ses rivales; il lui jette le mouchoir; mais au moment de jouir des embrassements du musulman, il tombe malade, & les médecins lui défendent d'approcher de son serrail. *Rosine* piquée, s'enfuit à la faveur de la nuit, & s'expose de nouveau à l'inconstance des flots.

Au second acte, elle aborde dans une isle où il n'y a que des hommes; ceux-ci sont enchantés de sa venue, veulent l'élire leur reine, & lui laissent le choix de celui d'entr'eux qui lui plaira le plus pour l'associer à son empire. Elle en préfere un qui se trouve être une femme deguisée, qui a suivi son amant. On les laisse ensemble : de là une scene très-embarrassante. L'amant survient; on raconte tout à *Rosine*, & ce nouveau contre-temps la détermine à partir avec eux pour vaincre l'ascendant de sa malheureuse étoile.

Rosine revient dans sa patrie & assiste aux noces de ses deux compagnons de voyage : grande fête & bal masqué, où elle retrouve celui qui a eu ses premieres inclinations, & l'épouse.

Les deux premiers actes sont charmants, pleins de sel & de gaieté, & d'ailleurs d'un comique de situation très-ingénieux. Malheureusement & le fonds & le dialogue appartiennent presque entiérement à *Piron*. Le troisieme, qui est

N 2

véritablement à l'auteur , a paru plus froid &
languiffant ; on s'apperçoit qu'il eft dénué de fon
guide.

Cependant le prodigieux fuccès des premiers
actes ayant fait demander l'auteur, le fieur *Trial*
a paru & chanté le couplet fuivant, fur l'air : *Des*
fimples jeux de mon enfance.

> J'ai reçu cet ouvrage anonyme ;
> Il m'a paru recréatif ;
> Et pour lui gagner votre eftime ,
> Je m'en fuis fait pere adoptif.
> L'auteur fe couvre d'un nuage ;
> Qui de nous peut le pénétrer ?
> Je n'en fais rien ; mais votre fuffrage.
> Doit l'engager à fe montrer.

Au ftyle feul de ce couplet on a facilement
reconnu celui de MM. de *Piis* & *Barré*.

22 *Mai*. Le parlement ne perd point de vue
l'affaire des quinze-vingts, & elle devient d'autant
plus grave qu'on y met de part & d'autre beaucoup
d'amour-propre. M. le grand-aumônier regardant
cette querelle comme une querelle d'honneur ,
la défend non-feulement avec tout l'efprit poffible,
mais y intéreffe les perfonnages les plus auguftes ,
& fur-tout la reine , à laquelle il a l'honneur
d'appartenir. De fon côté, le parlement fe prévaut
d'une efpece de ligue que le confeil a fait avec
lui à cet égard , & ces deux corps femblent en
cela d'accord pour la premiere fois.

Par l'arrêt du confeil du 14 mars dernier , le
roi avoit confirmé le choix fait par M. le cardinal

de Rohan , du fieur abbé Bertin , confeiler d'état, des fieurs Tolozan , abbé Royer & Minc , pour être gouverneurs-adminiftrateurs , & remplacer les anciens qui s'étoient démis. Il étoit ajouté dans l'arrêt : *auxquels , felon l'ufage , il fera donné par le grand-aumônier lettres & provifions.* Cet afferviffement qui n'eft point dans les autres adminiftrations , la formule du ferment à prêter entre les mains du grand-aumônier , tombée en défuetude depuis plus d'un fiecle , mais qu'il étoit autorifé à faire revivre d'après les lettres-patentes originaires de *François premier* , enrégiftrées en parlement en 1546 , tout cela a répugné à ces meffieurs; ils ont également refufé , & il ne s'eft trouvé dans le confeil aucun membre difpofé à les remplacer ; en forte que M. Amelot leur a écrit trois lettres confécutives pour leur annoncer les intentions du roi à cet égard : dans la derniere entr'autres , il les menace que , s'ils perfiftent à refufer cette commiffion , ils-doivent s'attendre à n'en plus avoir : ils font reftés fermes dans leur réfolution , excepté le fieur Tolozan , qui, n'écoutant que fon ambition , s'embarraffe peu de fe brouiller avec fon corps , pourvu qu'il devienne confeiller d'état.

Quoi qu'il en foit , le parlement s'eft encore prévalu de cette circonftance , & la fait valoir dans fes remontrances , qui , enfin rédigées , ont été lues hier aux chambres affemblées.

En conféquence , les gens du roi ont été chargés de fe retirer pardevers le roi , à l'effet de favoir le lieu , le jour & l'heure auxquels il plairoit à S. M. de les recevoir.

22 *Mai.* La tragédie annoncée de Mad. de *Monteffon* a en effet été jouée fur fon théâtre le

dimanche 4 de ce mois. Elle a pour titre: *la duchesse de Bourgogne* ou *la comtesse de Bar.* Il est à présumer que ce sujet, plus romanesque qu'historique, est tiré du roman intitulé: *Anecdotes de la cour de Philippe-Auguste.* On dit que le caractere principal ressemble beaucoup à celui de Phedre. On a trouvé sur-tout les quatrieme & cinquieme actes très-beaux : la versification est quelquefois foible , mais elle a quelquefois du nerf & de la grandeur.

Cette piece étoit jouée par les acteurs de la comédie françoise.

23 *Mai.* Le maître clerc de M. Perou se nomme *Pinon* , il étoit chez lui depuis vingt ans , & plutôt son ami que son subalterne. Cependant le notaire ne pouvant douter de son dérangement a provoqué lui-même une lettre de cachet pour le faire arrêter & conduire à l'hôtel de la Force. En vertu de cette même lettre de cachet , il a été mis le scellé sur les papiers & fait inventaire. On y a facilement trouvé les preuves de son *déficit* , se montant à plus de 400,000 liv. Il en a été rendu plainte , sur laquelle le procureur du roi a fait sa dénonciation au châtelet ; information en conséquence & bientôt décret de prise-de-corps. Alors on a demandé la main levée de la lettre de cachet , & en vertu dudit décret l'accusé a été transféré dans les prisons du châtelet.

On ne croit pas qu'il puisse y avoir peine de mort , mais bien celle décernée contre les escrocs & banqueroutiers frauduleux. On veut que madame Dubois , qui avoit toute confiance en cet homme , y soit pour plus de 200,000 liv.

2 *Mai.* Il paroît un nouvel écrit sur la grande contestation qui divise aujourd'hui le parlement,

c'eſt une *lettre d'un ancien conſeiller au parlement de Paris, à un ancien conſeiller au parlement retiré dans ſes terres*. Elle eſt fort modérée , & il en a été envoyé des exemplaires à meſſieurs, ainſi qu'au parquet. Elle roule principalement , dit-on , ſur la malheureuſe liaiſon qui ſe trouve entre les intérêts du roi & les épices, en ſorte que celles-ci ne peuvent baiſſer que les autres n'en ſouffrent : l'ouvrage eſt très-récent , puiſqu'il eſt daté de Paris le 2 mai 1783.

23 *Mai.* Il n'y a plus de doute aujourd'hui que les *voyages de Roſine* ne ſoient de meſſieurt de *Piis & Barré.* Ils les ont réduits à deux actes , & quoique le nouveau dénouement ſoit tout-à-fait bizarre , il donne plus de vivacité à l'action , & la piece en ſera plus courue.

24 *Mai.* M. le préſident Roland vient enfin de livrer au public ſon travail dans l'affaire des jéſuites, où il a joué un grand rôle. Il a fait imprimer le tout ſous le titre de *Recueil de pluſieurs des ouvrages de M. le préſident Roland, imprimé en exécution des délibérations du bureau d'adminiſtration du college de Louis le Grand, des 17 & 18 avril 1782.*

Cette collection a été quelque temps à paroître, parce que l'auteur magiſtrat , qui a beaucoup de vent, déſiroit que M. le grand-aumônier, comme le chef du bureau d'adminiſtration , préſentât l'ouvrage au roi.

M. le grand-aumônier s'en eſt défendu, en ce qu'il eſt queſtion dans le livre d'un tableau ſingulier trouvé à Billon chez les jéſuites, dont M. le préſident juge à propos de donner l'explication à ſa maniere. Il y reconnoît les rois aſſaſſinés, Henri III , Henri IV. Il y reconnoît les assassins jésuites : les Jean Chatel, les Guignard, les Ravaillac. M. le grand-aumônier, qui n'y voit pas tout cela aussi clairement que M. le président, a jugé 1°. indécent & mal-adroit de remettre sous les yeux de S. M. qu'il y a eu de ses ancêtres assassinés, de lui en représenter l'histoire & les effigies ; 2°. téméraire de donner comme positif & avéré les explications arbitraires, les visions de l'imagination de l'auteur.

M. le président a trouvé ces objections très-mauvaises ; il a insisté ; il a reproché à M. le cardinal de Rohan d'être jésuite dans l'ame, de craindre les revenants. Celui-ci a été inflexible, & après une négociation de six semaines, il a fallu que M. le président renonçât à sa prétention, & se contentât de recevoir les louanges des journalistes qu'il pourra se concilier d'une maniere ou d'autre.

24 *Mai.* Dans les conférences des magistrats du parlement, au sujet des abus à réformer dans l'administration de la justice, il a été convenu de régler la forme de procéder aux délibérations. On indiquera les objets dont il sera délibéré à la huitaine, & chacun sera autorisé d'apporter son avis projeté : on voit que messieurs ne sont pas encore fort avancés, & voici un nouveau repit que vont avoir les partisans des épices par les vacances de la pentecôte qui approchent.

24 *Mai.* M. l'abbé de Bourbon n'ayant point l'âge requis, a obtenu une dispense pour dire sa premiere messe. Cette cérémonie a eu lieu le lundi de pâque à St. Magloire, avec un concours de monde prodigieux, & dans le plus grand appareil : il y avoit quatorze évêques présents. Le jeune éleve du seigneur a officié avec beaucoup

de nobleffe; mais, foit timidité, foit défaut de l'organe, on a trouvé qu'il n'avoit pas la voix jufte, & il a fort mal chanté.

Il eft actuellement à *Rheims* pour s'y faire recevoir licencié en droit, ce qui eft l'affaire de peu de jours dans cette univerfité; il eft néceffaire qu'il foit revêtu de cette qualité pour avoir des lettres de grand-vicaire, après quoi il prendra féance au chapitre.

Il n'aura aucune place particuliere comme l'adulation en avoit répandu le bruit, & comme ceux qui s'intéreffent à la gloire vouloient lui en faire élever la prétention, à raifon de la diftinction qu'il a reçue d'être chanoine honoraire. Il fera affis dans le dernier ftalle, en qualité de chanoine dernier reçu.

Les zélés pour l'honneur du chapitre, font même aujourd'hui très-fâchés de la diftinction accordée à M. l'abbé de Bourbon, d'autant qu'il n'en eft point d'exemple dans les regiftres & qu'on trouve, au contraire, des freres & fils de rois, qui n'ont été que chanoines titulaires, entr'autres deux fils de *Louis le Gros*. Ils gémiffent de voir leur corps fi attaché à fes anciens ufages, y avoir dérogé auffi mal-à-propos, auffi gauchement, auffi fervilement. Ils ne peuvent pardonner au doyen d'en avoir ainfi bleffé la dignité pour un enfant naturel de *Louis XV*, ce que, dans l'ordre de la religion fur-tout, on doit toujours regarder comme une petite tache.

25 *Mai.* Les foupçons fur les motifs qui avoient porté M. Frettot à la dénonciation des faits aggravant l'illégalité déja reconnue des prifons privées, fe réalifent malheureufement pour lui. On fait même qu'à un dîner chez monfieur

le préſident Pinon , M. le lieutenant-général de
police a déclaré en préſence de pluſieurs convives conſeillers au parlement , que la démarche
de ce magiſtrat dénonciateur étoit d'autant plus
inconſéquente , que M. Frettot avoit ſollicité
auprès de lui une lettre de cachet pour faire enfermer une femme , ſans le conſentement for-
mel du mari , puiſque celui-ci même par les bons
offices de M. le Noir , s'étoit réconcilié & avoit
très-bien vécu depuis avec elle.

. Au ſurplus, M. le premier préſident a déja
rendu compte aux chambres aſſemblées des priſonniers détenus de cette maniere ; mais comme
il l'a fait très ſuccinctement , la compagnie dé-
ſire qu'il s'étende davantage , & M. le Noir le
deſire auſſi. Il auroit ſouhaité qu'on l'eût mis
dans le cas de venir rendre compte lui - même,
comme dans l'affaire des jeux , d'un genre d'a-l-
miniſtration , illégale ſans doute , qu'il n'approuve pas , répugnant à ſon caractere de douceur & d'honnêteté ; mais qui tient à la nature
de ſa place , que ceux-mêmes qui la décrient le
plus regardent comme néceſſaire en certains cas ,
à laquelle ils ont recours , & dont on a fait l'apo-
logie pluſieurs fois juſques dans le ſein du parlement.

25 Mai. Suivant le nouveau dénouement de
Roſine , au moment où elle eſt prête de quitter
l'iſle , ſon premier amant y aborde , en errant ſur
les montagnes ; il fait répéter aux échos le nom
de celle qu'il cherche ; elle eſt étonnée d'entendre
ſon nom : elle a une explication avec ce fugitif ;
ils ſe reconnoiſſent , & il s'embarque pour qua-
tieme dans la nacelle.

Tout cela ne tient pas à grand choſe ; mais

auſſi les auteurs ont donné à leur ouvrage le titre, nouveau ſans doute au théatre & très-juſte en cette occaſion, de *fragments*.

26 *Mai.* On doit donner mardi au théatre lyrique la premiere repréſentation de *Péronne ſauvée*, opéra en trois actes. Les paroles ſont de M. *de Sauvigny*, la muſique du ſieur *Deſaides*; tout ce qu'on en dit juſqu'à préſent, c'eſt qu'il y a beaucoup de ſpectacle.

26 *Mai.* On prétend aujourd'hui que la *Requéte de Jeannot* part du ſein d'une cabale formée par Mad. la ducheſſe *de Narbonne - Lara*, dame d'honneur de madame *Adelaïde*, & dont on connoît depuis long-temps le génie pour l'intrigue. Comme elle a marié ſon ſils à Mlle. *de Montholon*, fille de l'ancien premier préſident de Rouen, que cet hymen a eu lieu ſous les auſpices de l'auguſte princeſſe à laquelle elle eſt attachée & qui a promis ſa protection, madame *de Narbonne* voudroit en profiter pour pouſſer au miniſtere le beau-pere de ſon fils La place de garde-des-ſceaux lui conviendroit fort, & elle s'empreſſe de profiter des fautes que celui ci peut faire, des torts qu'il peut avoir, pour les groſſir, les exagérer & les rendre odieux au public; mais c'eſt ſur-tout à ſes ridicules qu'elle s'attache; elle n'ignore pas que c'eſt l'arme la plus cruelle & la plus ſûre en France. Malheureuſement pour M. *de Miroménil*, la magiſtrature en général eſt fort mécontente de lui, & ſur tout ce le de Paris; tant d'ennemis réunis forment contre lui un orage auquel il eſt difficile qu'il réſiſte encore long-temps.

17 *Mai.* Ceux qui ont aſſiſté aux répétitions de *Péronne ſauvée*, annoncée d'abord en trois

actes, aujourd'hui en quatre , & qu'on pourroit,
à ce qu'ils prétendent, annoncer également en
cinq, tant l'action est vague & décousue, n'est à
proprement parler qu'une superbe pantomime ,
un spectacle principalement fait pour les yeux ,
tel que *le fameux siege de Nicolet* ; car il n'a pas
même l'intérêt des *quatre fils d'Aymon*, de *Do-*
rothée & de quelques autres des petits théatres
des boulevards, où l'expression est si pathétique
qu'elle émeut le cœur & fait pleurer.

27 *Mai.* Il faut se rappeller le différend élevé
entre M. *de la Lande* & M. *Carra* , au sujet du
livre de ce dernier, intitulé : *Nouveaux Princi-*
pes de Physique, dont le principal objet est de
combattre le système de *Newton*. Il avoit rendu
compte des menées de l'académicien pour empêcher l'auteur moderne d'acquérir aucune confiance
dans les académies de province : M. de la Lande
a recriminé , & M. Carra riposte aujourd'hui dans
son quatrieme tome.

Pour la commodité de ceux qui ne s'embar-
rassent pas du fond de la question , mais s'intéressent aux querelles polémiques. M. Carra donne
un pamphlet sous le titre *d'Avis extrait du tome*
quatre des nouveaux principes de physique.

Non-seulement il y couvre de ridicule & de
mépris cet intrigant , membre de dix-sept académies ; mais il lui fait des reproches sur des
objets plus graves ; il le représente sur-tout comme
un plagiaire qui, abusant de son amitié & de sa
confiance , s'est attribué la découverte du noyau
du soleil, faite par lui Carra, & par lui commu-
niquée à M. de la Lande , deux mois avant, &
qui cependant a eu l'impudence de le traiter de
fou & de rêveur.

27 *Mai.* Les capucins font peu accoutumés à figurer dans le monde littéraire , & fur-tout dans les querelles des favants. On eft tout furpris de voir aujourd'hui ceux de la fociété hébraïque defcendre en lice , & lutter contre un journal qu'on ne connoiffoit guere plus que les affaillants.

C'eft le *Journal de Luxembourg* , dont le rédacteur , l'abbé Feller , reproche au clergé de France d'avoir accordé 3,000 livres de gratification au capucins de la rue Saint-Honoré , & d'approuver ainfi indirectement ces religieux audacieux *établiffant un fyftéme réellement vain & creux , qui tend à dénaturer l'écriture fainte , & à affervir l'éternelle parole de Dieu à une hypothefe grammaticale auffi arbitraire qu'éphémere.*

Voilà un grief bien articulé qui a vivement ému la bile de ces capucins. Ils prétendent au contraire ne point travailler d'après un fyftéme quelconque , mais d'après un plan fuivi dans toutes fes parties, fondé fur l'autorité & l'analogie de l'écriture fainte, adopté en partie par les faints peres, les commentateurs & interpretes les plus habiles. Ils ne changent rien au fond, mais ils améliorent la forme. *Non nova fed novè.* En un mot , ils profitent de la clef que monfieur de Villeroy leur a fournie pour pénétrer plus avant dans le fanctuaire des divines écritures & y introduire fes éleves : bien loin de l'altérer , ce travail tend à défendre le texte tel qu'il a été imprimé par les foins du cardinal Ximenès contre les écrivains modernes qui s'efforcent d'y introduire de prétendues corrections.

27 *Mai.* Le journal de Neuchâtel qui s'étoit foutenu pendant quelques années , vient d'expirer comme tant d'autres , faute de foufcripteurs

fuffifants pour le foutenir. Deux hommes de lettres de France l'alimentoient cependant de leur
mieux. M. Laus de Boiffy y fourniffoit fur-tout
de petites pieces de vers piquantes de fa compofition ou de fon choix , qui n'auroient pu
paffer dans les autres feuilles plus gênées , &
M. de la Reyniere , qui dans fes titres prenoit
avec complaifance celui de *correfpondant littéraire pour la partie dramatique du journal de
Neuchâtel* , y apportoit tout le zele d'un enthou-
fiafte des lettres, les cultivant pour elles-mêmes,
& ne parlant que d'après fa façon de voir & de
fentir.

28 *Mai.* Il paroît que l'objet de l'auteur de la
Lettre d'un confeiller eft de faire regarder la divifion élevée aujourd'hui au fein du parlement ,
comme une fuite du plan fuivi conftamment depuis 1756 , d'abaiffer la magiftrature :

1°. En affectant de traiter avec une indifférence
méprifante , fes réclamations les plus juftes & les
plus légales.

2°. En vexant perfonnellement les magiftrats , par les emprifonnements & les exils arbitraires.

3°. En femant dans le public que leur réfiftance
n'a lieu que dans les cas qui les intéreffent perfonnellement.

4°. En augmentant d'une maniere auffi abfurde qu'odieufe les impôts fur les frais de juftice ,
& fe ré riant enfuite fur la cherté exceffive des
formes judiaires.

5°. En imputant fauffement à l'avidité des magiftrats cette exceffive cherté.

6°. En prétextant cette même cherté des
frais de juftice , pour dépouiller arbitrairement

les tribunaux par les évocations & les commiſ-
ſions.

7°. En caſſant trop légérement, ſur-tout en finance, les arréts des cours.

8°. En n'exécutant pas les loix qui fixent l'âge
pour entrer dans les charges de magiſtrature,
en ſorte qu'il exiſte des conſeillers de cour ſou-
veraine, des maîtres des requétes, & même des
commiſſaires départis, qui n'ont pas atteint la
majorité civile.

9°. En imputant ou engageant le public à imputer aux corps de magiſtrature, les écarts de
ces jeunes magiſtrats, qu'on devroit engager
les compagnies de punir, loin de les ſouſtraire,
comme on le fait, à la diſcipline des corps auxquels ils appartiennent.

Ces abus, cette interverſion de l'ordre, ces
imputations calomnieuſes & réfléchies ſont diſ-
cutées plus au long dans la brochure écrite en
effet tres-ſagement; & ſuivant l'auteur, ce n'eſt
pas aux griefs objectés aujourd'hui qu'il faudroit s'arréter, mais remonter à la ſource; il
faudroit rendre aux loix leur vigueur, aux cours
leur autorité, aux magiſtrats leur conſidération. Tant qu'on voudra étendre l'autorité per-
ſonnelle du roi, on fera toujours tort à la puiſ-
ſance royale.

Il ne traite que très-légérement l'article des
épices; il prétend ſeulement que le roi a trente
ſous par livre des frais de juſtice, & que toutes
les fois que le juge perçoit un écu d'épice, le fiſc
public perçoit quatre livres dix ſous.

28 Mai. Lettre de Danguy, danſeur de l'opéra,
péri dans le feu du 8 juin dernier, à ſa mere,

touchant les *véritables causes de l'incendie de cette salle.*

Des Champs-Elyfées, le 8 juillet 1781.

Poltron fur mer, efcroc fur terre, prince nulle part, poliffon par-tout.

Tel eft le titre d'un manufcrit que font circuler les ennemis du duc de Chartres, & qui remplit affez bien leurs intentions en repréfentant fa vie comme un tiffu d'infamies, de lâchetés, d'efcroqueries. Pour amener le détail de toutes ces horreurs, on fuppofe que deux machiniftes, auffi brûlés dans ce commun défaftre, font conduits devant Pluton avec lui, & interrogés fur l'événement qui fait bruit jufqu'aux enfers. Ils avouent être les auteurs du feu, & ne l'avoir mis que dans l'efpoir d'y envelopper la perfonne ou du moins le palais d'un prince devenu l'exécration de Paris, pour atténuer leur crime, & le convertir même en action méritoire, fi le fuccès eût couronné leur projet. Ils peignent dans toute fon horreur, le monftre dont ils vouloient délivrer la France. Dans le détail de ce qu'ils racontent, ils ne difent rien de neuf, & la maniere dont ils le difent n'eft pas même bien piquante; mais n'importe, ce font des injures contre le duc de Chartres, & il eft fi détefté, qu'à quelque prix que ce foit on veut les acheter & les lire.

18 mai. Extrait d'une lettre de Verfailles, du 25 mai.... La bête eft bleffée à mort, où je ne m'y connois pas: M. le garde-des-fceaux eft cependant plus gai, plus mielleux, plus entrant qu'à l'ordinaire; il parle à tout le monde, mais perfonne ne lui répond. Voilà la pierre de touche pour le courtifan.

On diftribuoit aujourd'hui affez publiquement dans la galerie un nouveau pamphlet contre lui, ayant pour titre *le Cri de l'indignation.* C'eft une diatribe des plus violentes où l'on récapitule fa vie, ou du moins fon adminiftration, foit comme premier préfident de Rouen, foit comme chef de la juftice, & l'on en dit des horreurs.

On eft perfuadé ici que ces libelles partent de chez madame la ducheffe de Narbonne, qui travaille fortement à déterminer madame Adelaïde, à parler en faveur de M. de Montholon, que cette princeffe s'eft engagée de protéger lors du mariage de Mlle. de Montholon avec M. de Narbonne le fils.

Il eft vrai que toutes les fois que l'ancien premier préfident du parlement de Rouen paroît devant la princeffe, les bras lui tombent ; elle fe dégoûte & dit : mais qu'eft-ce qu'on peut faire de cet automate ? Puis on la réchauffe, on lui perfuade que c'eft un homme concentré, qui fait beaucoup, mais timide, & ayant befoin d'être un peu aidé pour fe développer ; il revient de nouveau, & madame Adelaïde n'en eft pas plus fatisfaite. Il paroît qu'on a voulu du moins exciter fon zele pour le fervice du roi & le bien de l'état en débarraffant la magiftrature d'un garde-des-fceaux, qui, avec beaucoup d'efprit, ne remplit pas mieux cette place, & dont l'honnêteté & la probité feroient fort fufpectes, à en croire le libellifte. M. de Miroménil une fois remercié, on efpere pouvoir plus facilement pouffer M. de Montholon.

29 *Mai.* C'eft aujourd'hui à cinq heures du foir à Verfailles que le premier préfident, accompagné de deux préfidents à mortier, doit porter

au roi les remontrances concernant l'adminiſtration des quinze-vingts.

29 *Mai*. La premiere repréſentation de *Péronne
ſauvée*, très-brillante par l'affluence de monde
qui y eſt accourue, a ſi mal pris, qu'il ſeroit
ſuperflu d'en rendre un compte détaillé, ſi cet
opéra ne réuſliſſoit pas mieux aux repréſentations
ſuivantes. Le poëme a été trouvé pitoyable, &
la muſique a beaucoup ennuyé. Cependant le
ſieur Deſaides réclame ſur-tout pour ce qui le
concerne ; il abandonne les paroles dont il s'em-
barraſſe peu ; mais il prétend que dans pluſieurs
morceaux de ſon chant il y a un caractere neuf,
original & pittoreſque fait pour réuſſir à la longue. Il y a entr'autres un rôle entier, exécuté
par le ſieur Chenard, qu'il affectionne le plus,
quoique le plus mal goûté, le plus hué même.
Il ſe flatte que le public en reviendra & lui rendra juſtice.

30 *Mai*. Le *Cri de l'indignation* a percé juſqu'ici. C'eſt en effet une catilinaire cruelle contre M. le garde-des-ſceaux. Mais on ne s'arrête
pas à lui ſeul, & l'on ſemble vouloir envelopper dans ſa diſgrace M. d'Ormeſſon : on y prétend
que c'eſt M. de Miroménil qui a ſuggéré à
M. de Vergennes de propoſer au roi ce jeune
magiſtrat plein d'honnêteté & de zele, mais abſolument inepte pour une place auſſi difficile que
celle de contrôleur-général. Il s'eſt flatté, ſuivant
l'auteur du libelle, que ce ſeroit un mannequin
qu'il feroit mouvoir à ſon gré, & qu'il ſe trouveroit ainſi preſque toujours prépondérant dans le
comité. Cette tournure eſt d'une méchanceté d'autant plus adroite, qu'on met par-là en garde
M. de Vergennes contre M. de Miroménil, &

qu'on tend à lui ôter cet appui qu'il s'étoit ménagé avec le plus grand soin auprès du roi, depuis la mort du comte de Maurepas.

A la suite de la diatribe courte & de quinze pages seulement, gros caractere, sont des notes provisoires, qui tendroient à prouver par les faits & par l'état actuel des parlements, que le chef de la justice est le premier à y porter le trouble, ce qu'on juge par ce qui se passe à Paris, à Aix, à Grenoble, à Besançon, à Colmar, à Rouen.

Ce qui prouve de plus en plus que ces pamphlets sont accrédités par des gens puissants, & interessés à renverser & M. de Miroménil & M. d'Ormesson, c'est qu'ils se distribuent gratis, & assez impunément jusqu'à présent.

31 *Mai*. M. le premier président a rendu compte aux chambres assemblées qu'il avoit eu l'honneur de porter au roi les remontrances concernant les quinze-vingts, & que S. M. lui avoit dit qu'elle les feroit examiner dans son conseil, & feroit savoir sa réponse au parlement.

31 *Mai*. Les assemblées pour les épices sont renvoyées au lundi 7 juillet, délai fatal, & qui annonce de plus en plus la mauvaise volonté du grand nombre des commissaires.

On rapporte à cette occasion que MM. des requêtes du palais se flattant de donner un exemple qui seroit suivi, depuis leur rétablissement avoient arrêté entre eux de ne point percevoir d'épices & avoient persisté quelque temps dans cette résolution généreuse ; mais que les préposés à la perception des droits du roi s'appercevant du *deficit* en cette partie, en avoient rendu compte au fermier, lequel avoit porté ses plaintes à monfieur Necker, alors directeur-général des finances ; que celui-ci n'entendant pas donner aucune indemnité aux financiers , avoit eu recours à M. le garde-des-fceaux, & qu'enfin le chef de la justice, en louant fort le noble défintéreffement de meffieurs, leur avoit ordonné de la part du roi de continuer à toucher des épices, ce à quoi ils avoient obtempéré.

31 *Mai*. On avoit d'abord décidé de ne rien changer à la nouvelle falle de la comédie françoife , malgré les plaintes multipliées & foutenues du public & des amateurs depuis un an. M. d'Angiviller a même laiffé écouler huit jours de la vacance, perfiftant dans fon refus; enfin , il s'eft décidé à quelques améliorations.

Le fond de la falle peinte abfolument en blanc, ce qui lui donnoit un coup d'œil monotone & fade, eft aujourd'hui mélangé de bleu, ce qui, fans lui rien ôter de fa fimplicité noble, la relcve merveilleufement.

Le foyer lattéral avoit été jugé trop petit & trop étranglé ; on en a commencé un au deffus du veftibule plus vafte & d'un meilleur effet. Il eft fàcheux feulement que la cheminée paroiffe un peu mefquine pour le local. Les buftes des différents auteurs dramatiques françois en font un ornement riche & intéreffant ; mais on ne fait pourquoi les comédiens s'arrogeant le droit de décider de la primauté entre eux , ont jugé à propos de mettre Moliere fur la cheminée feul , beaucoup plus élevé que les autres, & femblant les dominer. Affurément beaucoup de gens penfent de même , & le regardent comme bien fupérieur aux autres. Ils n'en font pas moins indignés contre l'audace des hiftrions, fur-tout en.

réfléchissant que le motif secret de cette préférence marquée , est que Moliere a été comédien ,
c'est à leur camarade , devenu leur patron , plutôt qu'au grand comique , qu'ils ont déféré l'empire du théatre françois.

Madame *du Vivier* , ci-devant madame *Denis* ,
a sur-tout trouvé très-mauvais que, sous prétexte
de construire cette cheminée , ils aient déplacé
la statue en pied de Voltaire , dont elle leur
avoit fait présent , à condition qu'elle seroit mise
à *toute éternité* sous les yeux du public , &
l'aient reléguée dans leur salle d'assemblée particuliere. Elle leur a écrit en conséquence le 12 mai
une lettre de reproches très-amers , & elle s'y
plaint par occasion , de ne pouvoir plus voir les
chef-d'œuvres de son oncle, pour son argent ,
faute de pouvoir obtenir un quart de loge ; mais
elle insiste spécialement sur la statue , don qu'elle
ne veut pas retirer, mais racheter , à l'estimation
de M. Houdon , son auteur.

1 *Juin* 1783. Depuis la rentrée les comédiens
françois semblent retombés dans leur ancienne
paresse : ils n'ont encore donné aucune nouveauté ,
& celle qu'ils se proposent de jouer demain ne
leur coûtera pas infiniment de peine. C'est une
scene lyrique en prose, intitulée *Pyrame & Thisbé.*
On dit qu'elle est du sieur *Larive* , ou plutôt de
la femme , sous le nom du mari. Ceux qui les
connoissent , assurent que la derniere a beaucoup
plus d'aptitude que son époux aux productions de
l'esprit.

2 *Juin.* Malgré la nombreuse cabale mise sur
pied par les auteurs à la seconde & à la troisieme
représentation de *Péronne sauvée* , cet opéra n'a
essuyé que moins de dégoût de la part du public,

& les connoisseurs impartiaux le mettent au rang
des plus médiocres : on continue à regarder le
poëme comme détestable. M. de Sauvigny l'annonce pourtant avec de grandes prétentions dans
son avertissement. Il a voulu venger de l'oubli
des historiens, la personne & la famille de *Marie
Fouré*, boulangere, qui au moment où les ennemis alloient surprendre *Péronne* par escalade,
en tua plusieurs de sa main ; & ayant ensuite crié
au secours, vint à bout de chasser le reste. Il
avoit déja traité ce sujet au quinzieme cahier
d'un petit théatre lyrique & moral qu'il compose
périodiquement sur les aventures du jour, quoique cette aventure-ci soit de deux ou trois siecles,
& qu'il appelle *les apres-soupés de la societé*. Cette
niaiserie pouvoit être bonne pour un pareil recueil, mais n'est point admissible sur le théatre
de l'opéra : 1°. en ce qu'elle n'a aucune authen-
ticité, puisque le poëte convient lui-même que le
trait n'est point dans l'histoire & qu'il ne l'a tiré
que d'un roman ; 2°. en ce qu'elle ne prête point
à un drame héroïque en plusieurs actes ; 3°. sur-
tout par la maniere tout-à-fait bourgeoise dont il
l'a agencé.

Le merveilleux de cet opéra & ce en quoi il
remporte la palme sur tous les autres, c'est d'etre
obscur & pénible sans aucune intrigue, d'offrir
beaucoup de mouvements sans actions, & une
grande catastrophe sans intérêt. La multitude
d'acteurs seuls au nombre de vingt-trois, indé-
pendamment des autres en troupe, est cause du
premier défaut. Le second provient de ce qu'il n'y
a aucun caractere établi, aucune passion mise en
jeu, & que tous ces personnages sont des héros
de lanterne magique. De ce manque de liaison

dans l'enfemble , de motifs dans les fcenes, réfulte le vuide où fe trouve le cœur du fpec- tateur.

D'après les reproches faits au poëme , dont les paroles en outre font peu lyriques & fouvent pro- faiques , il étoit impoffible que la mufique fût bonne, c'eft-à-dire , produisît de l'effet ; car , malgré la préfomption folle de M. *Defaides* , ni lui ni aucun autre de fes confreres ne réuffira fur un pareil fonds. Ils feront des ouvrages travaill- lés , propres à fe faire admirer des connoiffeurs ; mais d'un caractere vague & fans expreffion , faute de motifs. Les calembouriftes appellent celui-ci , un *opéra de laitues* , parce qu'il n'y a que les chœurs à conferver.

2 *Juin*. Le manufcrit de Voltaire contre le roi de Pruffe commence à fe répandre , au moyen des copies qu'on en a furprifes au fieur de Beaumar- chais , qui fe trouve ainfi dupe de fon infidélité. On fait que M. de la Harpe en a fait depuis peu la lecture, ce qui annonce qu'il en eft pourvu d'une, & M. Suard , le cenfeur du manufcrit de l'edition , a exigé qu'on lui en remît une autre, ou a menacé de ne point accorder déformais fa fignature. Tout cela met de plus en plus M. Paliffot dans de cruel- les angoiffes.

2 *Juin*. On a parlé déja de la muficomanie du baron de Bagge ; au concert de bénéfice donné aujourd'hui au château des Tuileries , il a voulu abfolument , parmi les morceaux de mufique à exécuter , qu'on plaçât un concerto de violon de fa compofition à jouer par un fieur Kreutzer. On n'a pas voulu affliger l'amour-propre de ce pro- tecteur par un refus ; il en eft réfulté même une petite farce qui a fervi d'intermede. M. le baron

de Bagge s'étoit placé très en vue & fur la premiere banquette : après l'exécution du morceau, on a claqué des mains à tout rompre ; *les bravo*, *les braviſſimo* fe font fait entendre de tous les coins de la falle ; on a fait cercle autour du magnifique feigneur, & on l'a proclamé unanimement roi de l'harmonie.

Il eſt fâcheux que la reine, que madame Mara s'étoit flattée de voir à ce concert & dont elle avoit annoncé la venue, n'ait pas joui de ce fpectacle qui l'auroit amufée, & auroit mis le comble au ſtupide délire du baron, recevant comme l'effet d'un véritable enthouſiaſme les éloges outrés qu'on lui prodiguoit.

3 *Juin*. On ne peut regarder que comme le foible eſſai d'un débutant dans la carriere dramatique, *le Pyrame & Thisbé* joué hier aux François. Ce petit ouvrage confiſte uniquement dans deux fcenes, où l'auteur s'eſt efforcé de peindre les divers fentiments qu'éprouvent tour-à-tour les deux amants. Le germe s'en trouve dans Ovide, & il l'a développé avec toute la fenfibilité qu'exigeoit la fituation. Il a même voulu quelquefois enchérir fur le poëte original : par exemple, dans ce qu'il fait dire à *Thisbé* lorfqu'elle arrive au lieu du rendez-vous, Ovide la fait treffaillir de la joie qu'elle aura de raconter à *Pyrame* les dangers auxquels elle eſt échappée ; M. Larive a cru fans doute lui donner plus de délicateſſe en lui faifant prendre la réfolution de n'en rien dire, de peur d'affliger ou d'alarmer fon amant. Beaucoup de gens blâment l'innovation & jugent l'idée d'Ovide plus naturelle.

· C'eſt le fieur Larive qui a fait le rôle de *Pyrame*, & mademoifelle Sainval celui de *Thisbé*.

La

La mufique eft du fieur Baudron, premier violon de la comédie françoife, le même qui s'eft avifé de refaire celle de Pigmalion. Il y a du caractere, & même du pittorefque, mais beaucoup de réminifcences.

On parle d'une fcene lyrique qui porte le même titre, & qu'un M. Martineau a fait paroître il y a deux ans; mais on dit que les details en font tout différents.

Il y a une charmante décoration dans le *Pyrame & Thisbé* du fieur Larive.

4 *Juin*. Depuis long-temps le favant Bonnet de Geneve étoit fur les rangs pour entrer à l'académie des fciences. Dès qu'il y avoit une place vacante parmi les affociés étrangers, il étoit propofé & rejeté. La cabale prépondérante du comte de Buffon, contre lequel il a écrit, lui donnoit l'exclufion : M. Bonnet étoit fi dégoûté de fe voir ainfi balotté, qu'il avoit pris le parti d'écrire à fes amis de ne plus faire mention de lui. Cependant à la mort du docteur Pringle, ils ont fait un nouvel effort & enfin l'ont emporté. Il a été élu à la pluralité, & le roi vient de confirmer fa nomination.

4 *Juin*. Au premier acte de *Péronne fauvée*, l'ouverture offre un vallon. On voit un poteau au haut duquel eft un but & une fleche au milieu. Il s'agit d'une compagnie de l'arc qui couronne fon vainqueur. A ce grouppe fuccedent deux amants villageois, plutôt du dix-huitieme que du feizieme fiecle, & plutôt des environs de Paris que de ceux de Péronne, tant leur coquetterie eft galante & raffinée : on cherche en vain l'expofition. Au milieu de tout ce fatras de galanterie, on ne trouve qu'une paftorale, au lieu d'une action héroï-

que; enfin, l'on vient annoncer que la treve eſt rompue & que l'ennemi va paroître. Le théatre ſe vuide.

Le lieu de la ſcene change & repréſente une plaine : on entrevoit dans le lointain un côté de la ville. Plus près ſont quelques arbres, des buiſſons & une maſſe de pierres. Deux officiers anglois deviſent & ſe rejouiſſent d'un ſouterrain découvert, par où ils pourront entrer dans Péronne ; l'un ſort & l'autre reſte à chanter une longue ariette contre les François qu'il déteſte, & qu'il ne peut s'empêcher de trouver aimables.

La décoration du ſecond acte repréſente la place de l'hôtel de-ville : les femmes de la ville & les payſannes implorent le ſecours du ciel. *Marie Fouré* eſt à leur tête, qui leur propoſe d'aller combattre au lieu de prier. On amene un officier ennemi qui a été pris ; on veut lui arracher ſon ſecret ; il répond qu'on peut lui ôter la vie, mais non le faire parler. *Marie* revient avec un drapeau qu'elle a enlevé aux ennemis ; accourt un François qui s'eſt gliſſé dans la place & promet l'arrivée du duc *de Guiſe*. Grande joie. On entend un bruit de canon ; on croit que c'eſt le ſignal de ce général, & c'eſt celui de l'ennemi. On fait la ſortie indiquée.

Au troiſieme acte on découvre les remparts de la ville & deux portes ; une montagne eſt au fond ; on voit le pont-levis, & une tour où le priſonnier qu'on a fait eſt renfermé. Il redouble ſes efforts pour ſe ſauver, & ſe jette de la tour dans les foſſés. Le gouverneur de Péronne rentre après le mauvais ſuccès de ſa ſortie. Le général ennemi s'empare de la hauteur & du vallon. Cependant le priſonnier échappé déclare à ſon général qu'il va ſeul lui livrer Péronne ; qu'il va faire fauter une mine : il exécute fon projet, la tour eft renverfée. Les ennemis efcaladent & veulent pénétrer dans la ville par la breche ; ils font repouffés après une attaque longue & mêlée alternativement de fuccès & de revers ; on les défait entiérement.

Le quatrieme acte eft confacré tout à la joie du duc *de Guife*, qui avoue que ce triomphe n'eft dû qu'à la défenfe vigoureufe des habitants de Péronne. On fe marie, on danfe, on chante, & tout le monde eft content.

Telle eft l'efquiffe du plan de l'opéra de *Péronne fauvée*, d'une platitude incroyable, qu'à la lecture furpaffe encore, s'il eft poffible, la platitude des paroles.

4 *Juin*. Il eft queftion d'une émeute confidérable à Bordeaux à la falle de la comédie, qui a dégénéré en une fédition violente & qui n'étoit point finie. Suivant les lettres arrivées aujourd'hui, datées du 31 mai, il paroît que le refus des directeurs *Gaillard* & *Dorfeuil* de fe rendre aux ordres du parterre qui les demandoit, en a été le principe. On ne parle point de morts ; mais il y a eu plufieurs bleffés. Il faut attendre les détails ultérieurs de cette étrange cataftrophe.

5 *Juin*. Le concerto de violon du baron *de Bagge*, exécuté au concert, eft gravé & dédié à la princeffe royale de Pruffe, avec quatre vers au deffous de fon portrait d'après le deffin de monfieur *Cochin* ; il eft foutenu par les graces & entouré de tous les attributs qui peuvent caractérifer l'augufte protectrice, & l'on lit :

Cet objet enchanteur qui fixe vos regards,
Que les graces, l'éclat & la gloire environnent,

Protégea de tout temps les talents & les arts :
Les arts & les talents à leur tour la couronnent.

5 *Juin*. Depuis long-temps on parle de la paffion violente dont M. le duc *de Coffé* s'eft trouvé
épris pour Mad. la comteffe *Dubarri*. On affure
même qu'il a fait un enfant à cette belle. Ce
qu'il y a de certain, c'eft qu'il fe ruine pour
elle : comme elle eft d'ailleurs fort dérangée &
ne paie pas fes créanciers, il eft queftion plus
que jamais de la faire rentrer au couvent par lettre
de cachet, & de fixer fa dépenfe par égard pour
la mémoire de *Louis XV*, que cette maîtreffe a
trop déshonoré de fon vivant.

5 *Juin*. L'avocat *le Prêtre*, d'une fi mauvaife
réputation au palais qu'il n'y fait plus rien,
s'eft retourné du côté du théatre italien. Son effai
de l'an paffé ayant eu une forte de fuccès, il a
compofé une piece en regle, intitulée *le Pere de
province*, comédie en trois actes & en profe,
dont les acteurs eux-mêmes n'ont pas déja une
grande opinion. On doit la jouer demain.

6 *Juin*. La reftauration du palais commence
à s'avancer à l'extérieur ; mais au fond eft fi mal
faite qu'on ne fait pas fi elle pourra fubfifter. C'eft
un fieur *Couture* qui par fa place s'en trouvoit
naturellement chargé ; des intrigues lui ont fait
ôter la fuite de ces travaux par M. *Necker*, ou
plutôt par madame : & c'eft un fieur *Defmaifons*
qui lui a fuccédé. Il avoit pour affocié le fieur
Moreau, qui, voyant qu'il n'y avoit ni argent
ni honneur à recueillir d'être fon mentor, y a
renoncé. Le fieur Defmaifons, naturellement
inepte, a été embarraffé & a eu recours au fieur
Gondouin, artifte d'un talent diftingué, & qui

s'est fait connoître par ses écoles de chirurgie : l'ouvrage s'est trouvé encore mal fait ; on prétend qu'il a peu de solidité. Le sieur *Gondouin* s'est plaint qu'on ne suivoit pas ses conseils ; enfin M. le contrôleur-général vient de confier la direction de ce bâtiment au sieur *Antoine*, qui a fait l'hôtel de la monnoie, bâtiment auquel les connoisseurs & les gens de l'art rendent justice, & qui étant dans le même genre, a fait présumer que son auteur conviendroit fort aux bâtimens du palais, & en répareroit les vices & défectuosités.

6 *Juin.* M. Radet, l'auteur de la *Parodie de Tibere*, peu accueillie, en a fait une de *Jeanne de Naples*, sous le titre de *Dame Jeanne*, en un acte & en vaudevilles, qui doit être jouée aujourd'hui avec la comédie nouvelle. On voit par ce second choix que le parodiste manque à la premiere des regles du genre, qui est de s'attacher à des sujets connus, célebres & couronnés d'un grand succès.

6 *Juin.* Une suite de la faveur de M. *Radix de Sainte-Foy*, a été d'obtenir la permission de se rendre ici pendant les vacances du parlement aux fêtes de pâque, pour y voir ses avocats, se concilier avec eux, & leur donner les instructions nécessaires à sa défense. Après y être resté secrétement pendant tout le temps de son séjour, il est reparti, &, dans l'espoir qu'il a de triompher de l'accusation intentée contre lui, il paroît ne plus desirer que son affaire reste suspendue, & au contraire en presse le jugement.

En conséquence, il n'est plus question du mémoire que M. *Linguet* devoit faire pour lui, les parents & amis de M. de Sainte-Foy ont craint que cette diatribe ne fît plus de mal que de bien par l'indifpofition de la cour , des juges & du public contre ce folliculaire , & c'eſt M. *Tronçon du Coudray* qui a été chargé de le compoſer. La première partie de ce *factum* qui doit être très-volumineux, commence à paroître. C'eſt M. l'abbé *Radix*, ſon frere & conſeiller de grand'chambre, mais s'abſtenant d'aller au palais durant que M. de Sainte-Foy eſt dans les liens des décrets, qui porte les mémoires chez les juges, avec le préſident *Sallier* de la cour des aides, autre parent de l'accuſé.

7 *Juin*. La comédie *du Pere de province* jouée hier, n'a eu aucun ſuccès ; elle a même été huée fréquemment, & l'on ne croit pas que l'auteur dont les yeux ſont deſſilés, oſe la faire reparoître. C'eſt une ſatire fort dure des mœurs du ſiecle, dont, par cette raiſon, quelques tirades ont été applaudies, quoique d'aſſez mauvais goût & renducs dans le ſtyle le plus incorrect. Cet ouvrage ne vaut pas la peine qu'on entre dans un plus grand détail.

La parodie a été mieux reçue, moins ſans doute à raiſon de ſon mérite intrinſeque, que de la haine qu'on porte à M. *de la Harpe*. On a demandé l'auteur à la fin : il a eu bien de la peine à ſe laiſſer tirer hors de la couliſſe par les acteurs ; il a ſenti combien peu il étoit digne de ce triomphe, & a diſparu avant qu'on ait pu reconnoître ſes traits.

8 *Juin*. Préciſément au moment où ſe paſſoit l'émeute à la comédie de Bordeaux, il s'en paſſoit une à celle de la comédie d'Orléans, moins grave, mais toujours à réprimer pour ſon indécence & ſon ſcandale. Du parterre, mécontent des actrices, ſont montés ſur le théatre quelques

jeunes gens en nombre fuffifant , qui fe font
emparés des actrices & leur ont donné le fouet.
Le prétexte étoit qu'on étoit mécontent de leur
jeu ; mais on croit que la raifon véritable étoit
que ces demoifelles avoient diftribué à ces meffieurs des galanteries douloureufes & qui leur
avoient donné de l'humeur.

8 *Juin*. *Mémoire pour le fieur de Sainte-Foy ,*
ancien furintendant de M. le comte d'Artois , contre
M. le procureur-général.

Premiere partie. *Le fieur de Sainte - Foy juftifié*
de délits dans fon adminiftration.

Tel eft le titre du *factum* qui fe diftribue ,
fuivant lequel on voit qu'il fera divifé en plufieurs parties.

A la tête eft un petit avertiffement, dans lequel
l'avocat de l'accufé fe défend d'expofer aux yeux
du public l'intérieur de l'adminiftration du prince,
quoique fon alteffe royale ne foit pas partie dans
ce procès, puifque le fieur de Sainte-Foy n'a pour
accufateur que le procureur - général. Mais cette
efpece de révélation étant malheureufement une
fuite naturelle de l'affaire, il a été indifpenfable
de la faire. Il promet feulement de fe renfermer
dans les égards de la circonfpection & du refpect
dû au frere du roi.

A la fin du mémoire eft une confultation datée
du 31 mai 1783 , fignée de cinq jurifconfultes ,
qui malheureufement ne font pas les plus renommés du barreau.

8 *Juin*. Une petite anecdote qui s'eft paffée le
jour de la premiere repréfentation de *Péronne*
fauvée , mérite d'être confervée.

Il faut favoir que la dame *Bellecour*, de la
comédie françoife, s'intéreffe fort au muficien *De-*

faide ; que celui - ci eſt ſon amant ; qu'elle eſt
folle de ce perſonnage, qui n'eſt cependant ni
beau garçon , ni jeune , & qu'elle ſe ruine pour
lui. On aſſure qu'il lui a déja mangé plus de
cent mille francs. Quoi qu'il en ſoit , il eſt au
moins aiſé de juger par-là combien elle s'inté-
roiſſoit au ſuccès de *Péronne ſauvée*. Elle s'y étoit
rendue de bonne heure, elle étoit au premier
banc de l'amphithéatre & au milieu , elle y
dominoit , elle étendoit de - là ſes ſoins ſur le
parterre , elle animoit toute la cabale, & cherchoit
ſur-tout à maintenir les mécontents.

Au ſecond acte , il vient un officier ennemi
introduit ſecrétement dans la place , qui annonce ſon projet de deſtruction. Il le fait avec
tout l'acharnement d'un ennemi, & , donnant
un libre cours au ſentiment dont il eſt pénétré ,
il s'écrie : *ah ! que je hais les François* , &c.
A cette exclamation il s'eſt élevé un brouhaha
dans le parterre & des huées très-fortes. Madame *Bellecour* qui craignoit que la mauvaiſe
humeur ne gagnât & n'influât ſur le reſte, dit
à la ſentinelle qui étoit ſous ſa main , & à
même de ſuivre l'impulſion qu'elle vouloit lui
donner : *faites donc taire......* Le ſoldat n'attend pas la fin de la phraſe, & la croyant émue
de la même indignation que lui contre l'acteur
qui prononçoit un terme d'exécration auſſi marqué , lui répond : vraiment je voudrois bien lui
impoſer ſilence , c'eſt très - indécent ; mais je
ſuis à mon poſte, obligé d'y reſter & ne puis
aller juſques ſur le théatre pour enlever ce ma-
lotru...... & tous les voiſins de rire , & la
dame *Bellecour* de redoubler de colere & de
rage.

9 *Juin.* Extrait d'une lettre de Bordeaux , du 3 juin. . . . Le lundi 26 mai, les amateurs du théatre de cette ville , ou du moins certains , demanderent les directeurs qui ne voulurent pas se préfenter ; alors les jeunes gens crierent qu'ils vouloient *Caftor & Pollux* par *Durand* , acteur de l'opéra de Paris, qui étoit alors ici ; & comme ce jour-là on ne donnoit qu'une feule piece fuivie d'un ballet de la compofition du fieur *Hus* , maître des ballets , on attendoit que l'acteur qui s'étoit préfenté pour annoncer le fpectacle du lendemain , auquel le parterre avoit marqué fon defir , revînt pour rendre réponfe ; mais nos jurats défendirent , & aux directeurs de fe préfenter , & à l'acteur de reparoître. En conféquence , ils firent baiffer la toile fans autre annonce. On éteignit les lumieres. Le parterre indigné d'un fi grand manquement , cria beaucoup. Il fort enfin , & les jurats font prendre un des cabaleurs , & le font conduire à l'hôtel - de - ville dans une voiture efcortée du guet à cheval , le fabre nu.

Le lendemain mardi l'on fe raffemble à la comédie , & l'on prend la réfolution de ne point laiffer jouer qu'on ne rende le jeune homme , & que les directeurs ne viennent faire des excufes au public. Les jurats avoient répandu dans le parterre beaucoup d'efpions qui font reconnus. On les balotte, on les frappe , on les renverfe , on les foule aux pieds ; ainfi commence le tumulte. On chaffe les valets de ville diftribués pour maintenir le bon ordre & en impofer , on les pourfuit à coups de canne & l'on les fait fortir. Alors , fans ordre , dit-on , cette garde bourgeoife rentre le fabre à la main , & tombe à l'impre-

vifte fur les plus mutins , bleffent quelques jeunes
gens , coupent des cannes qu'on leur oppofoit
pour défenfe , & commencent véritablement à fe
faire craindre , lorfqu'un cri d'indignation forti
des balcons, du parquet & des loges, ranime la
jeuneffe & l'excite à fe défendre. On demande
des armes , on entend de tous les côtés : *tue*,
tue. . . . . . Enfin les féditieux repouffent la fol-
datefque & reftent maîtres abfolus de la falle.

Les jurats font arréter auffi-tôt leurs foldats ,
les dégradent & les font mettre au cachot pour
leur poltronnerie. Le parterre , ou , pour mieux
dire , toute la falle réunie , demande la délivrance du prifonnier arrêté dès la veille , la punition févere des foldats & celle des directeurs.
Alors l'un de ces derniers, le fieur *Darfeuil* , fe
montre & fait des foumiffions : on les rejette.
Les jurats députent vers M. *de Fumel* ; les jeunes
gens s'y rendent auffi en certain nombre. Enfin ,
ce commandant leur donne fatisfaction. Il ordonne
la punition des foldats , & promet de faire remettre le détenu foudain après le fpectacle. On
craint que cette derniere promeffe ne foit une
rufe ; on fait l'injure à M. *de Fumel* de ne pas
s'en rapporter à fa parole ; & malgré cet arrangement propofé par les députés qui manifeftent
les ordres du commandant, la fédition augmente ;
on hue les jurats , on les force de fortir de leur
loge. Un jeune homme qu'on enleve fur les épaules
au milieu du parterre , fe fait entendre & donne
rendez-vous pour le lendemain au jardin royal :
défenfe à tout le monde de revenir à la comédie de trois mois. On fomme les directeurs de
venir , & on leur ordonne de remettre la recette
du jour à l'hôpital, dès que le public n'a pu jouir

du spectacle. On se sépare ensuite à neuf heures & demie.

Le lendemain mercredi , trois mille jeunes gens au moins s'assemblent au jardin royal , & confirment la convention de ne point aller à la comédie de trois mois , & d'empêcher les bourgeois de s'y rendre jusqu'à ce qu'on ait accordé la satisfaction demandée. En conséquence de cette délibération , ils s'emparent des avenues de la comédie ; ils forment des barricades & parviennent à intimider tous ceux qui se présentent pour se rendre au spectacle. Ils chassent de nouveau la garde bourgeoise , renvoient les femmes du monde , & leur défendent de revenir désormais pour entrer dans la salle , si elles ne veulent être fouettées. Enfin ils réussissent , & chacun s'en retourne. On joue cependant la piece pour dix à douze abonnés qui s'étoient glissés par des entrées particulieres. Les mutins enfoncent les portes , interrompent le spectacle , le troublent & ne permettent pas absolument aux acteurs de continuer : cette émeute se soutient comme les jours précédents jusqu'à neuf heures & demie.

Le lendemain jeudi , point de comédie, point de concert , point de sauteurs ; on défend toute espece de spectacles.

Vendredi M. *de Fumel* prend sur lui de faire entrer des troupes dans la ville , malgré son privilege de se garder elle-même. Il arrive deux cents dragons. Le parlement rend arrêt qui défend toute espece d'assemblées tumultueuses , & permet aux jurats insultés de faire informer & de prouver quels sont les auteurs de la derniere sédition. Ces coups d'autorité en imposent : les jeunes gens fe contiennent ; mais perfonne ne va à la comédie. . . .

10 *Juin. La belle Ifabeau* (c'eft ainfi qu'on appelle par dérifion la négreffe dont on a parlé) eft toujours ici, & continue à faire fenfation & à avoir même des aventures brillantes. Elle eft allée à Lucienne. Mad. *Dubarri* fe fentant une fympathie pour elle, l'a engagée à venir la voir, & à fe mettre dans le coftume de fon pays. La mulâtreffe, toute auffi curieufe de connoître une beauté qui a fait tant de bruit, n'a point manqué de fe rendre à l'invitation. On dit qu'elles ont eu une converfation très-intéreffante fur leur art refpectif de donner du plaifir, & qu'elles font forties émerveillées l'une de l'autre.

La belle Ifabeau ayant dit qu'elle donneroit bien deux mille louis pour avoir le bonheur de plaire à M. *le comte d'Artois* & d'être admife à fa couche, ce prince a beaucoup ri de fa bonne fortune : on affure qu'il lui a donné rendez-vous à *Bagatelle*, & qu'il a été curieux de connoître par quels talents cette créature très-laide, avoit pu captiver tant d'amants & faire une fortune éclatante.

Beaucoup de feigneurs ont voulu tâter de cette étrangere, & bien loin de fe ruiner dans ce pays-ci, comme on fe l'imaginoit au train dont elle y alloit, elle en rapportera des dépouilles confidérables.

On la dit au furplus fille d'une grande dame de ce pays, qui fur les lieux a defiré tâter d'un negre & en a conçu *la belle Ifabeau*. On prétend qu'elle voit fa mere, mais très-fecrétement, & que peu de gens la connoiffent.

Il eft des gens qui affurent que c'eft madame

de Clugny, qui a été intendante à Saint-Domingue, & dont les mœurs diſſolues ſont connues de tout le monde , au point qu'on a prétendu que M. de Chanderleau en avoit fait l'héroïne principale de ſon roman.

10 *Juin*. L'auteur du mémoire pour le ſieur *Radix de Sainte-Foy*, a diviſé ſa défenſe en deux parties. Il conſidere ſon client ſous deux points de vue, & comme *accuſé de délit*, & comme *taxé d'imprudence & de fautes*. Il réſerve cette diſcuſſion derniere , la moins eſſentielle , pour la ſeconde partie, & s'occupe quant à préſent de la diſcuſſion des faits du procès criminel.

Il établit les neuf chefs d'accuſation , & après les avoir éclaircis , il ne trouve ni preuve ni indice de délit. Le plus grave roule ſur une équivoque , ſur un ſimple mal-entendu , dont monſieur le comte d'Artois a bien voulu donner ou plutôt ſigner l'explication l'année derniere à Gibraltar.

Il ne reſte donc plus qu'à ſavoir s'il doit être déchargé de l'accuſation , quoiqu'abſent, n'y ayant nul doute qu'il ne le fût , s'il étoit préſent ; & les juriſconſultes interrogés déclarent que les ſeules pieces du procès doivent décider la queſtion , & que la circonſtance de l'abſence ne peut en aucun ſens y influer.

Cette partie très-longue ayant cent trente-cinq pages, eſt fort ennuyeuſe ; elle eſt peu claire , & l'on ne voit pas que le défenſeur de M. de Ste. Foy le décharge d'une façon bien péremptoire. La piece la plus eſſentielle , qui eſt la déclaration de M. le comte d'Artois , n'eſt qu'un chiffon ſans date , dont le corps n'eſt point de la main de ſon alteſſe royale , trop obſcure pour qu'elle y ait

donné l'attention néceffaire à fon intelligence ,
& dont l'hiftorique même décele un adminiftrateur embarraffé, propofant à fon maître des tour-
nures infidieufes , bonnes pour un faifeur d'affaires , mais indignés de la loyauté d'un grand
prince.

10 *Juin*. Il eft queftion de jouer inceffamment
le *Philoctete* de M. *de la Harpe* , tragédie en trois
actes & en vers , qu'il a traduite de *Sophocle* , &
dont plufieurs morceaux lus à l'académie françoife,
ont donné une idée favorable.

11 *Juin*. Extrait d'une lettre de Bordeaux, du
7 juin. .... Le fieur *Durand* n'étant plus à l'opéra
de Paris , depuis 1781 , & fe fentant encore en
état de travailler, étoit venu ici pour demander
de l'emploi aux directeurs. Il avoit une lettre de
recommandation pour M. *de Fumel*. Ce commandant a envoyé chercher les fieurs *Gaillard* &
Dorfeuil , & leur a propofé d'admettre dans leur
troupe le fieur *Durand* pour la baffe - taille. Ils
ont repréfenté à M. *de Fumel* qu'ils étoient fort
contents de celui qui rempliffoit cet emploi, &
le public auffi , & qu'ils regarderoient comme une
injuftice de le lui ôter. M. *de Fumel* s'eft alors dé-
fifté , & le fieur *Durand* étoit fur le point de
repartir lorfqu'on l'a engagé à différer & à chanter dans un concert , ce qu'il a fait avec une telle
fatisfaction de l'affemblée, qu'on lui a fait les plus
vives inftances pour l'engager à refter. On lui a
promis d'arranger cela avec les directeurs. C'eft en
conféquence de cette promeffe que le public fe
difpofoit à demander aux directeus qu'ils fiffent
débuter ce poftulant, lorfque , prévenus de l'objet de la réclamation du parterre , ils ont excipé

d'une défense follicitée par eux des jurats pour être difpenfés de fe rendre fur le théatre.

Il paroît que ces directeurs feront dupes de leur obftination, car depuis ce temps ils n'ont pas fait dix écus par jour. Du refte, le tumulte eft ceffé.

11 *Juin.* Mlle. *Saint-Léger* eft la fille d'un mé-decin de la faculté ; elle eft encore jeune, mais point jolie ; en conféquence, elle a renoncé à la coquetterie & à toutes les frivolités de fon fexe & de fon âge. Elle fe livre au commerce des mufes. Elle a déja fait quelques ouvrages, entr'autres un roman intitulé *Alexandrine.* Elle s'effaie aujour-d'hui dans le genre comique ; mais n'ofant fe produire encore fur un grand théatre, c'eft *aux Va-riétés amufantes* qu'elle débute. Sa piece en profe a pour titre : *Les deux Sœurs.* Elle eft dans le genre très-honnête ; ce fera la premiere fois qu'on verra une perfonne du fexe compofer pour un fpec-tacle forain. On en doit donner la premiere re-préfentation famedi.

Fin du vingt-deuxieme Volume.